Ocho días de marzo

Jordi Sierra i Fabra

Ocho días de marzo

INSPECTOR
MASCARELL

8

PLAZA JANÉS

Primera edición: marzo, 2017

© 2017, Jordi Sierra i Fabra
© 2017, Penguin Random House Grupo Editorial, S. A. U.
Travessera de Gràcia, 47-49. 08021 Barcelona

Printed in Spain – Impreso en España

ISBN: 978-84-01-01852-7
Depósito legal: B-6.394-2017

Compuesto en Comptex & Ass., S. L.

Impreso en Black Print CPI Ibérica
Sant Andreu de la Barca (Barcelona)

L 0 1 8 5 2 7

Penguin
Random House
Grupo Editorial

A Ferrán Gibert i Álvarez

Día 1

Viernes, 2 de marzo de 1951

1

La cortina no estaba corrida del todo, así que, mientras esperaba sentado en el despacho de la consulta, Miquel Mascarell podía atisbar los movimientos del doctor Recasens explorando a Patro, meticuloso y paciente, con los ojos casi cerrados, para concentrarse mejor. A ella, boca arriba, muy quieta y con las piernas en alto, no le veía la cara, sólo la parte inferior del cuerpo, pero la imaginaba tensa. Salvo con él, el único, ella le contó que siempre lo había estado cuando la tocaba algún hombre, aunque fuera un médico. El hecho de que no hablaran de ello no significaba que el pasado estuviese muerto y enterrado. Seguía allí, para los dos, bien oculto en sus silencios.

Por suerte, lo que no había ya era amargura.

La calma después de tantas tempestades.

—¿Le duele aquí? —oyó que le preguntaba el doctor.

—No.

La única exclamación de Patro a lo largo de aquellos minutos había sido un quedo «¡ay!» cuando Víctor Recasens la tocó por abajo. Y eso que no era de las de quejarse.

Otro minuto más. O tal vez fueran dos. Miquel prestaba atención fingiendo indiferencia. El médico iba y venía en torno al cuerpo de su paciente, una pequeña geografía convertida en continente, auscultándola, presionando el abultado vientre, dándole golpecitos con los dedos índice y medio de la mano derecha. Los pies de Patro, en alto y apoyados en los desgastados salientes acolchados, parecían dos pequeñas alas.

Tenía manos de ángel y pies de princesa.

Ah, sus pies...

Nunca se hubiera imaginado a sí mismo como fetichista.

O eran los años o la falta de todo antes de conocerla.

—Muy bien, querida. —Rompió el silencio el doctor Recasens—. Ya puede vestirse.

—¿Qué tal? —preguntó ella con un deje de ansiedad.

—Todo en orden —la tranquilizó de inmediato—. En orden y en su sitio. Una gestación estupenda, como no podía ser de otra manera dada su buena forma y mejor salud. Espere, déjeme ayudarla.

Miquel hizo ademán de levantarse de su silla, pero el médico ya había sostenido a Patro para que se incorporara después de bajar las piernas de los soportes. Ella puso sus pies descalzos en el suelo.

—Gracias —dijo.

—En una semana lo tendremos aquí, si todo sigue su curso —siguió hablando el hombre—. Quién lo iba a decir hace unos meses, ¿eh?

—Y que lo jure.

—¿No me diga que se le ha hecho largo?

—Un poco pesado, sí, sobre todo al final.

—Recuerde lo que cito siempre: «Madre sana y feliz, bebé sano y dispuesto». Nada de nervios. El primero siempre asusta un poco, pero usted como si nada. Ya verá como son los cinco minutos más bonitos de toda su vida.

—Si sólo son cinco minutos...

Mientras ellos hablaban, Miquel sintió un ramalazo de pánico.

¿El doctor Recasens acababa de decir «el primero»?

¿El maldito galeno esperaba que aún hubiera más?

¿Otro milagro?

La cortina se corrió del todo y Víctor Recasens alcanzó su asiento detrás de la mesa del despacho. Patro se metió en la pequeña habitación en la que se había quitado la ropa y puesto la bata para la última exploración de aquellos largos meses.

Los dos hombres se miraron.

—Ya lo ha oído —dijo el médico—. Tendrán un bebé estupendo. Y si es niña y se parece a su madre...

Miquel forzó una sonrisa.

Pese a los meses de embarazo, seguía sin creerse que fuera a ser padre otra vez, después de tantos años. La odisea llegaba a su fin, pero seguía antojándosele algo irreal. Vivía los últimos días de paz y calma en su nueva vida. Sabía que nada sería igual cuando fuesen tres. Le había sucedido ya con Quimeta.

—Ahora que se acerca el momento, estará usted flotando —siguió Víctor Recasens al ver que no decía nada.

—No sé si es la palabra exacta, pero sí —reconoció—. De todas formas, de tanto flotar y flotar, yo lo llamaría más bien vértigo.

—¿Quién no estaría en una nube? Padre a los... ¿Qué edad tiene, que no lo recuerdo?

—Sesenta y seis.

La mirada del médico tuvo una parte de admiración y otra de respeto.

—No está mal —ponderó.

—Supongo. —Suspiró Miquel, pragmático.

—¿Cuándo cumple usted años?

—El 28 de diciembre.

—Vaya.

—El día de los Santos Inocentes, sí.

—Mire, tenga la edad que tenga, lo va a disfrutar, y más siendo el primero.

Otra vez lo mismo.

Miquel no quiso hablarle de Roger, de su tumba en el Ebro, de que en otro tiempo ya supo lo que era ser padre, estar casado y ser feliz. Eso era privado. Víctor Recasens conocía sólo su pasado reciente, tras la guerra. Se lo contó, en su visita inicial como nuevo médico de cabecera, cuando le hizo el primer chequeo, casi tres años antes, por si su corazón estaba al límite, para que supiera dónde había estado, el hambre sufrida, las privaciones soportadas y el miedo constante en el Valle de los Caídos, sometido a la amenaza de su sentencia de muerte. El médico, a fin de cuentas, era un buen hombre y necesitaba esa información para estar al tanto. Incluso le había ayudado en aquella investigación de agosto del año anterior, cuando secuestraron a Patro para obligarle a meterse en su último lío.

Allí se enteró precisamente de que iba a ser padre.

Patro embarazada.

—Lo de disfrutarlo dependerá de los años que me queden —se resignó Miquel, recuperando las últimas palabras de Recasens.

—Está usted como un toro, se lo digo siempre. Ya me gustaría a mí llegar a su edad y tener su salud. Yo tengo sesenta y dos, y no se imagina la de porquerías que tomo. Que si para esto, que si para lo otro... Usted, en cambio, nada. Tiene la presión bien, el corazón perfecto, los riñones y el hígado a pleno rendimiento...

—¿Se receta usted mismo?

—Claro.

—¿No es malo ser el doctor de uno mismo?

—¡No lo sabe usted bien, oiga! —Soltó una risa sarcástica—. A un médico, cuando le duele algo, se le vienen a la cabeza diez diagnósticos posibles. Y si encima uno es pesimista, alarmista o hipocondríaco, ¡apaga y vámonos!

Patro apareció a su lado, ya vestida y con la enorme barriga por delante. Embarazada o no, seguía siendo irresistiblemente hermosa. Se había soltado el pelo y la inmensa mata negra se le desparramaba por encima de los hombros dándole un aire de actriz de Hollywood. Una actriz serena, de belleza clásica, lejos de las mujeres fatales de las películas policíacas. A Miquel a veces le recordaba la esbelta elegancia de Gene Tierney y otras la chispeante luminosidad de Carole Lombard. Todo dependía del momento o del humor.

—El parto en la Clínica del Pilar como lo hablamos, ¿no?

—Sí, sí, nos parece un buen lugar —habló Patro por primera vez.

—¿Ahora van a casa?

—Sí —le tocó el turno a Miquel.

—Van a tener que tomar un taxi, si lo encuentran, porque con lo del boicot a los tranvías...

—¿Boicot? —No pudo reprimirse—. Más bien es una huelga en toda regla.

—Cuidado con lo que dice, Mascarell, que ya no estamos en los años treinta —le previno el médico.

—Ellos lo llamarán como quieran, si es que lo llaman de alguna forma, pero es una huelga —insistió él, combativo.

—Pues como siga así, y acaba de empezar, Franco nos mandará el ejército y la liaremos. —Plegó los labios en una mueca de preocupación—. Sólo faltaría que les llegara el bebé con disturbios en la calle.

Patro se puso blanca.

—No se preocupe —dijo lanzando una mirada de reprobación a Miquel por tener la lengua demasiado suelta—. Iremos a casa dando un paseo, que para algo estamos cerca y me conviene caminar. En una semana esto se habrá acabado, seguro.

El silencio de los dos hombres fue tan breve como cómplice.

Víctor Recasens se levantó. Miquel hizo lo mismo.

—Pues nada, querida —le tendió la mano a Patro y acompañó el gesto con una seráfica sonrisa—, que tenga unos días finales tranquila y ya verá cómo, llegado el momento, esto es coser y cantar. Eso sí, esté preparada. Nunca se sabe si van a salir un día antes o tres días después. A veces incluso más. Con lo a gusto que están ahí dentro. —Le señaló la barriga con cariño—. Cualquier síntoma... y a la clínica.

—Sí, doctor.

—Mascarell... —Dejó de sujetar la mano de Patro, retenida como si quisiera quedársela, y se la tendió a él—. Suerte.

—Gracias.

—Ha sido un placer.

Les abrió la puerta y salieron al pasillo. La despedida final fue rápida. Caminaron en silencio y pasaron por delante de Rosa, la enfermera, que también les sonrió y les deseó lo mejor. La factura llegaría después del parto, así que no hubo más demora.

Al llegar abajo echaron a andar por Carlos I, en dirección a la calle Diputación.

Sí, un paseo.

Un paseo plácido, en un frío y húmedo día a tres semanas del fin del invierno y el comienzo de la primavera.

Patro se colgó del brazo de Miquel.

No tardó en decir algo.

—¿De qué hablabais?

—¿Cuándo?

—Cuando yo me vestía.

—De lo sano que estoy.

—Va, en serio.

—Que sí, mujer. Me decía que tengo bien la presión, el corazón, los pulmones, los riñones, el hígado... Una joya.

—¿Lo ves?

—A pesar de todo y de estar sanísimo, sólo le falta citarme en una revista médica por lo de ser padre a mi edad.

—¡Qué tonto eres!

—Me mira como si embarazarte sea una proeza digna de los anales de la historia.

—No te conoce. —Ella se le apretó un poco más.

—Ya.

Acercó su rostro al de él y le besó.

—Tigre mío —susurró Patro.

—A ver si nos detienen por escándalo público...

La miró de reojo cuando siguió andando.

Tan feliz.

De su brazo, con la barriga, libre.

Tan y tan feliz.

La vida, en el fondo, era eso.

Barcelona vivía el segundo día de boicot a los tranvías por la subida de los precios de los billetes, pero ellos parecían pasear.

Paseaban.

Los tres.

2

El primer tranvía que vieron iba vacío.

El segundo tenía todos los cristales rotos, y la cara del conductor era un poema.

Ya en el paseo de San Juan, con lo que se encontraron fue con un primer piquete de exaltados, no muy grande pero sí notorio. Desde luego, al fútbol no iban, y menos en viernes.

Ni rastro de la policía.

Patro aceleró el paso.

—Tranquila —la calmó Miquel—. Eres una mujer embarazada y se te nota. Todavía hay principios.

—Como haya que correr... Sólo faltaba eso ahora, por Dios.

Miquel intentó escudriñar los alrededores sin mover la cabeza, por si las fuerzas del orden estaban ocultas en alguna esquina. No vio nada.

Caminaron un par de minutos más, en silencio, alejándose de lo que parecía ser una zona de conflicto.

Desde luego, la cosa iba en serio.

Y faltaba lo peor: la huelga general anunciada para días después.

¿Dejaría Franco que se produjera?

Con todo, la subida del precio de los billetes de tranvía, desde diciembre, no era más que una excusa, la gota de agua que había rebosado el vaso de la paciencia urbana. Las primeras octavillas expresando el descontento popular habían aparecido a mediados de febrero, inicialmente con poemas divertidos, ripios sarcásticos y mucha ironía. Luego ya pasaron a mayores. La más habitual era la que decía:

BARCELONÉS: Si eres un buen CIUDADANO a partir del 1 de marzo y hasta que igualen las tarifas de la Compañía de Tranvías con la capital de España (0,40 ptas. según puedes leer en *LA VANGUARDIA* del día 28-1-51, página 3.ª, Crónica de Madrid), TRASLÁDATE A PIE a tus habituales ocupaciones. En tu propio beneficio y lo más rápidamente posible, haz cuatro copias de esta CADENA y mándala a cuatro amigos distintos. Si quieres ser CIUDADANO DE HONOR, haz ocho copias o más. ¡ESPAÑA UNA Y PARA TODOS IGUAL!

Tras eso llegaron las primeras manifestaciones estudiantiles el día 22, y el 24 las primeras escaramuzas con las fuerzas del orden. Para algo los estudiantes eran jóvenes y se jugaban el futuro. Poca broma. Se habían roto tres mil cuatrocientos cristales de los tranvías a pedradas.

Finalmente, el estallido emocional, el popular.

Algo que se notaba en el ambiente, con la gente en la calle.

Aunque por allí no hubiera casi nadie.

Quizá fuera la hora.

—Tú también estás inquieto —dijo Patro.

—Es mera precaución.

—¿Te imaginas que he de tener al bebé en casa porque no podemos ir a la clínica?

—No te pongas en lo peor, va.

—Ya pasamos una guerra, y la miseria de después, Miquel. —El tono era triste—. No quiero que vuelva todo eso, y menos con un hijo.

—Esto es diferente.

—¿En qué?

—Le estamos echando un pulso al Paco.

—¿Un pulso? ¿A Franco? —Patro exteriorizó su escepticismo—. ¡Con ése no hay pulsos que valgan, cariño, y bien que lo sabes! ¿Crees que le temblará la mano si ha de mandarnos al ejército y hacer una escabechina? El otro día, en el mercado, una mujer dijo que aún había sido demasiado bueno, que quedaban demasiados rojos por todas partes.

Miquel chasqueó la lengua.

—A ver si te sale el niño con un antojo por estar preocupada.

—¡Ay, calla, tonto!

—Pues ya está. Tú cuídate de él.

Una docena más de pasos. El conato de agitación quedaba atrás. Pese a ello, no bajaron la guardia ni menguaron el ritmo. Ya no era un paseo.

—La verdad es que aprieta mucho —se quejó ella.

—Estás muy hinchada.

—No me refería al crío. Hablaba de Franco. No le ha bastado con ganar la guerra.

—Patro...

—Si es que es verdad. —Bajó la voz para exclamar—: ¡El tranvía en Madrid a cuarenta céntimos mientras que aquí ya costaba cincuenta! ¡Y ahora van y lo suben a setenta! ¿Dónde se ha visto eso? ¿Por qué la diferencia? ¿Somos más ricos o más estúpidos? ¡Es casi el doble!

—Un cuarenta por ciento.

—¿Tú de qué lado estás? —protestó irritada.

—Del tuyo, y no te excites.

—Aunque fuera un solo céntimo, ya sería injusto.

—Estoy de acuerdo.

—Parece mentira —gruñó Patro.

—¡Ay, Señor! —Miquel suspiró.

Era una especie de acuerdo tácito. Cuando se quejaba él, ella amortiguaba la andanada. Cuando lo hacía ella, el que contemporizaba era él.

Como un tobogán.

—Siempre me quejo de lo luchador que eres, pero desde que vamos a tener un hijo...

—Me he vuelto conservador. Eso y los años.

—¿Tú conservador? —Le dirigió una mirada escéptica—. Lo que pasa es que te sientes como un padre primerizo.

—Bueno, es como si lo fuera.

—No puedes haberlo olvidado.

Miquel apretó las mandíbulas.

—No, no lo he olvidado —susurró.

Patro volvió la cabeza para mirarle y le apretó el brazo.

Su voz, tanto como sus ojos, destiló todo el amor que sentía.

—Perdona.

—No seas tonta.

—No tenía que haber dicho eso. Sé que no has olvidado a Roger.

Miquel se encogió de hombros.

—Lo tuve hace muchos años, en mi otra vida.

—Ya lo sé.

—Ahora me alegro de todo esto, en serio. Asusta, pero... Me alegro mucho. Es una oportunidad que raramente se le presenta a una persona en la vida.

—Pero crees que te morirás en unos años y piensas que lo mejor es que yo no me quedaré sola, lo cual no es justo. No quería un hijo por eso.

—Ya has oído al médico: como un toro.

—Eso bien que lo sé yo. —Le sonrió, le apretó de nuevo el brazo y le alcanzó con un segundo beso en la mejilla, rápido y fugaz.

Cruzaban la calle Aragón y por el hueco de las vías del tren vieron subir un chorro de espeso humo negro que lo envolvió todo. Aceleraron el paso y contuvieron la respiración, porque la nube invadió el aire apoderándose de los alrededores. Por espacio de unos segundos se movieron en medio de aquella neblina oscura.

El tren siguió su camino hacia el paseo de Gracia, llevándose el chorro de humo con él.

—No sé por qué no cubren toda la calle y tapan esto —dijo Patro—. La pobre gente que vive aquí ha de estar todo el santo día con las ventanas cerradas...

—Te recuerdo que vivimos en la calle de arriba.

—Pero el humo se queda aquí.

—Yo en verano lo huelo un poco.

No siguieron tratando de arreglar Barcelona, empezando por la calle Aragón. Otra docena de pasos más allá, Patro bajó la cabeza. No se vio la punta de los zapatos a causa del prominente abdomen.

—Estamos nerviosos, ¿verdad? —admitió.

—Más o menos —reconoció él.

—Vamos a tener un hijo y éste no es que se diga el mejor de los mundos.

—Te equivocas. El mejor de los mundos, sí. O, al menos, el mejor de los mundos posibles. Lo malo es el lugar. La suerte de nuestro hijo es que sobrevivirá a Franco y verá tiempos mejores.

—Ay, me gusta cuando eres positivo —se alegró ella.

—¿No lo soy siempre?

—Míralo él, que cuando está taciturno...

—Anda, cállate, boba. —Le cogió la mano que colgaba de su brazo y se la apretó con cariño—. Ya estamos llegando. ¿Cansada?

—No, no —mintió ella—. Pero fíjate la hora que es, y aún he de hacer la cena.

—Vamos a tomar algo al bar de Ramón.

—¿No será mejor empezar a controlar gastos? —se preocupó Patro.

—Mujer, ni que fuéramos a tener mellizos.

—Pues con esta barriga no sé yo.

—¿No dicen que los niños llegan con un pan bajo el brazo?

—Eso serán los hijos de los panaderos. Nosotros vendemos agujas e hilos.

—Venga, miedosa, que la mercería va bien y seguimos con bastante de lo del 47.

—Si no hubiera sido por eso...

Miquel recordó hasta qué punto se había jugado la vida a su llegada a Barcelona, en el primero de sus muchos líos desde su puesta en libertad.

Parecía mentira.

¿Cuándo dejaría de ser policía?

Tal vez nunca, aunque eso, ahora sí, se hubiese acabado.

—Miquel... —Patro interrumpió sus pensamientos.

—¿Qué?

—Te quiero mucho, cielo.

Se le encogió el corazón y tuvo un arrebato emocional. Notó una súbita humedad en los lagrimales. La tensión de la paternidad, que le mantenía en un constante estado nervioso, de pronto se convertía en calma y paz, borrada de un plumazo por algo tan simple como aquello.

¿Cuánta gente era incapaz de decirle a la otra persona que la amaba?

Patro lo hacía con toda naturalidad.

Miquel abrió la boca para decir algo, pero ya no pudo.

Por su izquierda apareció el tranvía, traqueteando sobre las vías. Por su derecha el grupo de manifestantes, compacto y rápido. Una perfecta coordinación. Ellos dos se detuvieron en seco y se quedaron paralizados, porque era como estar en primera fila de un drama anunciado. El teatro de la vida. El conductor no tuvo más remedio que frenar y detener el tranvía para no llevarse a la turba por delante. Le habrían matado. Nadie se metió con él cuando optó por salir por piernas ante lo inevitable.

Después de todo, el tranvía iba vacío.

Volcarlo pareció tan fácil...

—¡Vámonos, Miquel!

Le arrancó de su abstracción.

Tiró de él.

No podían correr a causa del estado de ella, pero se alejaron lo más rápido posible. Miquel volvió la vista atrás cuatro o cinco veces. El tranvía, como un elefante muerto, yacía ya sobre su costado izquierdo mientras los alborotadores se dispersaban en todas direcciones, incluida la suya. Primero habían gritado, enfurecidos. Ahora ya no.

Todo en menos de medio minuto.

Ningún agente del orden.

Ningún disparo.

Por alguna extraña razón, Miquel no sintió miedo.

Con menos años habría estado allí.

Con ellos.

Sí, Barcelona le estaba echando un pulso al dictador.

Las consecuencias resultaban imprevisibles.

3

El bar de Ramón era una burbuja.

No importaba lo que pasase al otro lado de la puerta: cruzarla era como dejar atrás el aire enrarecido de la dictadura. Hablara de lo que hablase, de fútbol o cualquier otra cosa, pero sobre todo de fútbol, Ramón siempre sonreía. Y, por supuesto, estaba su vehemencia.

—¡Hombre, la pareja a dúo! —Les recibió con los brazos abiertos.

En aquel momento, Miquel se dio cuenta de que, aunque Ramón fuese un pesado, sobre todo con su manía de que acabara siendo un forofo futbolero, le apreciaba.

No tenía amigos.

No tenía a nadie, salvo a Patro.

—Baja la voz, Ramón —le gruñó pese a todo.

—¡Si es que me alegra verles! ¿Qué quiere que le diga?

Todos los parroquianos de última hora les observaban sin disimulo.

—¿Es que aquí nadie puede venir a tomar algo en paz sin que le hagas leer *El Mundo Deportivo* por la mañana o seas un periódico andante por la noche?

Ramón miró a Patro.

—Cómo es el maestro, ¿eh?

El primer día le había dicho que tenía aspecto de profesor de matemáticas jubilado, y con eso se había quedado. Por lo menos ya no insistía en que le diera clases particulares a su hijo. Pero lo de «maestro» se le había quedado.

—Refunfuña siempre, pero es buena persona —le siguió el juego ella.

—¿Tú de qué lado estás, traidora? —le recriminó Miquel en voz baja.

—¡Si es que se merecería una ovación por embarazar a esta mujer tan guapa que tiene, hombre!

O se iba o lo hacía callar.

—Ramón, que eso es lo fácil. Lo difícil es hacerlo a los cien años, como yo. Y ahora, ¿nos sentamos?

—Vengan, sí, que usted parece cansada, señora. —Se situó en medio para poner una mano sobre los hombros de ellos—. Siéntense en aquella mesa del fondo; allí estarán más tranquilos. ¿A qué debo el honor de que vengan los dos juntitos?

—Queremos cenar algo.

—¡Eso está hecho, que hoy la tortilla de patatas le ha salido a la parienta...!

Eso lo decía siempre, pero tenía razón.

La tortilla de patatas.

A Miquel le crujió el estómago.

—¡Ay, lo necesitaba! —exhaló Patro dejándose caer en su silla—. Aún tengo el susto en el cuerpo.

—¿Qué ha pasado? —Le cambió la cara al dueño del bar.

—Hemos visto cómo volcaban un tranvía.

—¡No me diga!

Miquel miró fijamente a su mujer, pero lo único que dijo fue para sí mismo:

—Eso, tú dale cuerda.

Ramón se sentó en la otra silla.

—Están los ánimos caldeados, ¿eh?

—Mucho. Da un poco de miedo.

—¡Pues más lo van a estar, señora Mascarell! ¡Si es que no hay derecho!

—¿Quieres bajar la voz? —Miquel miró a su alrededor con cierto apuro.

—Aquí todos son de confianza, maestro. Y, además, ya hablo en voz baja, ¿no?

—¡Pero si se te oye desde la plaza de Cataluña!

—¡Huy, que la paternidad le ha vuelto cagueta!

—¿Te recuerdo que iban a fusilarme y que, como me detengan por lo que sea, me cumplen la sentencia entera y la dejo viuda?

—¡Por Dios, vaya ánimos! —Bajó la voz lo más que pudo y se dirigió casi en exclusiva a Patro—. Ustedes habrán visto volcar un tranvía, pero yo puedo decirles que ya ha habido un muerto. Ayer mismo.

—¿Qué me dice? —se alarmó Patro.

—Lo que oye. Y lo sé de buena tinta, nada de rumores, ¿eh? —Quiso dejarlo claro—. Lo triste es que fue un niño de cinco años.

—¡Ay! —Patro se llevó una mano a la boca.

—Eso, tú anímala —dijo Miquel.

—Como que lo vio mi cuñado —siguió Ramón a lo suyo—. ¿Cuándo no han sido los inocentes los primeros en caer? Lo que no se dirá es quién ha sido, porque, naturalmente, él no se quedó a mirar o preguntar, pero ¿quién tiene armas en este país? Pues la policía. —Hizo una pausa muy breve, para que la noticia calara en ellos—. Mire, esta misma mañana, al ir a abastos, ya me he encontrado follón, el mercado agitado como si... Vamos, que lo que se cultiva es gordo, ¿entienden? Lo del boicot no es más que la gota que colma el vaso. Ya está bien de represión, ¿no? La gente aún gana menos que en 1935, ¡y de eso hace dieciséis años! ¿Cómo va a comprar una docena de huevos a veintinueve pesetas un trabajador de la textil, como un primo mío, por ejemplo, si recibe una paga de sesenta y cinco a la semana? ¡Sesenta y cinco por seis días de trabajo, porque ganar veinte pesetas al día ya es de ricos!

¡A ver quién entiende algo así, que son matemáticas! ¡Entre esto y el estraperlo...! —La voz se convirtió en un susurro—. ¿Saben lo de ayer?

—¿Tienes una red de informantes o qué? —Alucinó Miquel—. No, no sabemos ni lo de hace un rato.

—Esto es un bar, maestro, y aquí la gente habla y habla, que para algo vienen a desfogarse. Basta con prestar atención.

Miquel volvió a mirar alrededor de ellos. Estaban en la mesa de la esquina, y veía todo el bar, la barra, las otras mesas. La mayoría de las personas ya no les prestaban atención, y los que todavía lanzaban ojeadas perdidas lo hacían más por Patro y su espléndida melena que por otra cosa.

Salvo un hombre.

Solitario, en la mesa más cercana a la puerta.

Un hombre muy delgado, seco, enjuto, de aspecto enfermizo y pobremente vestido, con la gorra calada y las sombras de los ojos formando túneles oscuros por encima de su nariz aguileña y su barba mal afeitada, de fea catadura.

Un hombre que le miraba a él.

Le recordó algo.

O a alguien.

Miquel sintió un ramalazo.

—¿Qué pasó ayer? —oyó que preguntaba Patro.

—Pues que bajaron unas trescientas personas por la Vía Layetana gritando «¡Viva Franco!» y «¡Muera el gobernador!». ¡Pero es que muchas de ellas eran falangistas!

Miquel volvió a concentrarse en Ramón.

—¿Falangistas? —No pudo creerlo.

—¡Sí, lo que oye! Por lo visto, los mandos de la Falange han dicho a los suyos que, si subían a los tranvías mostrando el carnet del partido, no les cobrarían. Así los tranvías no irían vacíos. Pero eso a los falangistas les ha sentado como un tiro. Lo han interpretado como que era una forma de enfren-

28

tarles a la gente y se han rebelado. ¿Qué se cree, que sólo somos disidentes los de la vieja guardia?

La palabra «disidente» hizo que Miquel empezara a sudar.

El tipo seco y enjuto, por lo menos, parecía cualquier cosa menos un policía.

Seguía recordándole algo.

O a alguien.

—A ver si se matan entre ellos. —Se dirigió de nuevo al dueño del bar.

—¡Miquel! —se asustó Patro.

—Yo lo que digo —Ramón puso el dedo índice sobre la mesa, como si quisiera hundirlo en ella— es que el tranvía a setenta céntimos es una barbaridad. Y si, por lo menos, el servicio fuera mejor, con unos coches decentes en lugar de esas viejas ruinas con ruedas, sucias... Pero ya ve: sólo el año pasado hubo veintiún muertos y cuatrocientos noventa y un accidentes por culpa de los tranvías. ¡En un año!

Miquel ya no le preguntó cómo sabía tantas cosas. Y encima tan precisas.

—Ramón...

Como si oyera llover.

—Si es que se creen que no nos damos cuenta de nada. Y no, tontos no somos, ¿verdad? Lo de los curas ya ha sido...

—¿Qué curas? —preguntó Patro.

Miquel cerró los ojos. Empezaba a dolerle la cabeza tanto como el estómago, porque desde luego el bar olía a comida y tenía hambre.

—¡Los curas que nos mandaron a mediados de febrero! ¡Un montón, quinientos o más, no sé! —Se animó todavía más el dueño del bar—. ¿No me diga que no se han enterado de eso? ¡Uno ya no sabe si van a cristianizarnos aún más o van a empezar a repartir hostias, pero de las que hacen daño! ¿Qué pasa, que en Burgos o en Soria ya tienen bastantes y les sobran? ¡Hala, todos para aquí!

—Pero ¿qué hicieron esos curas? —insistió Patro.

—¡Ya me dirá! ¡Pues una Santa Misión! —Ramón abrió las manos explícitamente—. ¡Han pasado doce años desde que acabó la guerra, pero para ellos todavía somos lo que somos, catalanes, rojos, separatistas... qué sé yo! Los curas han ido a cines, teatros... ¡incluso al Price, que mire que allí sí que dan hostias! Y, por supuesto, a las grandes fábricas y empresas, echando arengas y predicando la fe católica, por si todavía quedase algún irredento. ¡Ha sido una ofensiva en toda regla, no se han privado de nada! ¡Quieren que tanto a nivel colectivo como individual nos arrepintamos de lo malos que hemos sido, entonemos el *mea culpa* y, además, que quede claro que la guerra fue a causa de nuestros dislates y que ellos, gracias a Dios, nos liberaron! ¡Doce años después siguen mareando la perdiz! ¡Esto no va a acabarse nunca!

A pesar de todo, del hambre, la hora, el momento y las circunstancias, Miquel miró a Ramón con algo más que respeto.

Nunca le había visto así.

Tan encendido y apasionado por algo que no fuera el Barça y el fútbol.

Aunque decir lo que decía, por más que fuese en voz baja, resultara una temeridad.

Lanzó otra mirada de reojo al hombre delgado.

Seguía observándole.

Su cara parecía haberse hundido más en las sombras, invadida por un halo de tristeza tanto como de incertidumbre.

Miquel soltó una bocanada de aire.

Alguien a quien había detenido en otro tiempo, seguro.

—¿No se le enciende la sangre, maestro? —Ramón le devolvió a la realidad.

—Si te digo lo que se me enciende a mí...

—Ya sabe que yo le tengo mucho respeto, por eso le cuento todo esto. —Se dirigió a Patro, que era quien estaba más pendiente de sus palabras—. Ya veo que últimamente no se enteran de muchas cosas, ¿verdad?

—¿Cómo vamos a enterarnos? —se excusó ella—. Llevamos algunos días sin salir apenas de casa. Con esta barriga, ya me dirá. Como mucho, un paseíto y al cine, que eso sí nos gusta. Hay días que Miquel ni compra el periódico.

—Entonces no me extraña.

—Ramón... —Volvió a intentarlo Miquel.

—Diga, maestro.

—Tenemos hambre.

—¡Oh, sí, claro! —Despertó de pronto y se levantó de la silla—. ¿Qué les traigo?

—Lo que quieras, pero ya.

—La tortilla de patatas, por supuesto —dijo Patro.

—Tranquila, que le monto una cenita de lo más rica, señora Mascarell. ¿Un vinito para regarla?

—Un vasito, sí.

—¿Usted su agua? —se dirigió a él.

—Como un pez.

—Venga, quédense aquí tranquilitos, que yo se lo preparo todo en un plis plas. ¡Y lo que me gusta que estén aquí juntos! ¡Si da gloria verlos!

Ramón se alejó, llevándose su locuacidad y su entusiasmo.

También su completo panorama informativo.

Miquel y Patro intercambiaron una mirada cómplice.

Bondadosa la de ella. Resignada la de él.

Mientras Ramón se metía por detrás de la barra y se asomaba a la cocina para dar alguna orden, Miquel se dio cuenta de que el hombre de aspecto sombrío ya se había ido.

La mesa en la que había estado parecía tan solitaria y triste como su figura.

4

Cuando salieron del bar de Ramón, cogidos nuevamente del brazo como cualquier matrimonio amante, apenas pudieron dar media docena de pasos.

El hombre delgado estaba allí.

En la calle.

Esperándoles.

Miquel se detuvo con un ramalazo de inquietud, porque apareció de repente, igual que una sombra furtiva bajo el manto del anochecer. Ahora llevaba la gorra entre las manos, y éstas quietas a la altura del pecho, sosteniéndola. El escaso cabello que coronaba su cabeza estaba alborotado. Más que cortado, parecía segado por una máquina de dientes irregulares. Los ojos seguían siendo oscuros, pero ahora centelleaba en ellos un brillo opaco.

El hombre, aunque de forma leve, muy leve, sonreía.

—¿Inspector Mascarell?

—Ya no. —Quiso dejarlo claro.

—Perdone que me presente así, y que les moleste, pero al verle en ese bar y reconocerle...

—¿Quién es usted?

—¿No me recuerda?

—Lo siento. Creo que sí, pero no estoy muy seguro.

El hombre tragó saliva.

De pronto habló desde lo más profundo de su emoción, como si le costara decir su nombre.

—Soy Humet, señor. Pere Humet.

Miquel Mascarell levantó las cejas.

Casi se le desencajó la mandíbula.

—Por todos los diablos... —exhaló.

—Estuve en la comisaría los últimos meses antes de la guerra y de marcharme a pegar tiros. —La gorra quedó un poco estrujada entre sus nerviosos dedos—. Tuve el honor de acompañarle en un par de casos.

—Claro, claro.

—No sabe lo mucho que me alegro de verle, y de saber que está vivo.

—Lo mismo digo, Humet. Lo mismo digo. ¿Cómo está? —Le tendió la mano.

El antiguo agente se la estrechó. Dejó caer la izquierda con la gorra a un lado del cuerpo. El apretón fue firme, pero a Miquel le pareció que apretaba un montón de huesos dispuestos a crujir si lo hiciera con más fuerza.

Algo extraordinario en un hombre de treinta y pico de años.

Un hombre que daba la impresión de tener cincuenta, o más.

Un cadáver ambulante.

—Ya ve. —Se encogió de hombros—. Aquí estoy.

—Le presento a mi mujer.

—Tanto gusto, señora. Y enhorabuena.

—Gracias —le devolvió el cumplido ella.

—Inspector, cuando le he visto... No me lo podía creer. —Reapareció la emoción—. Usted, y vivo. Siempre pensé que se habría ido al exilio o que le habrían fusilado.

—Estuve preso y condenado a muerte. Pero al final, después de ocho años y medio, me soltaron —le explicó—. ¿Y usted? ¿De dónde sale?

Ahora sí sonrió un poco más.

Por la comisura de los labios asomaron unos dientes casi

caídos de las encías, oscuros e irregulares. Incluso faltaban algunas piezas.

—Es una larga historia —dijo.

—Lo imagino.

—No, no puede. —Negó con la cabeza.

—¿Tanto ha sido?

Pere Humet dio la impresión de que iba a venirse abajo. Se recuperó un poco, tal vez porque estaba ella delante. Parpadeó y la nuez de su cuello subió y bajó de golpe, como si acabase de tragar algo enorme.

—Señor —habló con dificultad—, ¿podría verle mañana, o cuando me diga?

—Claro, hombre.

—¿En ese bar?

—Sí, sí, por mí está bien. Mañana mismo. ¿A qué hora le viene bien?

—No sé, a las diez, las once...

—Mejor a las doce —le propuso Miquel.

—Entonces a las doce.

—Bien.

Volvieron a estrecharse la mano.

—Gracias, inspector.

—No me llame así —le pidió.

—Para mí siempre será el inspector Mascarell.

—Pero para ellos no. —Abarcó con las manos el mundo que les rodeaba.

—Claro, ellos. Señora...

—Buenas noches —le deseó Patro.

—Estará a punto, ¿no?

—Una semana.

—Suerte.

—Buenas noches, Humet.

Volvió a calarse la gorra, hundió las manos en los bolsillos del pantalón y, tras dar media vuelta, le vieron alejarse en dirección contraria a la suya. Su figura se empequeñeció con cada paso. Los zapatos gastados, los pantalones remendados, la chaqueta una talla menor, la camisa arrugada. Todo en él componía la viva imagen de la derrota y la amargura.

Era como si la guerra no hubiese acabado hacía doce años, sino tan sólo hacía doce días.

—¿Quién era? —le preguntó Patro, impresionada, una vez reanudado su camino.

—Ya lo has oído, un antiguo agente. De los últimos que se incorporaron a fines del 35 o comienzos del 36. Tampoco es que le tratara mucho. Ahora... —movió la cabeza de un lado a otro—, Dios, está irreconocible. Antes de la guerra era un joven de veintipocos años, entusiasta, con ganas de aprender, muy profesional y meticuloso. Prometía mucho. Y no sólo él. Recuerdo que había un grupo bastante bueno. —Hizo memoria—. Sí, Humet, Rexach, Arnella...

—¿De qué querrá hablarte?

—¿Tú le has visto? Necesitará trabajo, o dinero, o vete a saber qué. Debe de haber salido de la cárcel, digo yo, porque otra cosa...

—Pobre hombre. —Suspiró ella—. Se ve que ha sufrido, y mucho.

—Como todos, Patro. Como todos. —Se resignó a lo evidente—. Cada cual carga con lo suyo y no hay muchos que hayan tenido nuestra suerte.

—¿Crees que lo nuestro ha sido suerte?

—Puede que en otra vida nos portáramos un poco mejor y ahora los hados nos hayan recompensado. Qué sé yo.

—Yo creo que necesitábamos salvarnos, y nadamos el uno hacia el otro, hasta encontrarnos.

—Eres una poeta.

—Estoy muy sensible, sí.

—Venga, ¿has cenado bien?

—Mucho.

—Pues ya está. Mañana será otro día.

Pasaron por delante de la mercería, con la persiana ya bajada. Teresina se portaba más que bien. Había asumido a la perfección su papel de encargada, y más en el estado de Patro. Un halo de responsabilidad la había invadido después de que Miquel le cortara las alas a su presunto novio, el mentiroso hombre casado que fingía ser de la secreta. Ahora Teresina se sentía incluso importante, y ellos descansaban un poco más, sabiendo que la joven les cubría las espaldas.

Todo menos pretender que Miquel hiciera de dependiente.

Llegaron al portal de la casa. La portera todavía revoloteaba por allí antes de decidirse a cerrar. Intercambiaron con ella los saludos de rigor y subieron al piso. Imaginaban los comentarios. Primero, él y Patro habían vivido juntos sin estar casados. La joven y el viejo salido de ninguna parte. Ahora, pese a llevar anillos, la extraña pareja iba a tener un hijo.

Prácticamente sería padre y abuelo a la vez.

—¿Estás cansada?

—Un poco.

—Venga, siéntate un rato. ¿Quieres oír la radio?

—No, ven a la cama. Prefiero estirarme y charlar.

—Bueno.

—¿Me ayudas?

—Claro.

Le quitó los zapatos, las medias, la falda y la blusa. Patro se quedó con el sujetador y las bragas. Miquel le besó el vientre. Luego la ayudó a tumbarse en la cama. No hacía frío en la habitación, así que ella no se tapó con la sábana, y menos con el edredón. Una vez tendida, volvió a tocarle el abdomen. Se lo acarició con la mano.

—Hoy no da patadas.

—Está tranquilo. O tranquila. Ven.

Se acercó para que ella le besara con ternura. Cuando se separó quedó a escasos centímetros de su rostro, blanco como la porcelana salvo por las manchas de los ojos y los labios, aún húmedos.

—No hemos hablado aún del nombre, y deberíamos —dijo Patro.

—Ya sabes que me da un no sé qué hablar de lo que todavía no ha sucedido.

—Tonterías.

—Ya.

—Falta una semana. Todo va bien. No seas maniático.

—Cuando era joven...

—Olvídate de cuando eras joven. —Le puso un dedo en los labios para que no siguiera hablando—. No quiero dar a luz y, cuando la enfermera o quien sea me pregunte, tener que decirle que todavía no sabemos cómo llamar a nuestro hijo. Quiero proponerte algo.

—Dime.

—Si es niño, el nombre se lo pones tú. Si es niña, se lo pondré yo y la llamaré Raquel.

—¿Por tu hermana muerta?

—Sí.

—Estoy de acuerdo.

—A veces, aún la veo correteando por el piso. Siento como si, al abrir la puerta del que era su cuarto, ella estuviese ahí, esperándome.

Miquel evocó la figura de las dos niñas, María y Raquel, en enero del 39, cuando perseguía a Patro para resolver el último caso de su vida al servicio de la ley en la República. María había sobrevivido. La pequeña Raquel no.

—Ojalá sea niña —susurró Miquel con amor.

—¿Porque ya tuviste un hijo?

—No. Ojalá sea una niña porque, como ha dicho el doctor Recasens, seguro que se parece a ti y será preciosa.

Patro le abrazó. Le estrechó contra su pecho y le revolvió el pelo, pasándole los dedos por la nuca, como a él le gustaba.

Miquel apartó el sujetador para liberar el pezón, ya a punto de convertirse en una fuente de vida. Lo lamió con cuidado y lo besó.

—Están hinchados —reconoció ella.

—Me gustan.

—Miquel.

—¿Qué?

—¿Cómo es ser padre?

Volvió a mirarla.

—Dejas de ser tú para ser él o ella. Dejas de contar. Todo lo haces a través de tu hijo. Y sabes que es para siempre, que adquieres un compromiso absoluto.

—Serás un padre estupendo.

—Y tú una madre cojonuda.

Patro puso ambas manos en su vientre.

—Tu padre es un malhablado —le dijo—. Pero también es muy bueno.

—Voy a...

—Espera. —Patro detuvo su intento de ponerse en pie.

—¿Sí?

—¿Cuánto hace que no...?

Dejó la pregunta sin terminar.

No era necesario.

—Mujer... —quiso quitarle importancia él.

—¿Un mes? —insistió Patro—. ¿Desde que me puse como una ballena?

—Treinta y siete días.

Su mujer abrió los ojos.

—¿Tanto?

—Sí.

—¿Y los has contado?

—A mi edad, cada uno es lo más de lo más. —Sonrió malévolo.

—Pues después está la cuarentena —le advirtió ella.

—Ni me lo recuerdes. —Se estremeció.

—¿Quieres hacerlo?

—¿Cómo?

—Me pongo encima.

—No seas bruta. Es un riesgo.

—¿Y si me apetece a mí?

—Pues te aguantas. Pero sé que lo haces por mí.

—¿Quieres que te alivie?

Miquel alzó las cejas todavía más. Casi se sintió un sátiro. Pero, a fin de cuentas, ésa era la complicidad matrimonial. ¿Quién no defendía la idea de que una pareja, en una habitación y solos, eran dueños de sus vidas y de sus cuerpos?

Y más en unas segundas nupcias con una mujer como Patro.

Incluso en una dictadura católica y castrante.

—Si después me dejas que te lo haga yo a ti...

—Bien —asintió Patro sumisa—. Venga, desnúdate.

A pesar de los años, y de sus gestos siempre pausados, Miquel descubrió lo rápido que podía quitarse la ropa cuando se lo proponía.

Podía batir cualquier récord.

Día 2

Sábado, 3 de marzo de 1951

5

Llegó al bar de Ramón a las doce en punto.

Pere Humet ya estaba allí, sentado a la misma apartada mesa que habían ocupado Patro y él la noche anterior. Tenía entre las manos una vacía taza de café, o achicoria, y a su alrededor, diseminadas, algunas migajas de pan. De día, su aspecto no era mucho mejor. Al contrario: si de noche se acentuaban los rasgos cadavéricos, con la luz del sol lo que se veía con mayor definición eran las arrugas, aquellas profundas simas de su carne que le conferían una sensación de vejez prematura. Llevaba la misma ropa, con la gorra cubriendo la rala maraña de su cabello encasquetada hasta casi la mitad de la frente. Con la mirada inicialmente extraviada, reaccionó e hizo ademán de ponerse en pie al verle caminar acercándose por entre las mesas. Miquel lo impidió con un gesto de la mano, antes de estrechársela con menos fuerza que unas horas antes, no fuese a rompérsela.

—Hola, insp... señor Mascarell.

—Hola, Humet. Buenos días.

Se sentó frente al hombre que había sido agente de policía durante unos breves meses entre finales del 35 y el estallido de la guerra en julio del 36. No se quitó la chaqueta. La climatología presagiaba lluvia y, a pesar de que en el bar siempre anidaba un buen calorcillo atufado por el aroma de la comida y la bebida, prefirió quedarse tal cual. No había muchos parroquianos, y los que formaban parte del paisaje preferían la barra a las mesas. De hecho, ésa era la razón de que hubiera optado por quedar a las doce y no antes. No tenían a nadie cerca.

—No querrá desayunar, ¿verdad? —le gritó Ramón.

—Un café —le pidió—. ¿Quiere otro?

—Gracias —se lo aceptó Pere Humet.

—Que sean dos —le indicó a Ramón.

—¡Marchando!

Disponían de un par de minutos antes de que Ramón les interrumpiera. Miquel forzó una sonrisa insegura y se enfrentó a su compañero. Éste le miraba con un halo de inequívoco respeto. Optó por iniciar él la conversación, fuera lo que fuese que el aparecido quisiera contarle o pedirle.

—Anoche me llevé una sorpresa.

—Pues mire que yo... No me lo podía creer. ¿Vive cerca?

—Sí, aquí mismo, en Valencia con Gerona, o en Gerona con Valencia, como prefiera. El 338.

—Guapa su señora.

—Mucho.

—Increíble, ¿no le parece?

—¿Qué es increíble?

—Todo. —Se encogió de hombros—. Usted y yo, vivos, que vaya a ser padre... Y a pesar de la guerra, la de aquí y luego la de Europa.

No mantenía el mismo tono de voz. Se le quebraba en la pronunciación de algunas palabras, como si tuviera resquebrajada la garganta o las sílabas ya salieran cansadas de su boca. La sensación de estar frente a un hombre roto se hizo mucho más acusada.

—Mi mujer también lo era —dijo con triste solemnidad—. Muy guapa.

—No la conocí —lamentó su viejo superior.

—No, claro.

El silencio que les sobrevino acentuó todavía más los presagios que tenía Miquel acerca de que aquél iba a ser un encuentro lleno de dolor.

—Qué tiempos. —Forzó una mueca Pere Humet tratando de que fuera una sonrisa.

—¿Aquéllos o éstos?

—Aquéllos —puntualizó—. Jóvenes, con ilusiones... Esto de ahora ni siquiera es... Dios, señor Mascarell, ¿cómo pudimos perder la guerra?

—Los ideales y la razón no siempre van de la mano de la justicia. Ni sirven de mucho frente a un ejército mejor alimentado y armado que, encima, cuenta con aliados como los que tuvo Franco.

—No me hable de hambre. —Se estremeció.

—¿De dónde sale usted, Humet? —preguntó, por fin, Miquel.

No pudo responderle. Primero porque se demoró un par de segundos, en busca de la palabra o la respuesta adecuada, y luego porque Ramón apareció con los cafés.

Nada de achicoria. Cafés de verdad. Bueno o malo, café. Doce años después se vislumbraban algunas normalidades en la vida cotidiana.

—¿Algo más? —Miró a Miquel.

—No, gracias.

—¡A mandar!

Ramón volvió a dejarles solos.

—Del infierno —dijo de pronto Pere Humet.

—¿Cómo dice?

—Me ha preguntado que de dónde salía, y se lo digo: del infierno.

—¿Ha estado preso?

—Si sólo hubiera estado preso... —Rodeó la taza con las dos manos, como si tuviera frío y así se las calentara—. ¿Ha oído hablar de un lugar llamado Mauthausen?

—No.

—¿Y de Auschwitz, Treblinka, Belzec, Buchenwald, Dachau...?

—Creo que sí, del primero, pero muy de pasada, como si a la gente que sabe algo le diera miedo mencionarlo. Tenga en cuenta que no hace ni cuatro años que salí en libertad, en julio del 47, y aquí no hay mucha información de nada.

—Cómo la va a haber, si el perro de presa de Franco, Serrano Suñer, fue el responsable de que se masacrara a tantos miles y miles de españoles en esos campos de exterminio.

—¿Exterminio?

—No eran campos de concentración para presos, desde luego. El mundo se enteró de todo en el juicio de Nuremberg, al acabar la guerra. Para entonces... Primero nadie podía creerlo, se pensaron que era propaganda antinazi. Luego, ya sí. Pruebas, películas... —Hizo un gesto de asco—. Eran lugares a los que se enviaba a quienes sobraban para matarles impunemente, en masa.

—¿Fusilados?

—Demasiadas balas y demasiado trabajo. Los metían en cámaras de gas y luego los incineraban en hornos crematorios. A cientos, a miles. En Nuremberg se habló de seis millones, la mayoría judíos, pero también gitanos, homosexuales o presos españoles que habían escapado de la Guerra Civil.

Miquel empezó a sentirse enfermo.

—¿Usted estuvo en ese lugar, Mauthausen?

—Sí, y también los otros cuatro: Eudald Matarrodona, Ernest Arnella, Joan Rexach y Sebastián Piñol. ¿Los recuerda?

—Ahora sí.

—Nos formamos juntos, nos graduamos juntos, nos enviaron juntos a la comisaría y después nos alistamos juntos al estallar la Guerra Civil. También nos marchamos juntos al exilio.

Miquel hizo memoria. Los rostros se le habían desdibujado, pero los recordó. Cinco de los últimos agentes incorporados al cuerpo, a la comisaría. Cinco buenos policías.

—¿Qué fue de ellos?

Pere Humet crispó las manos en torno a la taza. Luego bebió un sorbo y volvió a dejarla sobre la mesa. Se quedó mirando el pequeño lago negro como si quisiera ahogar en él sus pensamientos. Cuando levantó la vista, lo que tenía negra era el alma.

Negra y dura como una piedra.

—¿Tiene un rato, señor?

—Claro, adelante.

—Me gustaría contárselo bien, ¿entiende? Aunque me duela, es necesario que...

—Tranquilo. —Intentó darle confianza y serenarle.

Un segundo sorbo.

Más largo, más calmado.

La taza regresó a la mesa y Pere Humet al presente, aunque su memoria se instalara en el pasado.

Un pasado que arrancaba doce años antes.

Los ojos se le hundieron tanto que casi desaparecieron en la oscuridad de aquellas cuencas espectrales y profundas.

—Fue un milagro que sobreviviéramos, ¿sabe? —Inició su relato de manera pausada—. Peleamos los cinco, a cara de perro, y acabamos derrotados pero sin ningún rasguño. De común acuerdo decidimos irnos al exilio. No queríamos morir ni vivir en la España de Franco y los fascistas. Así fue como olvidamos los sueños y nos enfrentamos a lo inesperado, sin poder casi creerlo. —Le miró fijamente—. Yo quería ser como usted, señor. Era mi modelo. El gran inspector Mascarell, minucioso, resolutivo, intuitivo, paciente. No se imagina cómo le respetaba.

—Gracias.

—No me las dé. Fue un espejo. También para ellos, pero más para mí. Lo que más deseaba era llegar a ser inspector. Cuando tuvimos que dejarlo todo atrás... Cruzamos la frontera y la primera desilusión llegó entonces. Los gabachos, lejos de recibirnos no ya como héroes, luchadores antifascistas, sino como personas, nos trataron como animales. Acabamos en unos campos de refugiados, con un frío casi peor que el de las trincheras y un hambre que nos volvía locos. Encima, maltratados por los guardias que nos vigilaban, unos senegaleses que nos apalizaban con sus porras, los muy hijos de puta, como si se vengaran de tantos años de esclavitud con los primeros blancos a los que pillaban. Podría contarle mil historias de aquello. Nosotros estábamos en el Argelès-sur-Mer, que se dividía en tres campos más, uno para familias, otro para los hombres solos y el tercero ni lo habían terminado. Por un lado las vallas y por el otro el mar, con el viento que nos venía del Mediterráneo en pleno febrero. Una noche preferimos enterrar la ropa en la arena de la playa y quedarnos desnudos, a ver si así se morían los malditos piojos que nos desesperaban. Pero ni por ésas. Había personas que hacían sopa con la arena y, claro, caían reventados entre unos dolores que ni se imagina. —Hizo una pausa para tomar un tercer sorbo de café—. De Argelès-sur-Mer pasamos a Agde, «el campo de los catalanes», y allí estuvimos un poco mejor, hasta que, como sabe, el ambiente prebélico empezó a caldearse en toda Europa ante la amenaza nazi.

—Pero ustedes no combatieron en ella, ¿no?

Sin alterar el sesgo de su mirada, Pere Humet curvó la comisura izquierda de su labio hacia arriba. Una clara mueca de ironía.

—Muchos exiliados se fueron a México en algunos barcos que salieron del puerto de Sète. Nosotros cinco, no. En el fondo, optimistas, aún creíamos que los ingleses y los franceses acabarían echando a Franco, así que nos quedamos. Un día vino a vernos un cura y nos dijo que, si regresábamos a España, Franco nos perdonaría. Ni locos le creímos. Otra opción era alistarse en la Legión Extranjera de Francia e irse al África a tragar más arena. Tampoco lo vimos claro. La tercera alternativa fue la que creímos mejor, con tal de salir del campo de refugiados y sus penurias: nos alistamos en las Compagnies de Travailleurs Étrangers.

—¿Y eso qué era?

—Con el miedo a otra guerra, los franceses construían a toda mecha una línea fortificada en su frontera con Alemania, la Línea Maginot, para no sufrir una derrota tan humillante y vergonzosa como la de la Gran Guerra. Aquello estaba formado por auténticos búnkeres, fortalezas de cemento con innumerables túneles bajo tierra en los que vivían compañías enteras de soldados además de los que los construíamos. Todo un mundo, créame. Allí estábamos nosotros, los soldados y las armas, ligeras y pesadas, pendientes de que pudiera estallar el conflicto. Y todo a lo largo de cientos de kilómetros. Por lo menos dejamos de ser prisioneros. Nos dieron uniformes franceses. De la Primera Guerra Mundial, pero uniformes al fin y al cabo. Lo bastante como para volver a sentirnos hombres.

—Pero eran trabajadores.

—Y expertos, se lo digo yo. Además, ya habíamos combatido, éramos veteranos, mientras que los francesitos... por Dios, qué pandilla de inútiles. —Se le desparramó un poco de orgullo a través de las palabras, pero más por la forma de expresarlas—. Como le he dicho, allí dejamos de ser prisioneros. Podíamos salir, ir al pueblo más cercano a tomar algo, bailar, charlar con las chicas francesas. No fueron pocos los que se enamoraron y se casaron. Las fortificaciones tenían treinta metros de profundidad, y pasábamos en ellas la mayor parte del tiempo, trabajando a destajo, aunque a veces dormíamos en una finca agrícola y eso en verano fue una bendición. Nos daban cincuenta céntimos de franco al día como paga, que no era mucho, pero nos servía para pequeños gastos. También nos daban sellos, para que pudiéramos escribir a casa. Un lujo.

—¿Y eran muchos?

—Luego supe que había unas doscientas compañías, con doscientos treinta hombres cada una, más oficiales, cocineros... La Línea Maginot se extendía desde el canal de la Mancha y luego pasaba por la frontera entre Bélgica y Luxemburgo. Una barbaridad. Yo trabajé haciendo bóbilas, tendidos ferroviarios, fosas antitanques. Otros españoles fueron a parar a Dunkerque o a los Alpes francoitalianos. Mi último destino fue Fort Hackenberg, donde había quince mil hombres. Aquello era lo más grande que jamás había visto.

—Y a fin de cuentas no sirvió de nada, porque los alemanes pasaron por encima de las defensas francesas sin problema.

—Ya puede decirlo, señor. Cuando estalló la guerra nos dieron armas, tan obsoletas y de la Primera Guerra Mundial como los uniformes. Tocaba luchar. Salimos de una para acabar en otra. Parecía un mal chiste. ¿Y adónde podíamos ir? Una mañana nos despertamos y los gabachos se habían ido.

—¿Ido?

—Como lo oye. Nos dejaron solos. Uniformados, armados y solos. Si desertábamos, malo, y si nos quedábamos, peor. Los alemanes no tardaron en aparecer con sus tanques y, naturalmente, nos rendimos. La guerra en España se hizo con alpargatas. Ellos, en cambio, parecían ir en un continuo desfile. Tenían de todo y lo mejor. Nos enviaron al Frontstalag 184, en Les Alliers, Angulema, y por más que les dijimos que no éramos soldados, sino trabajadores, no nos hicieron el menor caso. Sea como sea, pensamos que la guerra había acabado para nosotros, que nos quedaríamos en ese campo y listos, a verlas venir. ¡Qué equivocados estábamos! ¿Qué iban a hacer los alemanes con aquellos miles de españoles que no servían para nada y significaban un gasto? Si estaban dispuestos a exterminar a millones de judíos, ya no les importaban unos españoles de más. ¡Éramos apátridas! ¡No se nos consideraba de ninguna forma! —Bajó un poco la voz porque acababa de exaltarse y tomó un poco de aire—. Después de la guerra supe que Von Ribbentrop y Ramón Serrano Suñer habían pactado nuestra suerte con el beneplácito de Franco. Un problema menos para él. Los soldados franceses detenidos por los alemanes durante la *drôle de guerre* fueron liberados tras la rendición de Francia. Nosotros no. Nosotros simplemente sobrábamos. El 20 de agosto de 1940 nos sacaron del campo y nos metieron en un tren, hacinados como borregos. Éramos cuatrocientos treinta prisioneros. Luego supimos que formábamos parte del cuarto envío de españoles hacia nuestro destino. A la expedición la bautizaron como «Convoy de los 927». Pensamos que nos llevaban a la frontera, para entregarnos a las tropas españolas, porque, de informarnos, nada de nada. Todo eran golpes y gritos en alemán. No entendíamos ni media. Cuando bajamos, muertos de miedo, cuatro días después, con un calor sofocante, nos encontramos en un lugar inesperado, desconocido, con un muro presidido por la estatua de un águila, y allí, por primera vez, vi aquel nombre: Mauthausen. —Pere Humet se acabó el café. Dejó la taza vacía temblando y, ante el silencio, continuó—: Señor Mascarell... usted ni se imagina...

—¿Quiere otro café? —intervino Miquel al verle vacilar.

—No, no. —Estaba vaciando su mente y necesitaba seguir, como si se deslizara por una pendiente y ya no pudiera parar—. Es sólo que... Auschwitz fue el gran campo de exterminio de los nazis, el que se lleva la palma, el que se menciona en toda Europa como paradigma del mal, pero Mauthausen fue el nuestro, el campo de los españoles, el lugar en el que, después de la batalla del Ebro, murieron más de los nuestros, ¿sabe? De los diez mil republicanos enviados a campos de exterminio, más de siete mil acabamos allí. —Apretó el puño de la mano derecha y lo repitió—: Más de siete mil, señor Mascarell. Siete mil...

6

Pere Humet apretaba tanto la vacía taza que Miquel temió que fuera a romperla.

—Nada más bajar del tren nos dimos cuenta de que aquello, más que una ratonera, era un matadero —continuó—. Nosotros agotados, los alemanes gritando y sujetando a sus perros rabiosos... Ahí empezaron los palos. Nos dieron unos uniformes a rayas y nos tatuaron un número. —Se subió la manga del brazo derecho y se lo mostró, el suyo era el 5279—. En el uniforme, un triángulo azul, la marca de los apátridas, y la letra S, de *Spanier*. Nos bastaron unos minutos para comprender aquel horror y saber que de allí no íbamos a salir vivos. Y eso que todavía no habíamos visto la cantera, la maldita escalera...

—¿Una escalera?

—Mauthausen no era un solo campo, sino un grupo de campos de trabajo y exterminio. En alemán, un *Ausmerzungslager*. En el campo principal había una cantera de granito con una escalera labrada en la misma piedra y que tenía ciento ochenta y siete peldaños. La cantera de Wiener-Graben. Suministraba material para las megalópolis paranoicas concebidas por Hitler y su arquitecto, Albert Speer. Los presos que acababan en la cantera tenían la muerte asegurada en un noventa por ciento de los casos. Cargábamos rocas enormes unas diez o doce veces al día. ¿Se lo imagina? Una escalera de ciento ochenta y siete peldaños cargando piedras, con nieve o calor, famélicos, titiritando de frío o hinchados por el sol. Los *kapos*, los prisioneros que hacían de capataces, nos golpeaban con bastones o nos zancadilleaban para que cayéramos. Eran peores que los propios alemanes. Y, si caía uno, arrastraba a otros. Una pierna o un brazo rotos significaba igualmente el fin, la muerte. Al llegar arriba, una distracción más consistía en arrojar a algún preso por la otra parte, una pared vertical, aunque los alemanes preferían despeñar a los judíos o a los soviéticos, los que más odiaban. La tierra al final de esa pared estaba roja de sangre siempre. La llamaban «el muro de los paracaidistas». —Hizo una mueca amarga—. Cada mañana caminábamos un kilómetro y medio hasta la cantera. Las piedras pesaban quince o veinte kilos. Teniendo en cuenta que sólo nos daban sopa al mediodía y ciento cincuenta gramos de pan... Estábamos en los huesos. Los escalones eran enormes, irregulares, auténticos rompepiernas, y de entrada, antes de llegar a ellos teníamos que subir una rampa que ya nos quitaba el aliento. Los alemanes también nos ponían piedras de canto en el suelo, para que nos sangraran los pies. Si cargabas rocas pequeñas, malo, te echaban el ojo. Si las cogías grandes, peor, porque acababas molido. En verano el calor nos hinchaba el cuerpo, la cara, los ojos, hasta casi reventar. En invierno el problema era el frío que te congelaba. Nadie llegó a trabajar ni siquiera un año en la cantera. Bastaban unos meses para acabar muertos. El primer español que murió allí lo hizo el 26 de agosto, pocos días después de llegar. Los demás nos quedamos quietos, en silencio, como señal de respeto, y eso impresionó a los alemanes. No podían dar crédito a la escena.

—¿Usted estuvo en la cantera? —preguntó Miquel sólo por decir algo, atrapado como estaba por el peso de aquel relato.

—Estuvimos los cinco, y sobrevivimos. La ventaja de muchos de los españoles era que teníamos maña para casi todo. Sastres, albañiles, fontaneros... Valíamos para otras cosas más que para morir, y lo aprovecharon. Eso nos ayudó a sobrevivir a no pocos. Fue nuestra ventaja. Por ejemplo, hubo un chico que era fotógrafo y logró trabajar como tal en el campo. Un tal Francesc Boix. Sin que los alemanes se dieran cuenta, tomó muchas imágenes de aquel horror y logró conservarlas a escondidas. Puro ingenio. No sólo se salvó, sino que fue uno de los principales testigos en el juicio que hubo en Nuremberg. Muchas de las fotos que han asombrado al mundo eran suyas.

—Fotos que aquí no hemos visto.

—Claro. ¿Cómo iba a dejar Franco que se vieran? —Pere Humet endureció un poco más la mirada—. Allí cada cual trataba de sobrevivir como podía, y no era fácil. Se pasaban el día gritándonos, como si fuéramos sordos: *«Achtung!, Schnell!, Schon!, Schwein!»*, o sea, «¡atención!, ¡deprisa!, ¡ya!, ¡cerdo!». Todos, desde el *Blockführer*, que era el encargado de la vigilancia en los barracones, hasta el *Lagerkommandant*, el responsable superior de la seguridad exterior y del orden en el campo. Para ellos no éramos humanos. Pero, si trabajar en la cantera era rozar la muerte cada día, la otra opción era acabar en las cámaras de gas.

—¿Mataban a la gente así? —Se tensó Miquel.

—A partir de 1942 los trenes comenzaron a llegar sin parar, con deportados, familias enteras. En cuanto se abrían las puertas, los alemanes separaban a hombres y mujeres. A los niños les preguntaban: *«Wie alt, wie alt?»*. Querían saber su edad para decidir si los mataban ya o servían para trabajar. Arrancaban a bebés de los brazos de sus madres y les aplastaban la cabeza allí mismo, delante de ellas. La crueldad era absoluta. En 1942, los españoles ya éramos los veteranos y hacíamos lo que podíamos, organizados clandestinamente y tratando de ser más listos que ellos. Robábamos medicinas de la enfermería y redistribuíamos la escasa comida para ayudar a los más débiles. Salvamos a muchos de morir. También nos

54

las ingeniamos para evitar que más de uno acabara convertido en humo, advirtiéndole o sacándole de la fila mediante algún engaño. Primero usaban naves con agua helada en las que metían a los presos. Después, empezaron a llegar ya muertos en los camiones, haciendo que respirasen lo que salía por el tubo de escape. Finalmente se instalaron las cámaras de gas. Los presos, desnudos, creían que iban a ducharse para despiojarse. Pero a la que salía el gas por los conductos... Aún tengo sus gritos aquí. —Se tocó la sien con el dedo índice—. De todas formas, al menos eso era una muerte rápida. Los hombres que se encargaban de llevar los cadáveres a los crematorios, porque era imposible enterrar a tanta gente y, además, eso hubiera dejado pruebas de su barbarie, acababan medio locos. Aparte de las duchas heladas o las cámaras de gas había celdas de castigo, en las que no comías ni bebías hasta que expirabas, o incluso flagelaciones, en las que te daban veinticinco latigazos y debías irlos contando tú mismo, en voz alta y en alemán, *ein, zwei*... Como te equivocases, vuelta a empezar. Luego estaban los experimentos médicos...

—¿Quiere decir que utilizaban a los presos como cobayas?

—En Nuremberg se supo que un médico de Auschwitz había operado a la gente en carne viva, experimentado con gemelos o practicado cosas aberrantes, inyectando virus... Pero en Mauthausen muchos presos murieron desangrados porque se les extraía toda la sangre para enviarla al frente.

Miquel empezó a encontrarse mal.

El desayuno, pese a llevar ya más de un par de horas en el estómago, se le agitaba como si buscase un canal de escape.

—Yo pensaba que no podía haber nada peor que el Valle de los Caídos —logró decir.

—Pues ya ve.

—¿Por qué me está contando todo esto? —Se rindió.

—Para que al final entienda qué hago aquí, señor Mascarell, y a lo mejor me ayude.

—¿Yo?

—Déjeme seguir, por favor. —No esperó a que le diera permiso y continuó hablando—: Hasta este momento habíamos estado unidos. Todos para uno, uno para todos. Discutíamos las cosas, tomábamos decisiones votando, democráticamente, nos ayudábamos como hermanos y ninguno era más que otro. No había un líder natural entre nosotros. Era un milagro que ninguno hubiera caído; pero, si uno se hundía, los demás le animábamos, y si uno enfermaba, le atendíamos sin dejar que se rindiera. Rexach era el eterno optimista, Matarrodona el cauteloso, Arnella el manitas, Piñol el cerebral y yo... Yo no sé, supongo que un poco de todo. —Se encogió de hombros—. Por desgracia, aquello era muy duro, día tras día, semana tras semana, mes tras mes. Cada día podía ser el último. Los alemanes se jactaban de su poder, nos decían que la guerra estaba ganada. Una tortura más. No fue hasta finales del 42 o comienzos del 43, al empezar a irles mal las cosas después de lo de Stalingrado, cuando les vimos el sello de la derrota y eso nos reanimó. Pese a todo, nos sentíamos abandonados, perdidos en ninguna parte. Imaginábamos que, si Alemania perdía la guerra, nos matarían a todos antes de largarse del campo. En el verano de 1943, a los tres años de llegar a Mauthausen, Sebastián Piñol comenzó a tocar fondo y, por desgracia, no nos dimos cuenta. Algo que a la postre nos iba a costar la vida. ¿Recuerda usted a Piñol, señor Mascarell?

—Era el más alto, sí.

—Alto, atractivo, aunque allí acabamos siendo ruinas humanas; siempre precavido y, como le he dicho, cerebral. Muy cerebral. Que se viniera abajo no significa que dejara de pensar. Recuerdo que empezamos a verle más taciturno, pero eso fue todo. Debió de imaginar que muy difícilmente sobreviviríamos los cinco, y que, si caía alguno, no quería ser él. No sé lo que duró el proceso, pero estalló el día en que torturaron a Ernest Arnella. —Pere Humet se dio cuenta de que su com-

56

pañero se movía inquieto en la silla y dejó de hablar un par de segundos. Luego dijo—: Siento tener que contarle esto, de verdad.

—Tengo la garganta seca —reconoció Miquel.

—Yo también —admitió Humet.

—¿Otro café?

—No, no, sólo agua.

Fue Miquel el que levantó la mano para llamar la atención de Ramón. No dejó que se acercara a la mesa.

—¡Agua, por favor!

—¡Voy!

Humet no siguió hablando, para evitar que Ramón le interrumpiera al traer el agua. El peso de la derrota y la amargura le empequeñecían. A Miquel le pareció que menguaba poco a poco. Más que testigo de un horror infrahumano, era como si lo llevase con él. Todo aquel lugar llamado Mauthausen estaba en su cabeza.

—Algún día España sabrá esto, ¿verdad? —musitó Humet.

—Sí, lo sabrá.

—Aunque sea tarde.

—Aunque sea tarde —corroboró Miquel, pese a que no era una pregunta.

—Cuando veo a ese hijo de puta rodeado de curas gordos y pomposos, con las manos manchadas de sangre, tan feliz...

Ramón llegó hasta ellos. Llevaba un jarroncito de plástico lleno de agua y dos vasos. Lo dejó todo en la mesa y, cosa rara, no dijo nada. Le bastó con verles la cara, sobre todo la de Pere Humet.

Los dejó solos.

Miquel sirvió el agua. Su compañero apuró todo el vaso de una sola vez. Se lo volvió a llenar. Él dio únicamente dos sorbos, aunque muy largos.

—Era normal que los *kapos* o los mismos alemanes trataran de enfrentar a los prisioneros. Tenían una macabra forma de superar su propia rutina —reanudó su larga perorata Humet—. A veces conseguían que se mataran unos a otros. Les decían que, si lo hacían, sobrevivirían un poco más, como si eso fuera un premio, o un regalo. Nosotros logramos evitarlo de mil maneras, la principal no estando siempre juntos fuera del barracón, para que no se viera más de la cuenta que éramos amigos, o sobornando al *kapo* del nuestro. Sin embargo, con el paso del tiempo, se hizo evidente que formábamos un grupo. Eso coincidió con la entrada de un nuevo *Blockführer*. Fue poco después cuando Arnella metió la pata y se desencadenó todo. En una inspección miró demasiado fijamente a un general, el tipo se molestó e hizo que lo llevaran a la estaca.

—¿Qué era eso?

—Te ataban los brazos a la espalda y te colgaban de las muñecas. A los pocos minutos, las articulaciones se quebraban, los húmeros se desencajaban junto con la escápula y las clavículas. El dolor era insoportable. Quienes sufrían ese tormento quedaban deformes. Si se les dejaba colgados mucho rato, el esqueleto acababa por desmembrarse. Una muerte horrible.

—¿Y Ernest Arnella pasó por eso?

—Sí. Y quedó muy mal. Lo bajaron y ya no era más que un muñeco roto. Estábamos horrorizados. Sus alaridos eran espantosos. Entonces el *Blockführer* ordenó a Piñol que lo rematara, y allí, si vacilabas, te mataban a ti. Piñol cogió la pistola y le disparó a Arnella en la nuca sin vacilar.

—Pero le obligaron. Y, de hecho, le hizo un favor.

—No acabó ahí la cosa, señor. Inesperadamente, el *Blockführer* me señaló a mí y le pidió que también me matara. Piñol tampoco vaciló. Fue todo muy rápido, aunque ahora lo recuerde a cámara lenta. Me apuntó a la cara y apretó el gatillo. Nunca olvidaré su mirada, ni ese clic del percutor, porque en la pistola sólo había una bala, la que había acabado con la vida de Arnella. ¿Cómo iba a arriesgarse el *Blockführer* a darle un arma cargada con más? ¿Y si le disparaba a él? Cuando el alemán se marchó riendo, Piñol nos dio la espalda. En unos segundos habíamos pasado de seres humanos a bestias. Yo me eché encima de él, con los nervios rotos, así que Matarrodona y Rexach tuvieron que separarnos. No sé qué habría pasado en los siguientes días, porque a la mañana siguiente se llevaron a Piñol. Pensamos que era para fusilarle o gasearle, pero no. Ya que había demostrado valor al rematar a Arnella y dispararme a mí, le ofrecieron un trato de favor si hacía de espía y nos denunciaba.

—¿Aceptó? —preguntó Miquel al ver que Humet se detenía.

—Sí, aceptó. Había llegado al límite y lo único que quería ya era vivir, como fuera. Posiblemente matar a Arnella le volvió loco, o le resquebrajó la moral. Vaya usted a saber. Lo cierto es que tocó fondo. Ya no éramos cinco. Se había roto algo sagrado: nuestra unidad. Lo primero que hizo fue delatar a quienes robaban medicinas de la enfermería, luego a los jefes de la organización que nos mantenía con cierta disciplina, para evitar que cada cual hiciera la guerra por su cuenta. Se convirtió en un enemigo declarado. Fue... ¿Se imagina? Se pasó al otro lado sin pestañear. Nosotros éramos sus amigos, los que más podíamos censurarle, por este motivo también fuimos sus primeros objetivos. A Eudald Matarrodona le dieron una paliza tremenda, luego le entregaron una cuerda y lo encerraron en una celda de castigo. La idea era que se suicidara. Si no lo hacía, al salir repetían la paliza y de vuelta a la celda con la soga. Nadie esperaba a la segunda paliza y menos aún a la tercera. Matarrodona no fue menos. Se colgó. El siguiente en morir fue Rexach. Piñol hizo que nos devolvieran a la cantera, a subir y bajar la maldita escalera de piedra cargando aquellas rocas. Era a comienzos de invierno y estábamos a muchos grados bajo cero. Aquel día llegamos a la parte de arriba y, de pronto, Rexach me miró. Lo vi todo en sus ojos, el cansancio, la ruina moral, la pérdida de toda esperanza, la resignación... Yo reaccioné demasiado tarde. Alargué la mano, pero él ya se había dejado caer de espaldas. Le juro que... —Hizo un esfuerzo para seguir—. Le juro que tengo las carcajadas de los alemanes metidas en la cabeza. Las carcajadas y el sordo choque de Rexach contra el suelo.

Miquel estaba lívido.

Por primera vez, no sabía qué decir. No tenía argumentos. Para nada.

—Humet, esto es...

—No hay palabra en el diccionario que lo pueda definir.

—¿Cómo sobrevivió?

—Usted lo llama sobrevivir. Yo lo llamé resistir, porque eso fue lo que hice: resistir. Por Arnella, por Matarrodona, por Rexach. Resistí a mi segunda etapa en la cantera y, por suerte, la guerra acabó antes de que pudiera sucumbir o Piñol hiciera que me matasen para que no quedara ningún testigo próximo a él. Sea como sea, ya no volví a verle más. Ni siquiera sé si siguió en el campo, aunque imagino que sí. El 5 de mayo de 1945 los Aliados liberaron Mauthausen. Los españoles que habíamos sobrevivido echamos abajo aquella águila de la entrada y colgamos una pancarta en nuestro idioma que decía: LOS ESPAÑOLES ANTIFASCISTAS SALUDAN A LAS FUERZAS LIBERADORAS.

—Increíble —reconoció Miquel sintiendo un peso enorme en el pecho.

—Se lo he dicho. Era nuestro campo. Y se lo repito: algún día España ha de saber lo que pasó allí, para que a Franco y a Serrano Suñer se les caiga la cara de vergüenza. Fue como si nos asesinaran con sus propias manos.

—¿Y dice que no supo nada más de Sebastián Piñol?

—No —dijo envolviendo la palabra en un suspiro amargo—. No volví a verle desde el día que lo apartaron de nosotros. Pero durante semanas, meses, allí todos hablaban del traidor. Todos. Algunos me preguntaban cómo era posible que nos hubiera hecho aquello. No podía responderles. Supongo que lo de Arnella le hizo ver que acabaríamos todos muertos, y se rebeló contra esa idea. Yo le busqué por todas partes, pero desapareció. Simplemente desapareció. Lo más lógico era pensar que estaba muerto, y con esa idea viví en paz los siguientes años, en Francia, hasta hace unos meses.

—¿No regresó usted a España?

—No, ni loco. ¿Cómo iba a volver? ¿Para acabar en una cárcel franquista? Ni hablar. Después de resistir a la barbarie nazi hubiera sido absurdo creer que aquí las cosas nos irían siquiera un poco mejor. Al acabar la guerra mundial, Europa entera estaba destruida, y nosotros éramos miles, miles de personas sin casa, sin nada, vagando de un lado a otro. Pasé unos meses recuperándome, sin poder casi andar, porque estaba en las últimas, piel y huesos, y después me fui al pueblecito donde había estado mientras trabajábamos en la Línea Maginot. Allí por lo menos había hecho alguna amistad. Trabajé como agricultor y me gané la vida entre 1946 y 1950. Después de tantos años, pude escribir a casa, sólo para saber que ya no quedaba nadie, que mi mujer y mis padres estaban muertos. Lo único que me quedaba, que me queda, era mi prima Isabel, Isabel Moliner, en cuya casa, no muy lejos de aquí, estoy desde que llegué hace unos días, clandestinamente, claro.

—¿Está aquí de manera ilegal? —se asombró Miquel.

—Sí.

—¿Y si le cogen?

—Yo ya estoy muerto, señor Mascarell. Entré por los Pirineos, pero sé que difícilmente podría volver a salir, y aunque pudiera... Luego le contaré eso. Antes, ¿no quiere saber por qué regresé?

—Empiezo a pensar que es el motivo de que me cuente todo esto.

—Lo es —asintió—. Isabel y yo nos escribimos regularmente desde que recibí noticias suyas contándome lo de mi esposa y mis padres. Estábamos solos. No quedaba nadie de nuestra familia. Es una buena mujer, de mi misma edad, y habíamos estado muy unidos antes de la guerra. Ella me contaba cosas de cómo iba todo por Barcelona y yo le hablaba de mi nueva vida en Francia. Lo más normal del mundo, hasta que me dijo que había visto a Sebastián Piñol.

—¿Aquí?

—Sí.

—Pero... ¿cómo...? —Le dominó la sorpresa.

—No lo sé, señor. Pero era él, me dijo que estaba segura. Isabel conoció al grupo y hasta se medio enamoró de Matarrodona. Fue la primera que me dijo que Piñol no le caía del todo bien. Intuición femenina, supongo. Aquello pasó ya en la primavera del 36 y fue muy fugaz. Apenas destellos que quedaron barridos por la guerra. —Bebió un poco más de agua para aclararse la voz—. Isabel le vio por la calle, y se quedó asombrada. Le siguió unos pasos, le oyó hablar, con su característico tono agudo... y ya no le quedó la menor duda. Era él. Lo único malo es que no le siguió más, no vio dónde vivía, nada. Se asustó. Yo le había contado la historia por carta, como se la he contado a usted, y le entró mucho miedo. Casi echó a correr. Cuando me escribió y me lo dijo... todo volvió a mí, ¿entiende? Sebastián Piñol vivo, y en Barcelona, como si tal cosa. Sentí cómo Rexach, Arnella y Matarrodona me gritaban desde el mismísimo infierno.

—¿Y ha vuelto...? —Miquel no acabó la frase.

—Para encontrarle y matarle, sí. —La concluyó Pere Humet.

7

Miquel dejó que las palabras de Pere Humet flotaran entre los dos, como una niebla gris que, poco a poco, en lugar de difuminarse, se hizo más impenetrable. Le bastó con ver la mirada de su interlocutor para saber que no era un acto de desesperación o un aliento de rabia, sino una realidad, fría, calculada y serena. La niebla les separó y situó a ambos lados de sus respectivos mundos. Dos supervivientes, con distintos caminos. La determinación de un hombre que no tenía ya nada que perder, frente a la reencontrada paz del que quería vivir los últimos años de su vida abrazado a la esperanza.

—Escuche, Humet... —rompió el silencio Miquel.

—No le he contado esto para que me disuada, señor —lo detuvo—. Se lo cuento porque necesito hacerlo, y porque tal vez usted sepa algo de Piñol.

—No, nada. Verle a usted ya ha sido toda una sorpresa.

—¿Me lo jura?

—Vamos, Humet.

—¿No se ha cruzado con él por la calle, algo... lo que sea?

—No. Desde que salí, vivo mi vida y nada más. —Obvió decirle la de líos en los que se había metido a cuenta de su pasado como inspector de policía en los tiempos de la República.

Pere Humet no le ocultó su deje de frustración.

—Mierda —exclamó depositando sus ojos en el vaso de

agua—. Cuando le vi ayer pensé... Fue un rayo de esperanza. No he hecho más que dar palos de ciego desde que llegué.

—¿Cuándo lo hizo?

—Hace unas tres semanas. Como se imagina, cruzar la frontera y llegar a Barcelona no fue fácil.

—¿Por dónde le ha buscado?

—Lo primero que hice fue ir a ver a las familias de Rexach, Arnella y Matarrodona, aunque ya no queda mucha gente. Era una deuda moral para con ellos.

—¿Sabían algo de cómo habían muerto los tres?

—No, ¿cómo iban a saberlo? Se quedaron atónitos. Estos doce años, desde el final de la Guerra Civil, han acabado de arrasar con todo lo que aún sostenía en pie a algunos. Las esperanzas se han ido cayendo, una a una. Por lo que sé, aún hay presos en las cárceles franquistas. —Él mismo cogió la jarra y volvió a llenarse el vaso de agua. Le dio un sorbo, lo dejó en la mesa y continuó—: De Eudald Matarrodona, sólo quedan los abuelos paternos. Están en un asilo, en la calle Saleta, cerca de Vallespir. Fue a los que más me costó encontrar, hasta que una vecina me dio los detalles. A Joan Rexach también le ha quedado muy poco, su madre y una hermana. Siguen en la calle Escuder, en la Barceloneta. La madre de Arnella y su hijo pequeño viven, o malviven, como pueden, en una pequeña casita al pie del Tibidabo, al empezar la carretera de la Rabassada. También está su viuda. Arnella y yo éramos los únicos casados cuando la guerra.

—Ha tenido que ser duro.

—Ya lo imaginaban, aunque nunca se sabe. Les ahorré los detalles más escabrosos salvo uno: que Sebastián Piñol nos vendió a todos. Ahora, por lo menos, ya no esperarán nada. La madre de Rexach fue la que más pena me dio. Ella ya sabía que su hijo era homosexual. Nosotros no nos enteramos hasta Mauthausen.

—¿Rexach?

—Sí, ya ve. Lo tenía bien guardado. Tampoco es una cosa de la que vaya uno hablando sin más.

—¿Cómo dio con las tres familias, o lo que queda de ellas?

—Hablamos mucho en el campo, de nuestras casas, de nuestros seres queridos... Siempre tuve buena memoria, por eso aspiraba un día a ser inspector de policía, como usted. Nunca me ha costado recordar detalles, nombres, números, direcciones...

—¿Y con Piñol no pasó eso? ¿No habló de su casa y de los suyos?

—Claro que lo hizo, aunque ahora me doy cuenta de que fue mucho menos que los demás. Ya le digo que era precavido. Hacía muchas preguntas, pero él soltaba pocas cosas. Apenas algo de su madre, su hermano... Para quedar bien, sin entrar en detalles. Era muy suyo. Fui a sus señas y hablé con vecinos, comerciantes del barrio, cualquiera que pudiese conocerle o recordarle, pero nada. La madre dejó la casa al acabar la guerra, y eso es todo. Me he vuelto loco estos días yendo de un lado a otro. Ya no sé dónde buscar.

—¿Y si se ha cambiado el nombre y vive con papeles falsos?

—Es posible.

—Dudo que se entregara a las autoridades, pasase por la cárcel para quedar limpio y ya hubiera salido. Por lo que me ha contado, no creo que sea de los que corren riesgos.

—Piñol era listo. Ha de seguir siéndolo. Si está aquí y va por ahí tan campante, será porque se siente seguro. Supongo que tarde o temprano daré con él, pero... —Hizo un gesto de desánimo—. Inspector —volvió a usar su viejo cargo—, usted no me ayudaría a buscarle, ¿verdad?

—No, Humet. Lo siento.

—Lo entiendo, tranquilo.

—Comprenda que...

—Vi a su mujer, embarazada. No tiene que decirme nada.

—Tengo una nueva vida, y en bastantes líos me he metido desde que salí en julio del 47, se lo aseguro. Lo que tengo ahora es una oportunidad que no quiero perder. Eso y la responsabilidad de ser padre, a mis años.

—Le envidio.

—¿No puede olvidarse de todo y buscar un poco de paz?

—No. —Fue categórico.

—Ellos no volverán a la vida.

—Ya le he dicho que, si tuvieran tumbas, se revolverían en ellas. Si Piñol está vivo, he de hacer que descansen en paz. Antes de que se convirtiera en un traidor y un delator, hicimos aquel pacto entre todos. Nos conjuramos: si uno sobrevivía, tenía que hacer lo que fuese por la memoria de los demás. He sobrevivido yo, y lo que he de hacer es justicia.

—Puede que yo hiciera lo mismo en su lugar —reconoció Miquel.

—¿Se le ocurre algo, señor? —preguntó Humet con un deje de desesperación—. He mirado en la guía telefónica, he ido a ver a los que salían en ella... En el 36 Piñol tenía una novia, una tal María Aguilar. Es lo que voy a investigar esta tarde. Tal vez sea mi última pista. Si fracaso...

—¿Dónde vive su prima?

—En la calle Rosellón 303, cerca de la esquina con Gerona, al lado de un edificio con cristaleras muy bonitas. Ya ve que es cerca. Por eso a veces vengo a este bar. La tortilla de patatas es muy buena.

—¿Su prima sabe el riesgo que corre teniéndole en casa?

—Isabel está un poco loca, y no me extraña con lo que ha pasado, pero es una buena mujer. No iba a dejarme en la estacada. Tampoco voy a estar con ella mucho más. —Bajó los ojos con dolor antes de recuperarse de inmediato—. Cuando me vio en la puerta de su piso, casi se muere del susto. Imagínese. Después de tantos años...

—¿Adónde irá después?

No dijo «después de matar a Piñol», ni después «de lo que fuera». Sólo «después».

—Señor Mascarell —reapareció el dolor, la angustia en la mirada—, yo ya estoy muerto.

—No diga eso.

—Lo estoy —repuso con serenidad—. Ni siquiera me queda mucho de vida. Unas semanas a lo sumo.

—¿Está...?

—Sí. Cáncer.

Por un momento, Miquel pensó en Quimeta.

—Lo siento. —Suspiró.

—Ya no tengo nada que perder, ¿comprende? Creo que si he seguido vivo ha sido precisamente por eso, y que si Isabel vio vivo a Piñol justamente ahora, es por lo mismo. Una especie de cita con el destino.

—No voy a convencerle, ¿verdad?

—No.

—¿Cómo va a matarle si le encuentra?

—No lo sé. Lo pensaré cuando dé con él. ¿No tendrá usted una pistola por casualidad?

—Ya no.

—¿Ha matado a alguien, señor Mascarell?

Miquel no supo si decírselo. Era algo que llevaba muy dentro.

Algo que ni él mismo entendía a veces, aunque en aquel momento, al hacer aquel disparo, supo que era lo mejor que podía hacer.

Un acto de justicia.

Como el que pretendía llevar a cabo Pere Humet.

—Yo disparé el último tiro de la Barcelona republicana —confesó—. La mañana del 26 de enero del 39 disparé a un asesino, sólo para que no se librara impunemente de haber matado a una niña.

Pere Humet no hizo ningún comentario.

Todo parecía estar ya dicho.

Miquel comprendió que tenía ante sí a otra clase de producto de la guerra y la derrota. Un hombre sin nada que perder. Un hombre cargado de odio, con el peso de una enorme tragedia sobre sus espaldas.

Un hombre con un solo destino.

Sintió una profunda pena por él.

Por él y por todos los que habían pasado por aquel lugar llamado Mauthausen.

—¿Por qué no vienen usted y su prima mañana a comer a mi casa a eso de las dos y media?

—¿Quiere convencerme?

—No, no. Ni siquiera le hablaré a mi mujer de todo esto. Es sólo... Bueno, no sé.

—¿Por los viejos tiempos?

—Sí.

—De acuerdo —aceptó—. Pero iré solo.

—Como quiera.

—Intento mantener a Isabel al margen —confesó—. Encima ha tenido complicaciones personales últimamente y no quiero meterla en más problemas. —Sonrió por primera vez, aunque de manera muy somera—. Tenía un novio, celoso, muy celoso. Un tal Rogelio Maldonado. Rompió con él, por violento y por sus malos tratos, y el tipo no se resignó. Empezó a espiarla. Al aparecer yo y quedarme en casa de ella, pensó que era otro novio, y encima que ya vivíamos juntos. —La sonrisa se acentuó—. No vea la pelea que tuvimos hace tres días. En plena calle, delante de la casa. Menudo bravucón. Yo con miedo de que apareciera la policía y me detuvieran, Isabel gritándole que yo era su primo, él que no la creía y ¡hala!, venga a empujarme. Le habría bastado media bofetada para matarme, porque es un hombre fornido. Créame —ahora sí sonrió abiertamente—: si va a comprar carbón a la carbonería de Provenza con Roger de Flor, tenga cuidado con el tipo.

—¿Un carbonero?

—Sí, ya ve. Bueno, mi prima tampoco es ya una rosa.

—¿Quién lo es hoy en día?

Pere Humet se lo dijo:

—Su mujer. Por lo que vi, ella sí es una rosa, señor.

Miquel estuvo de acuerdo.

Luego los dos comprendieron que todo estaba dicho, que ya no quedaba mucho por hablar y que el resto, fuera lo que fuese, quedaba para el día siguiente.

8

A Patro se le descompuso la cara nada más decírselo.

—¿Le has invitado a comer?

—Sí.

—Miquel... —Reflejó todo el disgusto que sentía.

—¿Qué pasa, mujer? —Se sorprendió por la reacción.

—¿Que qué pasa? Pues que el niño nacerá un día de éstos y era nuestro último domingo. ¡Me apetecía ir al cine!

—Podemos ir después, a media tarde, aunque con la huelga de los tranvías...

—¡Siempre vamos al cine a pie!

—Cuando es cerca.

—¡Pues a uno que esté cerca!

—Han dicho que lloverá mucho. —Buscó la última excusa.

—Mira, no me vengas con cuentos. —Se cruzó de brazos, muy enfadada—. Encima habré de cocinar.

—Que no es de compromiso, mujer.

—¿Y qué quieres, que quede como una mala esposa?

—Tú no eres una mala esposa.

—Pero cocinar, lo que se dice cocinar...

Miquel la abrazó. Lo que menos quería era disgustarla. Y la había disgustado. Apenas recordaba las complicaciones de los embarazos y el estado anímico de las embarazadas, sobre todo al acercarse el momento decisivo. Quimeta había pasado por lo mismo.

Una metedura de pata.

Todo por un casi desconocido que emergía del pasado para proyectar nubes de tormenta sobre su presente.

Ya no podría olvidar que Pere Humet estaba en Barcelona para matar a Sebastián Piñol.

—¿Vamos al cine esta tarde? —Le besó la punta de la nariz.

—¿Esta tarde? —Lo dijo como si fuera algo extraordinario—. ¿No ves que he de ir a la mercería?

—Ah, no. —Ahora el que se puso serio fue él—. Ya está bien de ir a trabajar. Que se ocupe Teresina, que lo está haciendo estupendamente y a fin de cuentas va a tener que ocuparse de todo en cuanto des a luz, al menos los primeros días.

—Pobre Teresina.

—Eso, tú «pobre Teresina». Mira que eres buenaza. ¿No quieres ir al cine? ¡Pues vayamos al cine!

—No te exaltes.

—¿Yo? —Se quedó pasmado.

—Sí, tú, que estás más nervioso que yo.

—Yo no estoy nervioso.

—Sí lo estás.

—Yo no estoy nervioso.

Patro se cruzó de brazos. No quiso seguir la repetitiva conversación.

—¿Has comprado el periódico?

—Sí.

—Pues vete mirando cines. Y, por una vez, me da igual lo que veamos. —Se estremeció—. Quizá no podremos volver en mucho tiempo.

Lo dijo como si fuera el apocalipsis.

¿Qué harían sin «su» cine?

—¿Quieres que...?

—Voy a preparar la comida. —Se dio media vuelta, todavía irritada.

—¿Te ayudo?

—¡Ya lo harás cuando lo necesite!

Más que una realidad, sonó a amenaza.

—De acuerdo —musitó él.

Miquel arrió velas. Lo de ser padre llevaba consigo un sinfín de problemas añadidos. Por lo menos el cine, fueran películas cómicas, de aventuras o dramas, la tranquilizaba. Patro se metía en la pantalla desde el primer plano, y vivía cada historia desde dentro, como si le pasara a ella. Era asombroso. Reía y lloraba a partes iguales, y al salir se le colgaba del brazo, feliz, sonriendo si estaba bien o con los ojos húmedos si estaba igualmente bien pero afectada.

Sí, un par de buenas películas, en algún cine próximo, y hasta él se olvidaría de todo.

Incluido Pere Humet.

Todo lo que le había contado de aquel lugar...

Mauthausen.

Y el mundo, la vida, pese a todo, seguía.

Iba a buscar *La Vanguardia*, que había dejado sobre la mesa del comedor, cuando se detuvo en la puerta de la habitación que ya habían empezado a preparar para el bebé. Faltaban algunos detalles, pintarla, decorarla un poco, pero la cuna estaba allí, presidiendo el espacio. No era nueva. La vecina del primero había insistido en darles la suya. Miquel se había resistido, pero al final optó por ceder, «para no hacerle un feo», como decía Patro.

La cuna de Roger no se parecía en nada a aquélla.

Recordó la misma escena, años atrás, una semana antes de que naciera su hijo. Él, un joven policía con futuro, y Quimeta, radiante porque lo que más deseaba era ser madre.

¿Por qué no volvió a quedarse embarazada?

Si hubieran tenido una hija, a lo mejor seguiría con vida.

Una hija de la edad de Patro.

—¿Has encontrado alguna película que esté bien? —La oyó gritar.

—¡No, aún no!

Salió de la habitación, llegó al comedor, abrió *La Vanguardia* por la página 14 y empezó a leer la cartelera desechando los cines que estaban más lejos. Como mucho, por el paseo de Gracia o la plaza de Cataluña, para ir a pie y con los ojos abiertos. A lo peor los cines también estaban vacíos, aunque no lo creía. La gente quería... no, la gente necesitaba divertirse.

Con la lección aprendida se dirigió a la cocina.

—Veamos —empezó a decir—. Programa doble, ¿no?

—Claro —le respondió Patro mientras se movía con soltura por entre fogones, platos y cacharros a pesar de su barriga.

—Pues mira... *El halcón y la flecha* y *El embajador* en el Alcázar; *El pasado amenaza* y *Ambiciosa* en el Cataluña; *La calle sin nombre* y *Debla, la virgen gitana* en el Capitol; *La revoltosa* y *El príncipe de los mendigos* en el Pelayo; *Mister Belvedere estudiante* y *El vals del emperador* en el Vergara...

—¡Ay, mira, escoge tú, ya te lo he dicho! —se quejó Patro—. Luego empezamos a ver quién protagoniza cada una, de qué va, si las dos están bien o una es buena y la otra mala...

—En *El vals del emperador* sale Bing Crosby, así que debe de ser musical, y a ti te gustan. —Miquel buscó otra opción—. *El halcón y la flecha* es de Burt Lancaster.

—La verdad es que sí, que Alan Ladd y, desde hace poco, el Lancaster ese son mis favoritos.

—Pues ya está. Vamos al Alcázar.

—¿Seguro?

—Bueno, acabas de decir que el Ladd y el Lancaster son mis rivales.

—Tonto. —Le recriminó el comentario con dulzura—. Sólo quiero ir al cine y pasarme cuatro horas sentada y feliz, cariño.

—Va a ser un buen paseo hasta la Rambla de Cataluña.

—Va, que tampoco es tanto y nos lo tomaremos con calma. Pasito a pasito. ¿Pones la mesa?

Miquel fue al comedor. Una esposa joven tenía sus exigencias. Una esposa embarazada, más. Y, en el fondo, a él le daba igual qué película ver. Con tal de que ella estuviera bien... Mientras ponía la mesa volvió a pensar en Pere Humet.

Si daba con Sebastián Piñol, le mataría.

Sin pestañear.

¿Sentía algo?

No.

Tampoco podía hacer nada. Cada cual arrastraba cuentas pendientes, prueba de que la Guerra Civil no había terminado.

Quizá nunca lo hiciese, al menos mientras quedase alguien con memoria.

Con la mesa ya preparada, Patro apareció llevando una sopera con las dos manos. La dejó en el centro y, con ellas ya libres, lo que hizo fue abrazarle, como solía hacer siempre. Un abrazo en el que ponía cuerpo y alma, a pesar de la enorme barriga.

—No sé qué haría sin ti —le susurró mirándole a los ojos desde apenas unos centímetros.

—Yo sí que no sé qué haría sin ti —repuso él.

—Ayer me encantó lo que hicimos.

—Y a mí.

—Después de eso, creo que me quedaré embarazada otra vez muy rápido. Fue muy bonito.

—¿Qué dices? —se asustó Miquel—. ¿Quieres otro milagro?

—Sólo digo que, con panza y todo, estuvo muy bien.

—La verdad es que sí. —Le dio un beso rápido—. Me hiciste cosas...

—Miquel. —Patro se puso seria.

—¿Qué?

—No quiero que pienses que todo eso lo hacía antes.

—Lo sé.

—Yo... nunca sentía nada, cariño, te lo juro.

Pareció a punto de echarse a llorar.

—Lo sé —repitió él—. No tienes ni que hablar de eso.

—Nunca lo hacemos.

—Porque no vale la pena.

—¿Te da vergüenza?

—No me da nada. Simplemente es el pasado y todo lo que nos llevó a vivirlo.

—Dios, eres tan... —Humedeció las pupilas sin terminar su suspiro.

—Ven aquí.

La abrazó aún más, y la apretó lo justo para no aplastarle el vientre.

—Estos días igual río que lloro —reconoció Patro.

—Estás muy sensible, y supongo que yo un poco nervioso, sí. Pero es lógico.

—¿Eres feliz?

Miquel se separó de ella para enfrentarse a sus ojos.

—¿Qué clase de pregunta es ésa? ¿Es que no lo sabes?

—Quiero estar segura.

—¿Cuánto ha pasado desde julio del 47?

—Cuatro años.

—Menos.

—Pues... tres años y ocho meses. —Vaciló al hacer el cálculo.

—Ésa es la edad que tengo. Volví a nacer cuando te reencontré. Soy un niño. Y los niños siempre acostumbran a ser felices, pase lo que pase a su alrededor.

—¿A pesar de cómo está todo?

—Precisamente a pesar de cómo está todo. —Señaló la ventana que daba a la calle—. Ésta es nuestra casa, nuestro mundo y nuestra vida. Mientras sigamos así, ellos no ganarán nunca, ¿entiendes? Nunca. No hay bien ni mal que cien años dure. Y no es que ya me haya rendido. Eso nunca lo haré. Llámalo adaptación, nada más. Hay muchas formas de resistencia, cariño. Cada uno de nosotros que sigue vivo es una bofetada para ellos. Ganaron la guerra, pero no la razón.

Patro le abrazó de nuevo.

La sopa esperaba en la sopera, humeante, pero ellos ya no tenían prisa.

9

A la salida del cine, comentaban siempre las películas, sobre todo la mejor de las dos. Era inevitable. «¿Te ha gustado?», «Sí», «¿Qué te ha parecido?», «Buena», «¿Y él?», «¿Y ella?»...

—Qué guapa es esa mujer, Virgina Mayo —dijo Patro.

—Mucho, sí.

—¿Crees que es su verdadero nombre?

—¿Por qué?

—Eso de llamarse Mayo...

—Pues no lo sé. Se lo preguntaré la próxima vez que la vea.

—Huy, sí, con lo que sabes tú de inglés.

—Quizá antes de verla vuelvan los de la VI Flota y alguno me enseñe.

Patro soltó una carcajada. Desde que la VI Flota de Estados Unidos había atracado en el puerto de Barcelona dos meses antes, a comienzos del frío enero y prolongando así las fiestas de Navidad, a los barceloneses les había entrado una extraña fiebre. Primero, por los barcos de guerra. Segundo, por los americanos, ganadores de la Segunda Guerra Mundial ya convertidos en héroes. Finalmente, por la natural curiosidad sobre los centenares de hombres que habían llenado las calles de Barcelona. Más concretamente, las calles y los burdeles de Robadors y las Ramblas en general, donde el dinero había corrido generosamente. La hermana de Lenin seguro que hizo el agosto. Para muchas personas, también había sido la primera vez que veían a un hombre negro. Los mandos de la flota organizaron un servicio de barcazas para quienes deseasen visitar los barcos. Nadie dejaba de hablar todavía de aquellos tipos curtidos, con sus impolutos uniformes, mascando chicle y moviéndose como si el mundo fuera suyo. La gente les pedía cigarrillos de su país, pensando que eran mejores, y también dólares. La conquista de América, cuando los españoles daban abalorios a los indígenas, pero al revés.

Se detuvieron en el vestíbulo del cine junto a la mayoría de los que salían en ese momento. La sala estaba bastante llena. A fin de cuentas, era sábado por la tarde. La calle empezaba a ser barrida por una fina llovizna.

—¡Mecachis! —se lamentó Miquel—. ¡El paraguas!

—¿Dónde te lo has dejado?

—Apoyado en el respaldo de delante.

—Ya no vas a encontrarlo. —Ella chasqueó la lengua.

—¡Ahora vuelvo!

Miquel dio media vuelta y volvió a cruzar el vestíbulo del cine, a la carrera, atribulado y nervioso. Patro se quedó junto a la entrada, mirando los carteles y las fotografías de las escenas. Sí, la película principal había estado muy bien. Puras aventuras. El malvado duque Urbis, tirano de la Lombardía en nombre del emperador, secuestraba a la mujer y al hijo de un hombre llamado Dardo. Como represalia, Dardo raptaba a la sobrina del duque. Por supuesto que Dardo era uno de los nuevos héroes de Hollywood, el acróbata Burt Lancaster, un hombre capaz de derretir a las mujeres con su sonrisa.

Un minuto.

Miquel debía de estar buscando el paraguas, o viendo si alguien lo llevaba en la mano, aunque todos los paraguas fuesen iguales.

De pronto un hombre de unos treinta y pocos años se detuvo ante ella.

La miraba con los ojos muy abiertos y una amplia sonrisa en los labios.

—¿Patro?

Ella se quedó muy quieta.

—¿Patro Quintana? —repitió el aparecido.

El silencio fue mayor, doloroso, como si una ducha de agua helada hubiera caído sobre su cabeza.

Miró hacia el interior del cine.

Miquel seguía sin aparecer.

—¡Por Dios, preciosa! ¿Dónde te habías metido? ¡Desapareciste sin más del Parador del Hidalgo y nadie sabía de ti!

Logró decir unas primeras palabras, atropelladas, casi balbuceantes y con verdadero pánico atenazándola.

—Me... confunde, señor.

—Pero ¿qué dices? —El hombre ni siquiera hablaba en voz baja. Lo hacía casi a gritos—. ¡Patro! ¡Venga, mujer! —De pronto reparó en su abultado vientre y abrió los ojos con desmesura—. ¡Por Dios! ¿Quién te ha hecho esto? ¿Por eso lo has dejado?

—Por favor, váyase. —En su tono hubo un mucho de súplica—. Yo a usted no le conozco.

No hubo forma.

—¿Que no me conoces? ¡Soy el Ángel! ¡Venga, cariño! Pero ¿qué dices?

—He dicho que no le conozco y me confunde con otra. —Le volvió la cara y le dio la espalda, más y más hundida.

El hombre no desistió.

Le puso la mano encima.

La sujetó por un brazo.

—Pero ¿qué pasa, que te haces ahora la digna?

La voz de Miquel surgió seca, firme, a espaldas de los dos.

—Ha dicho que no le conoce.

El hombre llamado Ángel se volvió hacia él.

Patro también lo hizo, con el miedo tintando sus rojas mejillas.

El tono del intruso se hizo agresivo.

—¿Y usted quién es, abuelo?

—Su marido.

—Miquel, por favor... —suplicó Patro.

Ángel se dirigió a ella con expresión de sorpresa.

—¿Así que pillaste a un viejales con dinero y te retiraste?

La gente empezaba a mirarles. Se intuía el conflicto.

Miquel se interpuso entre Patro y el hombre.

—Váyase —dijo mirándole a los ojos muy fijamente—. Ahora.

El hombre no le hizo caso. Volvía a sonreír. La situación acabó de parecerle divertida.

—Se llevó a una buena puta, ¿sabe?

Fue muy inesperado. Primero, por la edad de Miquel. Segundo, porque el gesto fue rápido. Tercero, porque a Ángel le pilló de improviso. El primer puñetazo le alcanzó en el estómago y le arrebató hasta el último de sus alientos. El segundo impactó en su barbilla, mientras se doblaba, y le hizo caer al suelo de bruces.

Estuvo a punto de darle un tercer golpe, pero Patro lo evitó.

—Por favor... —le suplicó.

Miquel se quedó quieto. Jadeaba un poco. Sólo un poco. Mantenía los puños cerrados, el cuerpo tenso, la mirada fija en el tipo que, medio grogui, trataba de moverse en el suelo.

Ahora sí, la gente se arremolinaba a su alrededor.

Sin embargo, viendo el embarazo de Patro, la reacción natural fue ponerse de su parte.

Un coro de adhesiones.

—¡Parece mentira!

—Debe de estar loco.

—O borracho.

—¡Qué grosero!

—Con una señora en estado y delante de su padre...

Una mujer se acercó a ellos.

—Váyanse, háganme caso —les dijo—. No sea que venga un guardia y encima se metan en un lío o acaben en comisaría con ella así.

—Sí, sí, mejor —la apoyó un hombre—. Ése tiene para un rato viendo estrellitas.

Miquel cogió a Patro del brazo. No dijeron nada. Salieron a la calle, bajo la llovizna y sin paraguas.

Unos pocos pasos.

—Miquel...

—Vamos a comprar un paraguas, no vayas a pillar algo.

—Miquel, escucha.

La miró lleno de dulzura. Con dolor, pero también con todo el amor que era capaz de sentir.

No la dejó hablar.

—Ahora no, cariño. Hoy no. Vamos a casa.

Día 3

Domingo, 4 de marzo de 1951

10

No supo si soñaba o seguía adormilado hasta que, además de la voz, el beso de Patro le hizo sentir la realidad.

Miquel entreabrió los ojos.

Se pasó la lengua por los labios resecos, allá donde el beso había dejado su huella y su sabor.

Patro estaba casi encima de él, sentada en la cama, apoyada en una mano y con los pies en el suelo, envuelta en un halo de calma, con su eterna cara de niña acentuada por la palidez que le daba la penumbra.

—¿Qué hora es? —farfulló él con la boca pastosa.

—Casi la una —dijo ella.

—¿Qué? ¿Tan tarde? —No ocultó su asombro.

—Te he dejado dormir. Hace un día horrible. Diluvia.

—Pues sí que... —Se pasó una mano por los párpados para deshacer las legañas.

—Cuando nazca el bebé no vamos a pegar ojo.

—Tú sí que me animas, cielo.

Patro volvió a besarle, con delicadeza. Se quedó allí, casi pegada a él. Miquel absorbió su aroma. Era el mejor de los afrodisíacos, por eso le gustaba tumbarse con ella en la cama sin mirar el reloj.

Sobre todo antes del embarazo.

O mejor dicho, antes de que la barriga se convirtiera en un problema.

—¿Estás bien? —quiso saber su mujer.

—Sí, ¿por qué?

Miquel comprendió la intención demasiado tarde.

—Por lo de anoche.

—Vamos, cariño...

—No, esta vez no. —Ella le tapó los labios con la mano libre—. Quiero que seas sincero conmigo.

—Pareces la heroína o el chico de una película de Hollywood, cuando dicen eso de «voy a ser sincero contigo», que siempre sale antes de que surja algo malo.

—Miquel, hablo en serio.

—Y yo. ¿De verdad quieres sacar ahora ese tema?

—Sí.

—¿Por qué?

—Porque justamente ayer, antes de lo del cine, lo rozamos un poco, y quedó aplazado, como siempre. Es hora de que sepa... —Buscó las palabras adecuadas, sin encontrarlas, y se agitó un poco—. No quiero que pienses...

Quien le tapó ahora la boca a ella fue él.

—¿Qué quieres que piense? ¿Algo malo? ¿De ti? —Miquel hizo una pausa—. ¿De verdad vas a castigarte justamente ahora?

—Es ahora cuando necesito sentirme bien.

—Pues hazlo. No tienes nada de que avergonzarte.

—Además de aquel hombre, en el 48, el que te hizo buscar el cadáver de su sobrino, siempre he tenido miedo de que sucediera algo como lo que sucedió anoche —dijo despacio, buscando un control que no sentía—. Pensaba que estaba a salvo, y de pronto...

—Estás a salvo. Conmigo.

—Pero me sentí tan... sucia —dijo quebrándose como una frágil rama en plena helada invernal.

—Vamos, vamos, no digas eso. —Intentó abrazarla, pero ella se apartó un poco.

—Ni siquiera... le recordaba... —Empezó a llorar de manera ahogada—. Yo... siempre cerraba... los ojos. Ninguno...

—Cállate, va. —Se incorporó lo justo para quedar sentado en la cama.

No lo consiguió. Patro parecía haber abierto una compuerta cerrada durante casi cuatro años.

—Miguel... pasamos mucha hambre... Solas, mis... hermanas y yo... Tanta miseria... Y cuando murió Raquel... No tenía nada... Nada salvo... mi...

Casi se le echó encima. Patro no lo esperaba. Se encontró sepultada por su abrazo y por el beso que le cerró la boca. Miquel notó algo más que la saliva. Notó el sabor salado de las lágrimas. Se las lamió, hasta llegar a las cuencas donde nacían los dos ríos. Como pudo, logró susurrarle:

—No has de decirme nada, cariño. Nada.

—Yo... te quiero, Miquel... —gimoteó ella—. Te quiero mucho.

—Y yo a ti, ya ves. —Buscó una sonrisa cómplice que no encontró.

—Sabes que... no me importa la edad —musitó Patro—. Nunca... nunca había querido a nadie, ni entonces, en el 38 y los primeros días del 39, cuando aquel chico...

—Jaime Cortacans.

—Sí, él —asintió—. No hubo nadie. Nadie hasta que... me devolviste la... la vida, la esperanza. En cierto modo fuiste el primero.

—Cálmate, ¿quieres?

Lo iba haciendo, pero le costaba.

—Sólo he de... No sé, necesito saber que estás bien, que me amas. —Pareció derrumbarse.

—¿Cuántas veces y de qué forma he de demostrártelo?

—Esta vez es distinto.

—¿Por el bebé?

—No, porque nunca te había visto como te vi anoche, ni

te había visto pegar a nadie, y menos como lo hiciste, tan violentamente. Me diste miedo, Miquel.

—Se lo merecía, aunque reconozco que se me fue la mano, lo siento. Ni en mis tiempos de duro inspector hice algo igual. —Intentó bromear con lo de «duro», pero no consiguió arrancarle una sonrisa.

—¿Lo ves?

Miquel pensó en Pere Humet.

Instintivamente.

Tal vez su reacción golpeando al pobre idiota del cine era la suma de muchas cosas.

¿Cuántos inocentes como Pere Humet esperaban una justicia que jamás llegaría?

—Patro, ¿quieres que te repita lo que te he dicho ya muchas veces?

—Sí —dijo ella asintiendo con firmeza, casi con ansiedad—. Quiero oírte, escuchar tu voz, por favor. Vuelve a decírmelo.

Había algo más que súplica en sus ojos.

La voz trémula.

Miquel se dejó llevar por aquella necesidad.

—Cariño, yo sólo había estado con mi mujer. Jamás había visto a ninguna otra, desnuda, como te vi a ti aquel 25 de enero en el piso de Niubó, mientras investigaba la muerte de tu amiga Merche. No sé qué me pasó, pero pasó. Allí estabas tú, en aquel balcón, sin nada, amenazando con echarte abajo si yo daba un solo paso. El efecto en mí fue... Todavía no sé cómo explicarlo. Por Dios, no era un crío, hacía un mes que había cumplido cincuenta y cuatro años. Y sin embargo... —La cogió de las manos, como si al hablar cayera por el precipicio de los recuerdos—. Parecías una diosa rota, tan joven, tan niña y, al mismo tiempo, tan poderosa. El cabello negro te caía por encima de los hombros, casi te cubría la cara. Toda tú eras la viva imagen de la inocencia y la ternura. Lo que más deseé en ese instante fue abrazarte, protegerte mucho más que interrogarte o... qué sé yo. En aquel momento supe que nunca había estado con algo tan bello desde hacía mucho tiempo, como esa película, *La mujer del cuadro*, y cuando te toqué, supe que nada podía ser más dulce que tu piel ni la visión de tu cuerpo mejor regalo para los sentidos. —Le apretó las manos—. Todo esto y más, en unos instantes, mientras Barcelona se abocaba al abismo y yo pensaba que moriría en unas horas, cuando Franco entrase en la ciudad. Incluso me sentí... como si engañara a Quimeta, ¡ya ves! Mi pobre Quimeta agonizando por el cáncer. —Dominó sus emociones para verse obligado a seguir, ante el silencio de Patro—. Cuando uno ya no espera nada más de la vida, salvo seguir, una cosa así te lo cambia todo, de arriba abajo. La guerra nos mató, a la mayoría, pero tú eras el futuro, la esperanza. —Hizo una breve pausa, llena de emoción—. La belleza duele, y tú me doliste, ¿puedes entenderlo? Luego te convencí, hablamos, te acompañé hasta aquí y me fui de nuevo para intentar llegar al final del caso y descubrir quién y por qué había asesinado a Merche y quería matarte a ti. Lo conseguí, y eso fue todo. Creí que era el punto final, murió Quimeta y me detuvieron, pero durante los ocho años y medio preso en el Valle de los Caídos, te recordé muchas veces. Acudía a tu imagen, a esa postal de tu cuerpo desnudo en el balcón, para reunir fuerzas. ¿Cómo olvidarlo? Fue de esos segundos que te sacuden la vida. Me sentía un viejo bobo, iluso y estúpido, por más que eso me ayudase también a sentir la vida. Jamás hubiera imaginado que volvería a verte, ni siquiera al regresar a Barcelona. ¿Cómo soñar eso? ¿Y cómo pensar que acabaríamos juntos? Pero en el Valle sabía que esa poderosa visión escondía toda la belleza del mundo que aguardaba en alguna parte, que más allá de la dictadura subsistiría o renacería porque siempre habría una Patro joven dispuesta a seguir. Tú eras la quimera, la utopía. Soñé con una quimera y una utopía, y sobreviví. Por eso todavía hoy, cuando abro los ojos a tu lado, me asombro. En el 47 tú estabas atrapada en una ciénaga de la que no sabías cómo salir, y yo era el moribundo que, como un elefante, volvía a casa para morir. Cariño... no juntamos dos mitades para formar un solo cuerpo. Es decir, primero creí que era algo así. Ahora comprendo que no. Somos dos personas que han alcanzado la vida renaciendo de sus cenizas, como un ave fénix. Y hemos pagado el precio por vivir en paz. Por eso te juro que no me importa el pasado, como te he dicho muchas veces, porque estamos hechos de presente y de futuro aun en esta mierda de país derrotado en el que el destino nos ha colocado.

Había sido una larga, muy larga explicación.

Hecha con el alma.

No era la primera vez, pero sí la definitiva.

Patro se miró la gargantilla que él le había regalado la mañana del 25 de julio de 1947. Aquel día, al despertar, Miquel ya no estaba a su lado, en la cama, pero sí su detalle, sobre la mesita de noche. El primer regalo hecho con el corazón del que podía presumir en toda su vida. El día antes él había llegado con la cabeza medio rota, maltrecho, sin saber a quién acudir. Entonces se acostaron por primera vez. Miquel pensó que era por piedad. Ella pensó que era por gratitud hacia su salvador en el 39. Los dos sabían ahora que era su propia necesidad, y no otra cosa, lo que les había unido. Una necesidad convertida muy poco después en amor y compañía, en salvación y liberación.

De hecho, la habitación seguía igual. Nada había cambiado.

La mesita, la cama, la gargantilla, él y ella.

—Gracias —musitó Patro.

Miquel no supo si se refería a la gargantilla o a todo lo que acababa de decirle.

Imaginó que era eso último.

Él también miró la gargantilla comprada en plena calle a su ex vecino, Valeriano Sierra.

Un azar.

Una vez resuelto aquel lío por el que le sacaron de la cárcel, le había llevado a Patro el dinero encontrado en la casa de Rodrigo Casamajor, seguro de que a él le detendrían en unas horas y regresaría al Valle, o sería fusilado según su condena de muerte. El mismo dinero del que habían vivido aquellos años.

A veces era como si todo hubiese sucedido ayer. Otras, como si hiciera un millón de años.

—Vamos, levántate —le pidió ella.

—¿Mejor?

—Sí.

—¿Seguro?

—Son esos accesos de pánico... Y con lo de ayer...

—No volvamos a hablar de ello nunca más, por favor.

—Bueno.

—Patro...

—Que sí. —Le dio un rápido beso.

—¿Por qué no te tiendes un rato a mi lado?

—Porque he de hacer la comida para tu amigo.

—No es mi amigo, únicamente alguien que está desesperadamente solo.

—He bajado a comprarte el periódico. —Patro se levantó sin entrar a discutir lo último que acababa de decirle Miquel—. Está cayendo una buena.

Como para darle la razón, en ese mismo instante un trueno hizo retumbar el mundo.

11

Una de las fotografías de la portada de *La Vanguardia* mostraba dos barcos de guerra batidos por olas relativamente furiosas. El pie de la foto decía: «El crucero *Newport News* —que recientemente visitó Barcelona— abastece de combustible en alta mar al destructor *Gearing* durante las maniobras navales angloamericanas en el Mediterráneo».

La VI Flota había dejado su huella.

Los ecos de su estancia en la ciudad seguían.

Y también la lenta aproximación del régimen de Franco a Estados Unidos, y viceversa, como le había dicho en abril del año anterior la maldita espía rusa.

Se estremecía con sólo pensar en ella.

Bueno, en ella y en Pavel, que a fin de cuentas era el que iba a matarle y le disparó en la huida.

En otra de las fotos, más coba a Estados Unidos. Una vista aérea salpicada por paracaídas y el texto: «Aviones norteamericanos de transporte lanzan en paracaídas municiones y víveres sobre las zonas próximas al frente coreano que carecen de vías de comunicación utilizables».

Otra guerra en marcha.

Corea.

En España, «la normalidad» ya era el pan de cada día.

Volvió a ojear el denso periódico. En la página 4 se hablaba de la implantación del Documento Nacional de Identidad para todos los españoles desde los dieciséis años y todos los extranjeros residentes en el país. Así tendrían controlada a la gente. Luego se detuvo en el artículo de la página 12, para nada una de las primeras, como si fuera un asunto menor. Hablaba del tema de los tranvías. Obviamente, no tenía desperdicio. El titular decía: «Importantes manifestaciones del gobernador civil a la opinión pública a través de la prensa». Le seguía el explícito texto: «Los periodistas que hacen habitualmente información en el Gobierno Civil, visitaron anoche al gobernador, don Eduardo Baeza, el cual conversó con aquéllos durante largo rato». Y seguía: «Les he convocado a ustedes —dijo— porque deseo informarles sobre los antecedentes y la verdadera naturaleza de las incidencias suscitadas estos días en nuestra ciudad en torno a lo que pudiéramos llamar "el asunto de los tranvías". No lo hice antes porque consideraciones de orden público, cuyo fundamento deducirán ustedes, sin esfuerzo, de los detalles que voy a darles, así lo aconsejaban. Hoy, pasada la fecha en que al amparo de una llamada "huelga de usuarios" los referidos incidentes podrían haber alcanzado su punto culminante, no sólo no veo inconveniente en ello, sino que considero oportuno y necesario hacerlo. Nuestra anterior reserva, que pudo parecer injustificada, privaba de valiosos ecos y resonancias a unas intenciones turbias, claramente definidas y probadas, que se emboscaban en un sentimiento ciudadano cuya buena fe no dudo en aceptar».

Miquel dejó de leer unos instantes.

¿«Asunto de los tranvías»?, ¿«Valiosos ecos y resonancias»?, ¿«Intenciones turbias»?, ¿«Buena fe de los ciudadanos»?

Había un extenso texto intermedio en el que el gobernador justificaba la subida de los precios de los billetes de tranvía, y repetía que el boicot se había producido dos meses después de dicha subida. Eso justificaba la sospecha de que hubiera elementos ajenos metidos en el asunto, aprovechándose de ello, porque la ciudadanía, casi al completo, estaba dentro de la legalidad: «La ciudad —y de ello me llegan continuos testimonios— ve con desagrado notorio estos incidentes, reñidos totalmente con la sensatez y la ponderación que caracterizan a Barcelona».

Miquel soltó un resoplido.

«Sensatez y ponderación.»

—La madre que los parió...

El remate de todo llegaba al final, en el último párrafo, en el que, cómo no, se hablaba de los «valores espirituales» de los barceloneses.

Mejor no irritarse. La jerga franquista era vomitiva. Lanzó el periódico de mala gana sobre la mesita y levantó la cabeza para ver la cortina de agua que caía al otro lado de la ventana. Un día infecto. Casi sin saber cómo, pensó en dos cosas hermanadas por la climatología: la huelga de los usuarios de tranvías y el partido de la tarde en Les Corts. *La Vanguardia* decía que el Barcelona recibía al Santander.

¿Qué haría la gente, sobre todo al salir del fútbol?

¿Irían a pie, porque lloviera o nevara eso era sagrado y el personal acudía en masa al estadio, u optarían por lo práctico y tomarían los tranvías, tan necesarios para no acabar con una última pulmonía invernal?

Una vez más, se alegró de ser raro y no sentir ninguna pasión por el deporte del balompié.

Aunque a veces entendía a Ramón.

El campo del Barça era el único lugar en el que se podía gritar, a veces incluso contra Franco.

Gritar y decir palabrotas.

Un limbo.

Patro entró en el comedor, ya sin el delantal. Se detuvo frente a él con los brazos cruzados.

—Ya no vendrá —dijo.

—Pues no sé —rezongó él.

—¿Qué hora es?

—Más de las tres y media.

—Yo es que tengo hambre. Le dijiste a las dos y media, ¿no?

—Sí.

—Una cosa es llegar un poco tarde, y otra más de una hora. Está claro que ya no va a venir.

—Es raro. —Miquel se resistió a la idea.

—¿Le diste bien las señas?

—Sí. Y si las ha olvidado, con ir al bar de Ramón y preguntar...

—Pues no entiendo nada.

—Será por la lluvia.

—Tendrá paraguas, como todo el mundo, digo yo.

—No sé, cariño —reconoció él.

—A mí me parece una descortesía.

—Siempre hay alguna razón, mujer.

—Bueno, si eras su superior, a lo mejor le ha entrado un poco de miedo.

—No creo.

A Patro no le había hablado de Mauthausen, ni de qué estaba haciendo Pere Humet en Barcelona.

Más que nada, por su estado.

—¿Comemos? —preguntó ella.

—Sí, sí —se rindió.

—Voy a volver a calentar la comida.

—De acuerdo.

Patro regresó a la cocina. Miquel se puso en pie. Desde la ventana miró el cruce de la calle Valencia con Gerona. No se veía un alma. Ni siquiera un mal coche.

¿Y si Pere Humet había encontrado a Sebastián Piñol y, entonces, su prioridad había sido matarle?

Era lo único que tenía sentido.

Recordó una de sus frases del día anterior:

«En el 36 Piñol tenía una novia, una tal María Aguilar. Es lo que voy a investigar esta tarde. Tal vez sea mi última pista. Si fracaso...»

Si no había fracasado, Piñol estaría muerto y Humet sería un asesino.

Ex soldado republicano, ilegal en la España de Franco y asesino.

—Vamos, siéntate —oyó decir a Patro al regresar al comedor con los platos.

Día 4

Lunes, 5 de marzo de 1951

12

Al contrario que el día anterior, despertó temprano, o relativamente temprano, porque Patro ya se había ido a la mercería. Y sin avisarle, para que descansara un tiempo extra. La que estaba embarazada era ella, pero le cuidaba con mucho más esmero del normal, como si le protegiera ante la amenaza de lo que les esperaba si el niño o la niña les salía poco dormilón y les daba las noches.

Miquel se lavó en el fregadero con más prisa que de costumbre, cuando no tenía nada que hacer. Se vistió, se puso un jersey sobre la camisa y, tras comprobar que seguía lloviendo, se colocó unas chanclas de goma encima de los zapatos, cogió el paraguas nuevo y salió a la calle. Al meter las manos en los bolsillos para ver si llevaba pañuelo, encontró la estampita de cartón que daban en el cine junto con la entrada. Una estampita o chapita que algunos se introducían en el ojal de la chaqueta aprovechando la pestaña superior, que para eso estaba. Había que pagar treinta céntimos obligatoriamente por aquello. El suyo era el «Emblema Corriente», como se leía en la pestaña. El más caro, el «Emblema Especial», costaba una peseta. A veces eran de latón, grabados. Una ayuda para el Auxilio Social, que trataba de vencer la pobreza y la miseria en la que todavía seguía gran parte de España, tanto en pueblos como en ciudades. El del día anterior mostraba en la parte frontal a una mujer vestida estrafalariamente. La pobre parecía una jorobada con cara de niña subnormal. Por detrás se leía: «Mallorquina en traje de gala». Pensó que si las mallorquinas tenían que lucir así con sus galas y en sus galas, mejor quedarse en casa y no ir a ninguna parte donde tuviera que ponérselas.

La tiró al suelo.

Entre eso y el NO-DO, ir al cine a veces no dejaba de ser también una leve carga, el recuerdo constante de dónde estaban y qué sucedía a su alrededor. Y ya no valía lo de salir a fumar o ir al baño a la hora del NO-DO, porque en ocasiones alguien con pinta de ser de la secreta hacía preguntas y pedía la documentación. El NO-DO era de proyección obligatoria, pero de visión aún más obligatoria.

Y tenía siempre de protagonista a Su Excelencia el Generalísimo... por la Gracia de Dios.

Lo primero que hizo fue comprar la *Hoja del Lunes* a uno de los niños que vendía los periódicos por la calle, refugiado en un portal para guarecerse de la lluvia, y meterse el ejemplar doblado en el bolsillo de la chaqueta, para que no se le mojara, aunque si le veía Patro se enfadaría porque decía que se lo deformaba. Lo segundo, ir al bar de Ramón.

Nada más entrar, y aunque era la hora matutina de mayor afluencia y trabajo, el hombre se le acercó con su eterna cara de buena persona, afable y dicharachero.

—¡Hombre, buenos días!

—¿Buenos días y lloviendo?

—Caramba, que eso le viene bien al campo. —Le mostró todo su optimismo—. ¿Un desayunito?

—Hoy no. Quería preguntarte...

No le dejó acabar la frase.

—¿Sabe la última?

Miquel comprendió que no tenía escapatoria. Que Ramón le contaría «la última», lo quisiera o no.

—¿Qué ha pasado?

—Pues que como todo el mundo sabe que el gobernador civil tiene un lío con la *vedette* del Paralelo, la Carmen de Lirio esa, que mire que es guapa la condenada como para estar con ese asqueroso, la gente ha ido a manifestarse delante de su casa o por no sé dónde llevando en una mano una botellita de Agua del Carmen y en la otra un lirio. —Expandió una enorme sonrisa de oreja a oreja—. ¡No me diga que no es genial!

—Muy ocurrente, sí —tuvo que reconocer él.

—¡Se la saben todas!

—¿Y no los han corrido a palos?

—¿Por llevar Agua del Carmen y una flor? ¡No, hombre no! Y eso que, aunque se llame Eduardo Baeza Alegría y de alegría tenga poca...

—Pues es raro, porque por menos... ¿Cómo estuvo ayer el fútbol?

Era la primera vez que le hacía esa pregunta. Ramón abrió los ojos.

—Vaya, así me gusta. —Mostró su satisfacción al agregar—: Ganó el Barça por 2 a 1, justito, justito y por los pelos. Y eso que el campo era un barrizal, ¿eh? Porque mire que llovió todo el día, sin parar.

—Yo lo decía por la gente. ¿Cogieron los tranvías?

—¡Nada! —Bajó la voz—. ¡Fueron a pie y regresaron a pie! Todos los tranvías esperando a la salida de Les Corts y vacíos. Si es que cuando nos ponemos... ¡nos ponemos!

Ramón estaba la mar de animado.

Miquel sintió aún más simpatía por él.

Ya había cumplido. Hora de preguntar lo que había ido a preguntar.

—¿Has visto al hombre con el que hablé aquí el sábado?

—¿El delgado con cara de cadáver?

—Sí.

—No, no lo he visto.

—¿No vino ayer?

—No, no, ya le digo. Desde que estuvo con usted... Y a ése se le recuerda y se le reconoce, así que estoy seguro.

—De acuerdo. Gracias, Ramón. —Inició la retirada.

—Pero ¿no va a tomar nada, ni un cafecito?

Era mejor no ponerse a andar con el estómago vacío, así que se rindió. Pero no se sentó a una mesa. Lo tomó en la barra, para ir rápido. Quería saber cuanto antes lo que le había sucedido a Pere Humet. Una vez saciada su hambre, sin más conversación por parte del dueño del bar y con el café inyectándole nueva energía por todo el cuerpo, salió del bar. La climatología había dado una tregua y en ese momento no llovía.

Se encaminó a las señas que su ex agente le había dado. Calle Rosellón 303, al lado de un edificio con las cristaleras muy bonitas.

Era cerca, pero apretó el paso para no sentir la humedad del ambiente. Al llegar al cruce de Rosellón con Gerona, lo primero que vio a la izquierda fueron las cristaleras, de arriba abajo, en la parte derecha del edificio.

Lo segundo, el tumulto en la calle.

Había medio centenar de personas arremolinadas en la acera, algunas incluso en la calzada, interrumpiendo el paso de los coches que, además, frenaban para ver lo que sucedía. La policía se empeñaba en dar órdenes.

—¡Circulen, vamos, circulen!

La gente se iba de un lado, pero se ponía en el otro. Lo que fuese menos irse sin más. Les podía la curiosidad. Todo eran cuellos estirados y ojos atentos, tratando de ver la escena. Por la puerta del edificio contiguo al de las cristaleras, el 303, salían en ese momento dos hombres sosteniendo una camilla cubierta con una sábana blanca. Se levantó un murmullo de expectación, que se acentuó cuando otros dos siguieron a los primeros con un segundo cadáver. La ambulancia esperaba a pie de calle.

La espiral de comentarios subió el clamor auditivo.

Miquel ya había tenido un mal presentimiento al ver el tumulto.

Ahora el mal presentimiento se le convirtió en certeza.

Buscó algo entre la gente, y lo encontró.

Dos mujeres algo apartadas que hablaban casi a gritos. Una de ellas era de un comercio próximo, porque llevaba un delantal. La otra debía de ser una parroquiana o vecina.

—¡Si se veía venir! —La de la voz más estentórea era la del comercio—. ¡Como que la ha matado, que se lo digo yo!

—¡Ay, doña Pura! —se escandalizaba la otra—. Pero ¿a los dos?

—¿No le conté lo violento que es ese hombre? ¡Con la que montó el otro día...! ¡Yo creía que ya iba a matarles entonces, a ella y a él!

—¡Qué horror!

—¡Vamos, que de un constipado no se han muerto!

—No, no.

—¿Y la pobre portera, que dicen que ha visto la sangre asomando por debajo de la puerta y se los ha encontrado ya fríos?

—Yo no le dejo la llave a mi portera —aseguró la parroquiana.

—Pues gracias a eso los ha encontrado, que si no... se pasan días atufando toda la escalera. ¿No recuerda cómo olían los muertos en la guerra, sobre todo en verano?

—¡Ay, calle usted! —La mujer se santiguó.

Miquel se acercó definitivamente a ellas.

Sólo quería estar seguro.

—¿Quiénes eran? —preguntó distraídamente.

—Una señora llamada Isabel y el hombre que vivía con ella desde hace poco.

—¿Y cree que ha sido el hombre con el que se pelearon hace unos días?

—¡A ver! —Sacó pecho con suficiencia—. Menudo energúmeno.

—Debería decírselo a la policía —dijo su compañera.

Ella la miró muy seria.

—¿Cree que no lo van a saber en menos de lo que canta un gallo? ¡Ni que fueran tontos! Antes de una hora ya habrán ido a por él. —Soltó un resoplido—. Y, desde luego, yo no voy a decir nada. ¿Para qué? Luego te marean con declaraciones, preguntas, que si has visto eso, que cómo sabes tal y cual... ¡Ni hablar! Que cada palo aguante su vela. ¿No son policías? Pues que trabajen. En un caso tan claro como éste... Mi cuñado tuvo que ir a comisaría cuatro veces por ser testigo de aquel atropello del año pasado.

Miquel hizo la última pregunta.

—¿Y se sabe cómo han muerto?

—No, no señor; pero, por lo visto, había mucha sangre. Los gritos de la portera los ha oído todo el barrio.

Se apartó de ellas.

Ni lo notaron.

Siguieron a lo suyo y Miquel se alejó unos pasos.

¿Pere Humet muerto por el celoso ex novio de Isabel Moliner?

Recordó lo que acababa de decir la tendera: «¿Cree que no lo van a saber en menos de lo que canta un gallo?».

La carbonería quedaba relativamente cerca. En Provenza con Roger de Flor.

Aceleró nuevamente el paso.

De hecho, casi echó a correr.

13

Pere Humet regresaba clandestinamente a Barcelona para matar a un hombre, ¿y un ex novio celoso le mataba a él? ¿Una casualidad? ¿El maldito azar y un asqueroso mal fario persiguiendo hasta las últimas consecuencias a un pobre desgraciado vapuleado por dos guerras y un sinfín de fatalidades?

Empezó a jadear y tuvo que desacelerar la carrera.

Ni que tuviera veinte o treinta años. Incluso cuarenta.

Lo que no se desaceleró fue su mal humor, la rabia apoderándose de él hasta hacer que le doliera el pecho.

Todo lo que le había contado Humet estallaba en su cabeza.

La huida, el exilio, la Línea Maginot, Mauthausen...

Mauthausen.

—No hay casualidades —se dijo en voz alta.

A veces su instinto de policía hacía que por su mente repiquetearan campanillas. Pero lo que sentía en ese instante eran auténticos aldabonazos. Como tener una enorme campana de la mayor de las catedrales sonando en su cerebro.

La policía iba en coche. Y tenían sus sirenas. Aunque no era lejos tal vez se le adelantasen. O peor, ¿y si aparecían mientras él hablaba con el carbonero?

Otra vez la carrera.

Estaba cerca.

Hizo memoria. El nombre del carbonero...

Maldonado. Rogelio Maldonado.

Tampoco es que fuera importante.

—¿Y si ha sido él? —jadeó de nuevo en voz alta.

Si de algo le había servido siempre su instinto de policía, era para saber interpretar los gestos, el tono de voz de los acusados, sus expresiones o miradas. Se delataban más por esos pequeños detalles que por un interrogatorio exhaustivo o acorralador. Si Rogelio Maldonado, a la postre, había matado a su ex novia y al presunto amante que creía que era Pere Humet, lo sabría.

Sin embargo muchos asesinos por celos acababan luego matándose a sí mismos. Así que, si había sido él, igual estaba ya muerto.

Divisó la carbonería al otro lado de la calle.

Tranquila, sin que nada alterase la paz de su entorno.

Tuvo la misma sensación que unos meses atrás, cuando visitó a los padres de Ignasi Camprubí, que vivían al lado de una carbonería, aunque entonces no tuvo que meterse en ella ni hablar con el carbonero. Sí, la sensación de que aquél, de entre todos, era uno de los trabajos más repugnantes, y no sólo por la suciedad. También estaba la salud. Los pulmones de un carbonero tenían que estar llenos de porquería.

Un hombre alto, fornido, de cabello rizado y manos como mazas, carreteaba sacos de carbón y los ponía junto a la entrada. Estaba cubierto de hollín de la cabeza a los pies, así que el blanco de los ojos surgía fantasmal en mitad de su rostro. El invierno se acercaba a su fin, pero todavía hacía frío, y más con las últimas lluvias. De todas formas lo que más abundaba en esa entrada era el carbón de prender la lumbre. Manojos de teas para encender los fogones se alineaban en unos estantes junto a cajas de cerillas. Unas pizarritas marcaban los precios. El kilo de carbón ya estaba al mismo precio que el kilo de patatas.

Cuando se acercaba a él, mirando a derecha e izquierda con cautela, el hombre soltó dos rápidos estornudos.

Se llevó una mano al bolsillo, sacó un pañuelo más negro que blanco y se sonó con ruidosa fuerza, como si quisiera sacar de golpe todo lo que tenía dentro.

Miquel se dio cuenta de que no llevaba nada preparado. Ningún plan.

El presunto Rogelio Maldonado se lo quedó mirando.

—Usted dirá.

La policía llegaría de un momento a otro.

Mejor ir por la vía directa.

—Buenos días —dijo—. Estoy buscando a un conocido mío.

—¿Ah, sí? —Arqueó las cejas al ver que no era un cliente.

—Un tal Pere Humet.

El carbonero casi escupió la respuesta.

—¿Ése?

—¿Le conoce?

—¿Y por qué viene aquí? —le increpó en un tono abrupto sin decir ni que sí ni que no.

—Es que no está en casa de su prima y me dijeron que usted le conocía.

—¿Yo? —Mostró su asombro—. ¿Quién le ha dicho eso?

—Una vecina.

—Pero ¡qué mala es la gente! —Se cruzó de brazos—. ¿Cómo voy a conocer yo a ese hombre si sólo le he visto una vez, y no fue precisamente para darnos la mano?

—Pensaba...

—Pues ha pensado mal, amigo. Ni siquiera entiendo nada.

—Perdone, debo de estar mal informado.

—¡Y tanto que lo está! —Hizo una mueca de desagrado—. Lo único que sé de ese tal Humet es que me daba que se había liado con mi novia y a causa de ello tuve unas palabras con él. Entre hombres, ya sabe. Eso fue todo. Mi novia me lo aclaró y ya está. Un malentendido. De ahí a ser amigos o que sepa dónde para...

Miquel seguía escrutándole.

Ningún gesto traidor.

Sólo aquella mirada airada.

Siguió un poco más. No se oía ninguna sirena.

—Buena mujer, Isabel.

—Tiene sus cosas, como todo el mundo, pero sí —convino el carbonero.

—Se ve que la quiere.

—Mucho —asintió—. Aunque a veces... Bueno, ya me entiende.

—¡Huy si le entiendo! Yo a la mía...

Rogelio Maldonado no llegó a responder. Volvió a soltar dos estornudos rápidos y muy seguidos. Por segunda vez se llevó el pañuelo a la nariz.

Empezaba a estar tan negro como él.

—¡Maldita sea! —rezongó—. ¡Menudo constipado pillé ayer en el campo con tanta lluvia!

—Yo también fui al fútbol —mintió Miquel—. Nos fue por los pelos.

—Y que lo diga. Encima, al salir...

—A pie.

—¿Usted también?

—Pues claro.

El carbonero esbozó una sonrisa. Un halo de hermandad los unió. Podía ser feroz y violento, pero cuando parecía o se mostraba afable, se adivinaba en él cierto ángel. Algo que, seguramente, habría encandilado a la prima de Pere Humet antes de optar por alejarle y sentirse más segura.

Rogelio Maldonado seguía hablando de ella como si todavía fuese «su novia».

—De todas formas, no me refería a Les Corts por la tarde —le aclaró—. Creo que lo pillé ya por la mañana, porque también juego, en un equipo de aficionados de aquí, del barrio. Lo de la tarde fue la guinda.

—¿Todo el día a la intemperie?

—Ya ve. —Se encogió de hombros—. Si uno no se desfoga los domingos...

Ya no era necesario seguir.

O era un buen actor, o decía la verdad.

Algo que, incluso la policía, podía comprobar fácilmente.

Todo un día jugando o viendo fútbol.

Todo dependía de la hora a la que hubieran matado a Isabel Moliner y a Pere Humet.

Le escudriñó por última vez.

Un tipo tranquilo.

—Bueno, perdone —se despidió.

—Nada, hombre.

—Buenos días.

—Con Dios.

Echó a andar por la calle Gerona, como si regresara a casa.

Volvió la cabeza una sola vez.

Rogelio Maldonado seguía a lo suyo, cargando sacos y estornudando.

Casi cuando dejó de ver la carbonería, escuchó la sirena de la policía acercándose a toda velocidad.

No se esperó para ver cómo le detenían.

Volvía a llover.

14

Regresó al 303 de la calle Rosellón y se detuvo en la esquina de abajo, para otear el exterior del escenario del crimen. Ya no quedaba nadie en la calle. Se habían llevado los cuerpos y la calma renacía. Nada hacía indicar que allí se hubieran cometido dos violentos asesinatos.

Bueno, ¿cuándo no era violento un asesinato?

Encima, dos.

Palabras mayores.

Miquel se tomó su tiempo.

Opción uno: dar media vuelta y volver a casa, o a la mercería.

Opción dos: seguir.

Pere Humet no había podido ir a comer el día anterior porque estaba muerto. La portera debía de haber visto la sangre asomando por debajo de la puerta del piso no mucho antes, inspeccionando la escalera, o barriéndola, o haciendo lo que hiciesen las porteras al empezar el día.

Pere Humet buscaba a un traidor, y el traidor le había encontrado antes a él.

—Miquel, que vas a ser padre. —Habló, como tantas otras veces, en voz alta.

Siguió viendo a Humet.

Siguió escuchando el relato atroz de sus penalidades.

Un hombre regresaba a Barcelona para hacer justicia, y la injusticia le arrebataba la vida en la antesala de su victoria.

No, no era justo.

—¿Y qué es justo ya?

Seguían las dos opciones.

Patro, su hijo o hija, la tranquilidad.

Su viejo deber de policía, aunque ya no lo fuese.

¿Valía todavía aquel juramento de defender la ley y el orden cuando le dieron la placa?

Miquel llenó de aire los pulmones y dio un paso.

Bajó el bordillo, evitó un enorme charco de agua, cruzó la calzada, llegó a la acera opuesta y atisbó el portal.

La portera no estaba en su lugar.

La imaginó en comisaría, prestando declaración. O, a lo peor, en un hospital, con un ataque de nervios, ansiedad...

El día seguía siendo demasiado inestable y húmedo. No había ningún bar cerca para sentarse y montar guardia. Si se quedaba a esperar a la portera, a lo peor perdía el tiempo. Pero no podía irse sin antes hacerle unas preguntas.

Simplemente conocer los detalles.

Mientras, la policía le haría una cara nueva al celoso Rogelio Maldonado, antes de comprobar su coartada futbolera y dejarle libre... si es que no optaban por cargarle los muertos y dar por cerrado el caso.

Total, un carbonero...

En el Valle de los Caídos, en una ocasión un guardia mató a un infeliz porque era muy miope y se había quedado sin gafas. No servía para nada. Mejor acabar con él que molestarse en buscarle unas gafas nuevas. Cuando le preguntaron, dijo lo mismo:

—Total, un miope...

Si a Pere le había asesinado Sebastián Piñol, no sólo era porque sabía que le seguía los pasos, sino también porque conocía los detalles de la pelea con Rogelio Maldonado. Siendo así, el escenario de las dos muertes tenía que ser una perfecta trampa y casar con la teoría del ex novio celoso.

Y del escenario sólo podía hablarle la portera.

Necesitaba estar seguro antes de ponerse en marcha.

Ponerse en marcha.

Le había prometido a Patro no volver a meterse en líos.

Pero ¿cómo olvidar a Pere Humet?

Sintió frío, rabia, frustración. Sus ocho años y medio en el Valle parecían ser unas vacaciones comparados con los años de cautiverio de Humet en aquel lugar llamado Mauthausen. Nadie podía cerrar los ojos ante un horror así. Sabía que, si se iba a casa sin, al menos, hacer unas mínimas indagaciones, lo llevaría sobre su conciencia durante el resto de la vida.

Lo malo era que si las «mínimas indagaciones» se convertían en certezas, ya no se apartaría del camino.

Con una huelga de usuarios de tranvías y pocos taxis libres debido a ella y a la lluvia, ¿qué, se recorrería Barcelona de un lado a otro y de arriba abajo? No hacía algo así desde enero del 39, en su última investigación. Y entonces tenía doce años menos.

Prescindió de toda formalidad y se apoyó en una pared, bajo un balcón protector, dispuesto a esperar.

Como mucho, una señora le preguntaría si se encontraba bien o un guardia si era un vago.

Curiosa Barcelona.

Sacó el periódico del bolsillo y, con un ojo en la portería del 303, le echó un vistazo. La *Hoja del Lunes* no era precisamente lo mejor para estar informado. El lenguaje decimonónico y aparatoso de los periodistas de la dictadura era parecido, pero al menos *La Vanguardia* mantenía una dignidad. A los pocos minutos, ya lo había visto todo. En algún momento del pasado el gremio de periodistas había decidido que el domingo era para descansar, no para trabajar, así que los lunes nada de prensa escrita. Pero para mantener informada a la población se pensó en aquella alternativa única. Con Franco, ya no era más que otro panfleto sectario.

Media hora después se movió para no coger frío y dio unos pasos en busca de un poco de calor. Empezó a llover de nuevo y abrió el paraguas.

La portera apareció tras otros diez minutos de espera. Supo que era ella porque llegó en un coche de la policía, bajó a la carrera y a la carrera, evitando mojarse, se metió en el portal para reemprender su trabajo. Algo difícil porque la mayoría de los vecinos bajaron a hablar con ella.

Desde la calle, Miquel la vio explicar su odisea con un gran alarde de afectados gestos.

Esperó otros diez minutos hasta que la última de las vecinas la dejó sola.

Entonces entró él en la portería, cerró el paraguas y adoptó su talante más circunspecto y profesional.

—¿Señora?

—¿Sí?

—Me temo que he de hacerle unas preguntas.

—Pero si vengo de...

—Lo siento. Es otro departamento, ¿entiende? El muerto estaba en el país ilegalmente y eso afecta a otras dependencias policiales. —No supo si metía la pata, pero agregó—: Ministerio del Interior.

La atribulada mujer no estaba para discusiones.

—A mí me va a dar algo —confesó.

—Tranquila. Sólo serán unos minutos. Hasta ahora me han dicho que ha sido muy valiente y que ha colaborado a la perfección en pos del esclarecimiento de los hechos.

—¿Eso le han dicho? ¡Ay, mire, me alegra oírlo! —Se llevó una mano al pecho—. Porque a mí en comisaría no me han dado muchas explicaciones, ¿sabe? Venga preguntas, todos muy serios... ¿Y yo qué iba a decirles? Pues no demasiado, la verdad. Y con ese susto...

—Piense que se ha convertido en una heroína —la animó—. En el fondo, todos la envidiarán. Podrá contarlo siempre.

Ella movió un poco la cabeza.

—Bueno, sí. —Suspiró no muy convencida.

—Siento mojarle el suelo. —Se excusó por el charco que iba dejando el paraguas.

—No se preocupe. Cuando llueve estoy todo el día pasando el trapo para que la gente no resbale. Diga, diga.

—Por lo que sé, usted ha visto casualmente sangre bajo la puerta de la señora Moliner, ¿me equivoco?

—No, no, no se equivoca. Yo vivo arriba, y al bajar para empezar la jornada he visto la mancha asomando por el suelo. Nada, apenas un poquito, pero me he agachado, la he tocado... No sé, no sabía que era sangre. Es sólo que me ha dado mala espina. Ya estaba muy viscosa y fría. Entonces he llamado al timbre, por si la señora tenía un escape de algo o se le había derramado un líquido, y al no abrirme... Bueno, la verdad es que me ha extrañado. A esta hora ella estaba en casa siempre.

—¿La señora Moliner nunca salía antes que usted?

—No, ella suele... solía bajar a las nueve menos algo. Y además estaba el señor, su primo. Yo, venga a llamar y nada. Eso me ha preocupado todavía más. He bajado a la portería, he cogido la llave y he vuelto a subir.

—¿Alguien pudo cogerle esa llave?

—No, eso no, seguro, y menos con la portería cerrada. Las tengo muy bien guardadas. Algunos vecinos que trabajan todo el día me las dejan por si pasa cualquier cosa o, por ejemplo, por si vienen a ver el contador de la luz. Me tienen confianza, claro.

—Ha abierto la puerta y...

—Ha sido horroroso. —Se puso muy seria.

—Había un cuerpo al otro lado.

—Sí, sí señor.

—¿El de él o el de ella?

—El de ella.

—¿Puede decirme cómo estaba, qué heridas tenía, dónde las tenía?

—Estaba en medio del recibidor, como si alguien hubiera llamado y nada más abrir la puerta la hubiese asesinado. Tenía... ¡Oh, Señor! —Le costó repetirlo—. Tenía un corte enorme en la garganta y otros muchos por todo el cuerpo. No me extraña que hubiese tanta sangre.

—¿Los del cuerpo eran cortes o apuñalamientos?

—¿Qué diferencia hay?

—Un corte es más largo, un tajo. Un apuñalamiento produce una herida más pequeña.

—Pues parecían... no sé, yo creo que apuñalamientos. Quiero decir que eran pequeños. En cambio, el de la garganta casi le había separado la cabeza del tronco. También era donde había más sangre.

—¿Las heridas del cuerpo habían sangrado menos?

—Sí, casi nada, diría yo —dijo cada vez más pálida.

Miquel no supo cuánto rato la tendría estable.

—¿Qué ha hecho entonces?

—Iba a salir gritando, porque le juro que nunca había visto nada parecido y estaba aterrorizada, pero he pensado en él, que a lo peor estaba dentro, herido... Qué sé yo. Le he llamado y, al no contestar, entonces sí, me ha entrado todo el miedo del mundo y he empezado a soltar chillidos. Ni siquiera entiendo cómo he podido esperar esos segundos. Al momento ha aparecido el primer vecino, el señor Robledo, y luego los demás. Han llamado a la policía y eso es todo.

—¿Sabe si el primo de la señora Moliner estaba igual?

—Estaba muerto, sí.

—Me refiero a si también le habían cortado el cuello y apuñalado repetidamente.

—Sólo el corte en el cuello. La policía ha dicho que debía de estar durmiendo y que le han cogido de improviso.

—Entonces el asesino se ha ensañado sólo con ella.

—Sí.

—Mucho odio, ¿no le parece?

—Mucho, señor —asintió con un hilo de voz—. No me la voy a quitar de la cabeza mientras viva, y cada vez que pase por delante de esa puerta... Ay, no sé si podré soportarlo. Todos sabían que ese novio suyo era malo, muy peligroso y violento. A estas horas ya han de haberle detenido.

—¿Se imaginan que ha sido él?

—¿Quién, si no? La señora era una mujer muy buena, tranquila. —Se santiguó inesperadamente, como antes había hecho la mujer de la calle—. Lo que hace la soledad, Señor...

—¿Cuándo fue la última vez que los vio?

—A él fue el sábado por la noche, cuando yo cerraba el portal. A ella la vi ayer por la mañana, a eso de las nueve y media o las diez, cuando fue a buscar la leche del desayuno a la granja que hay aquí cerca.

Miquel hizo cálculos. Pere Humet tenía que haber ido a comer con Patro y con él a las dos y media. A las diez, el ex agente y su prima seguían vivos. Eso situaba la hora de su muerte entre las diez y las dos y media de un lluvioso domingo en el que quizá nadie hubiera reparado en el asesino, que probablemente tampoco se dejó ver y esperó su momento.

—¿Puede decirme algo del primo de la señora?

—No mucho. Llegó, ella me lo presentó, me dijo que se quedaría unos días... Nada, sólo eso. Era un hombre muy educado. Parecía enfermo, eso sí. Salía y entraba mucho, un no parar.

—Imagino que ayer por la mañana no vio a nadie sospechoso.

—No. Salí a eso de las once y regresé a media tarde. Fui a ver a mi hermana, que está enferma. Y mire que llovía, ¿eh?

—¿Vio alguna vez al señor Humet con alguien?

—No, nunca. Iba a lo suyo. —Se detuvo de pronto y vaciló al agregar—: Aunque, bueno...

—Siga —la apremió Miquel.

—Hizo amistad con una señorita que vive aquí al lado, en el 299. —Remarcó mucho la palabra «señorita».

—¿Qué quiere decir?

—¿Yo? —Puso cara de digna—. Nada, nada. Dios me libre.

—Así que hizo una amiga.

—Pues... sí. —Vaciló por segunda vez—. Aunque sólo la visitaba.

—¿Nombre?

—Plaza. Señorita Plaza.

—¿Sólo eso?

—Sí. —Mantuvo el tono tenso—. Le vi entrar un par de veces en el portal y luego la portera me lo comentó.

—Pero esa señorita...

—Oiga, yo no me meto en la vida de la gente, ¿sabe? —Se estiró un poco—. Se habla por aquí, se habla por allá... ¿Qué quiere que le diga?

—Así que tampoco sabe cómo la conoció.

—Alguien le hablaría de ella, supongo.

No era necesario forzarla más. La «señorita» Plaza no parecía ser santo de su devoción.

—¿Le ha contado esto a la policía?

—Pues... no, no han preguntado mucho del señor Humet. En cuanto ha salido lo del novio y lo de la pelea que tuvieron... Él le gritó que antes muerta que con otro, y ya ve usted.

¿Cuánta gente purgaba palabras dichas en un arrebato de ira?

Miquel se imaginó al carbonero futbolista, constipado, siendo interrogado a bofetadas en la comisaría.

—Gracias, señora. Ha sido usted muy amable y, créame, también muy útil. Se lo agradezco.

—Cómo se nota que es usted un señor. —Quiso matizar lo que acababa de decir, por si las moscas, y añadió—: No es que los policías no lo fueran, ¿eh? Pero... en fin, que iban más a lo suyo.

—Y miraban a todo el mundo como si fuera sospechoso —lo remató él.

—Pues sí, ¿ve?

—Un placer. Y descanse. Ha sido un mal trago, pero lo superará. Lamento ese charco.

La dejó allí, en la portería, abrió el paraguas y salió a la calle tras inclinar la cabeza en la despedida.

15

Sabía que la portera estaría asomada al portal espiándole, así que, por precaución, no entró directamente en el número 299. Mejor no dejar más rastros que los imprescindibles. Pasó de largo, caminó hasta la esquina más alejada, esperó unos segundos y deshizo lo andado. Llegó a su destino sin más contratiempos y se coló en el vestíbulo de la casa. La nueva portera no estaba en su sitio. A lo mejor había ido a ver a su colega. Sacudió el paraguas para que goteara menos, subió al primer piso y llamó a la primera puerta con la que se encontró. Después de dos intentos infructuosos, pasó a la segunda. Esta vez tuvo más suerte. Le abrió una mujer de unos cuarenta y cinco años, vestida como si fuera a salir de casa o acabase de llegar.

—¿La señorita Plaza, por favor?

Su sonrisa no bastó.

La mujer le taladró de arriba abajo, con claras muestras de asco, y le cerró la puerta en las narices después de rezongar de mala manera:

—¡Arriba, el segundo tercera!

—Gracias —le dijo Miquel a la puerta.

Casi al momento, se escucharon las voces del otro lado. Airadas.

—¿Quién era?

—¡Otro guarro! ¡Como vuelvan a llamar aquí...!

Las voces se perdieron.

La «señorita» Plaza no gozaba de las mejores simpatías.

Así que Miquel ya sabía lo que se iba a encontrar.

Tomó aire antes de llamar al timbre del segundo tercera. Luego esperó. La mujer que le abrió tendría unos cuarenta años y estaba de muy buen ver. Carnes prietas, cabello bien peinado, labios rojos, ojos profundos... Vestía una bata de influencia oriental, con lotos y dragones, de color amarillo, bajo la cual lucía una combinación de satén negro con un generoso escote. El pecho era abundante, la piel turgente. Iba descalza.

Le sonrió con absoluto descaro.

Ninguna sorpresa, ninguna pregunta.

—Vaya, hola. —Le lanzó las dos palabras como si quemaran.

—Hola.

—Entra, hombre, entra. No te quedes ahí. Deja el paraguas en el paragüero.

Miquel pasó por su lado y dejó el paraguas. Olía bien, aunque no era el mejor de los perfumes y se había regado demasiado generosamente con él. Ella cerró la puerta. La luz del recibidor seguía dando pistas de lo que iba a encontrarse dentro. El tono, rojizo, con bombillas tenues, se mantenía en el pasillo que se adentraba por el piso.

—Ven. —Le cogió de la mano.

Miquel se dejó llevar dócilmente por la mujer. Las chanclas de goma con las que se protegía los zapatos gruñeron sobre el suelo con cada paso.

No fueron directamente al dormitorio. Si la señorita Plaza recibía en casa, era por algo, por más que la clase siempre dependía de otros matices. La sala ofrecía una agradable intimidad, con la ventana cerrada, un sofá, un mueble bar y varios espejos debidamente repartidos. En las paredes, fotografías de ella en poses sugerentes, aunque casi todas eran de cuando debía de tener veinte o treinta años y, probablemente, ejercía de actriz o corista.

—¿Quieres beber algo?

—No, gracias.

Se plantó delante de su presunto cliente y le abanicó con las pestañas.

—¿Quién te ha hablado de mí?

—Un amigo.

—Tranquilo, amor. Soy discreta. —Se acercó para echarle el aliento, tal vez besarle.

Miquel pensó instintivamente en Consue, la hermana de Lenin, aunque ella sí era una puta barata de la calle Robadors.

—De joven debiste de ser muy guapo. —Le acarició la mejilla.

—Me conservo.

—¿Hace mucho que no...?

—No, no, ayer mismo lo hice. —Decidió ponerse en marcha y dejar de tantear el terreno, que encima era peligroso.

La señorita Plaza no ocultó su sorpresa.

Se apartó un poco.

—En realidad venía a hablar de Pere Humet —dijo él.

Fue como si le propinase una bofetada. Dio un paso atrás y se tapó con la bata. Los ojos desprendieron pequeñas chispas, airadas unas, temerosas otras, las más.

—Tranquila. —Intentó serenarla.

—¿Quién es usted? —Dejó de tutearle.

—Policía no, descuide. Pero es mejor que hable conmigo y luego, si vienen ellos, que se olvide de que me ha visto.

—¿Y por qué ha de venir la policía a verme?

—No creo que lo hagan, aunque siempre cabe la posibilidad. Sabe lo que ha sucedido, ¿no?

—Sí, lo sé. Les han matado, a él y a su prima. Y dicen que ha sido el novio de ella.

—¿Lo ve? Todo solucionado. Sin embargo, a mí me interesa Pere Humet, no lo de Isabel Moliner y su novio.

—¿De qué le conocía si acababa de llegar a Barcelona? —Siguió sin mostrarse nada calmada.

—Fuimos amigos antes de la guerra.

La señorita Plaza se dejó caer en el sofá, como si sus piernas ya no pudieran sostenerla. Miquel no tuvo más remedio que hacer lo mismo, por más que le desagradase. Por si acaso, miró dónde se sentaba. El perfume empezaba a marearle.

—¿Qué es lo que quiere, señor? —preguntó ella.

—Saber de qué hablaban y qué le contó.

—Mire, aquí se viene a lo que se viene. —Intentó fingir indiferencia pese a la tensión—. Hablar...

—Creo que a Pere Humet le gustaba precisamente hablar. Y me han dicho que la visitaba a menudo.

Era como lanzar un sedal y esperar que los peces picaran.

Picaron.

—¡Malditas cotillas! —masculló la mujer sin negarlo.

Miquel escudriñó sus ojos.

Por un momento, además de pensar en Consue, pensó en Patro.

Le sobrevino un súbito dolor de estómago.

Si él no hubiera aparecido, ella probablemente seguiría en El Parador del Hidalgo, o en la misma casa en la que ahora vivían como marido y mujer.

Dominó la idea, el sudor frío, la punzada en la mente.

—En serio, de verdad. —El tono de la señorita Plaza fue de cansancio—. A mí no me contaba nada.

—Tuvo que hacerlo. Era un solitario con un pasado atroz. La guerra, el exilio, el campo de exterminio... Sé que precisamente es con usted con quien más podía hablar.

—Sabe mucho de putas —dijo con hiriente sarcasmo.

—Lo suficiente. —Mantuvo la calma.

La mujer extendió las manos sobre sus rodillas, con las

palmas hacia abajo, y se miró las uñas. No estaba sentada de manera indolente y seductora, sino inclinada hacia delante, en una clara pose defensiva, tratando de ofrecer el menor volumen posible. No le miró a los ojos cuando volvió a hablar.

—Algo sí me dijo. —Suspiró—. Todo lo de ese campo de prisioneros en el que los alemanes les tenían como a ratas y les mataban a cientos.

—¿Le habló de sus amigos?

—Sí.

—¿Y de qué estaba haciendo en Barcelona?

—Buscaba a un hombre, sí, pero eso veo que usted ya lo sabe.

—Quiero comprobar si lo que me contó a mí es lo mismo que le contó a usted.

—¿Por qué?

—Por favor...

—Fue a ver a las familias de sus amigos muertos, pero de encontrar al que buscaba, nada. Me dijo que se lo había tragado la tierra. —Levantó la cabeza y, ahora sí, volvió a centrar sus ojos en Miquel. El tono parecía haber cambiado. Ya no quedaba ira, sólo piedad envuelta en una enorme lástima—. La verdad es que al comienzo me daba pena, pero luego... Era un buen hombre, ¿sabe? La mayoría de los que vienen aquí no lo son. Él sí. A pesar de su problema necesitaba afecto, que le tocara...

—¿De qué problema habla?

—¿No lo sabe usted?

—No.

—Pere no tenía... Bueno, ya me entiende. —Le señaló la entrepierna.

—¿No tenía testículos?

—No tenía nada. Se lo cortaron todo.

—¿Cómo?

—Creo que por una denuncia de ese al que buscaba, o

porque le recomendó a los médicos del campo... No sé. Tal vez fuera una patada. Pobrecillo, de eso sí que no quería entrar en detalles.

—Si no tenía órganos sexuales, entonces sí venía aquí a hablar, a estar con alguien.

—No todo el mundo llega, se quita la ropa, lo hace y se va. Hay mucha necesidad de afecto. Algunos incluso lloran. Me ven desnuda y lloran, como si fuera la primera vez que están con una mujer en mucho tiempo. Para ellos es como una epifanía. ¿Sabe usted la de miseria y miedo que hay ahí fuera?

—Sí, lo sé —manifestó Miquel.

—Soy como uno de esos médicos que atienden a los locos.

—Un psiquiatra.

—Eso. —Mantuvo el mismo aspecto triste en el que acababa de sumirse—. Pere quería que le acariciara, le tocara, le besara... Dios, tenía el peor cuerpo del mundo, tan seco, huesudo, lleno de cicatrices. Daba miedo. Me costó superar eso, pero lo hice porque él lo merecía y soy buena en lo mío. Luego disfrutaba haciéndomelo a mí, con la boca, los dedos... Cuando yo me ponía a gritar se emocionaba. —Sonrió un poco—. Decía que, si hubiera tenido el rabo, me habría puesto en las nubes.

—¿Luego se iba?

—Sí.

—¿No recuerda que le dijera que había dado con alguna pista en su búsqueda?

—Sólo el último día. Parecía animado y le pregunté a qué se debía. Me dijo que había encontrado a la novia de ese hombre. Bueno, la novia de antes de la guerra, claro. Una tal María. Lo recuerdo porque mi hermana se llama igual.

—¿Cuándo fue esa última vez?

—Anteayer, el sábado. —Bajó la cabeza y estuvo a punto de llorar—. Dios, no hace ni dos días y está muerto...

—¿A qué hora le vio el sábado?

—Por la noche.

—O sea, que había visto a la tal María por la tarde.

—Sí, eso me dio a entender. Como le digo, estaba muy animado. Al día siguiente tenía que comer con alguien. Creo que iba a pedirle ayuda, no sé. —Hizo un gesto con la mano derecha—. Tampoco es que le prestara mucha atención.

—¿Algo acerca de esa tal María?

—No, nada. Estaba nervioso y quería empezar a hacerme cosas cuanto antes.

—¿Cómo dio con usted?

—Su prima le habló de mí. Cerca y fácil. Creo que me cogió cariño. A la que podía, se pasaba por aquí, y si estaba ocupada, esperaba como si hiciera cola para ir al cine. Si hay alguien, pongo una chincheta en la puerta, y si el que llama no la ve o no lo sabe, con no abrir...

—¿Le dijo Pere que se estaba muriendo?

—No, eso no. —Se estremeció—. ¿Es cierto?

—Sí, de cáncer.

—Dios...

El mareo de Miquel empezaba a producirle dolor de cabeza. El perfume le estaba emborrachando.

—Gracias —dijo levantándose.

—¿No va a decirme por qué tanto interés en él? ¿No será usted el hombre al que buscaba?

—No, yo soy el que le esperó ayer para comer juntos.

—Ya veo.

—Ha sido usted muy amable.

La señorita Plaza recuperó su identidad.

Ella también se puso en pie, con la bata abierta, luciendo su mercancía.

—Ya que está aquí, ¿no quiere pasar un rato agradable?

—No, gracias.

—¿De verdad? —Se puso las manos bajo los senos y se los subió casi hasta la barbilla.

Miquel le enseñó el anillo.

—No lo necesito, en serio.

—Pues es afortunado —se limitó a decir ella—. Aunque ya sabe dónde me tiene. Si es mayor como usted...

Hora de irse.

Enfiló el pasillo, recogió el paraguas y él mismo abrió la puerta. La señorita Plaza le siguió mansamente. Ya en el rellano, le tendió la mano. Al estrechársela notó la suavidad. Los ojos de la mujer mostraban toda la tristeza que sentía.

Tal vez por Pere.

El hombre que ya no regresaría nunca.

—Suerte, sea lo que sea para lo que la necesite —le dijo antes de cerrar la puerta.

16

Poco antes de llegar al cruce de la calle Valencia con Gerona, tuvo que meterse en un portal. Bajo la lluvia, un enjambre de hombres, casi un centenar, pasó a la carrera, calle Gerona abajo, gritando consignas más o menos revolucionarias. No era el único. Una señora ya mayor también se refugió en el mismo lugar y miró el espectáculo con el ceño fruncido. A lo lejos se oían sirenas y el agudo tono de algunos silbatos, que tanto podían ser de la policía como de los manifestantes.

La señora chasqueó la lengua.

Miquel lo esperaba todo menos aquello.

—Si en lugar de correr se les enfrentaran, otro gallo cantaría.

La edad no importaba para ser revolucionaria.

La observó con cariño.

Ella, como si estuviera sola.

—Al Gobierno Civil habría que ir. ¡Todos en masa! Ya verían, ya.

Iba a decirle que tuviera cuidado al hablar, porque podían escucharla oídos menos recomendables que los de él, pero optó por callar. Los disturbios se alejaban.

—Buenos días —se despidió de ella.

—Adiós —le dijo la mujer como si le viera por primera vez.

Miquel también caminó calle Gerona abajo, pero en lugar

de entrar en la portería de su casa se dirigió a la mercería. Faltaban cinco minutos para la hora de cierre. Recogería a Patro, por si no tenía paraguas, y caminarían juntos.

Era capaz de trabajar hasta el último día, o el último minuto, y parir allí mismo.

Cuando abrió la puerta se encontró con Teresina arreglando las cosas que había dejado por encima del mostrador la clienta que acababa de salir. Todavía se ponía algo nerviosa cuando le veía, probablemente por aquello de su novio caradura en abril del año pasado. Esta vez le sonrió con cierto candor.

—Buenas tardes, señor Mascarell.

Sí, de hecho ya había empezado la tarde. Y él acababa de darle los buenos días a la mujer del portal.

—¿Está mi mujer?

—No, se ha ido hará cosa de quince minutos. Estaba un poco cansada.

—No me extraña. Pero ¿se encontraba bien?

—Oh, sí, sí, no se preocupe.

—¿Llevaba paraguas?

—Sí, descuide.

Iba a irse, pero antes hizo algo.

—Teresina.

—¿Sí, señor?

—Estoy muy contento por cómo lo estás llevando todo. Y más con la señora en su estado.

—Gracias. —Se puso un poco roja.

—No sabes el alivio que supone poder confiar en ti en estos días.

—Gracias —repitió.

—Sigue así. —Se despidió saliendo a la calle.

Qué caramba, a veces unas palabras de ánimo venían la mar de bien.

Aceleró el paso.

Para volver a casa enseguida pero también por la lluvia, que de pronto caía a cántaros.

Patro cansada. Patro en casa. Patro...

Mientras subía la escalera volvió a pensar en Pere Humet, su muerte y lo que ya, inevitablemente, se le venía encima.

¿O fingía que no era asunto suyo y dejaba que Sebastián Piñol se saliese con la suya?

¿Se lo contaba a Patro?

Tenía que hacerlo, porque de lo contrario, si empezaba a salir y entrar de casa sin explicarle nada, ella se pondría de uñas.

Aunque si se lo decía...

Abrió con su llave y nada más cerrar la puerta, tras dejar el paraguas en el paragüero, se miró un instante en el espejo del recibidor. Su aspecto de hombre serio, adusto, imperturbable y, a veces, incluso avinagrado, le hizo ver y comprender lo que ya sabía.

Que nunca, nunca, se desprendería del policía que había sido.

El policía que era.

Algo que ni la guerra, ni la derrota, ni el cautiverio, ni la dictadura, podrían cambiar y mucho menos eliminar.

—¿Patro?

—Estoy aquí. —Escuchó su voz saliendo del comedor.

Se quitó las chanclas, que también dejó en el recibidor, y caminó hasta allí. Patro estaba sentada en el sofá, con las manos sobre el abdomen, como si en lugar de un embarazo ocultase un enorme balón o un globo hinchado. Tenía los pies en alto, sobre la mesita. Él se quitó la chaqueta, la dejó en una de las butacas y le cogió los pies sin decirle nada. Luego ocupó el otro lado del sofá, reteniendo los pies de ella sobre sus rodillas.

Empezó a masajeárselos.

—¡Oooh... sí...! —Patro cerró los ojos y apoyó la cabeza en el respaldo.

No hablaron durante dos o tres minutos.

Miquel acabó besándole los dedos.

—Los tengo sucios —le advirtió su mujer.

—No importa. Y no es cierto —dijo él.

Patro abrió los ojos.

—¿Dónde has ido? Con la que está cayendo...

—A ver por qué no vino a comer ayer mi amigo.

—¿Y qué te ha dicho?

—Nada. Está muerto.

—¿Qué? —Tensó la espalda y abrió los ojos.

—Ayer por la mañana les asesinaron, a él y a su prima. No lo han descubierto hasta esta mañana. Cuando he llegado se llevaban los cuerpos.

—Pero... ¿qué ha pasado?

—No lo sé. La policía cree que ha sido el ex novio de ella, un tipo violento, pero yo no me lo trago.

—¿Por qué?

—Instinto y algo más, como algunos detalles de la escena del crimen y una cosa que me contó Humet el sábado.

—Ni siquiera me dijiste de qué hablasteis.

Miquel le acarició los pies.

Hora de las explicaciones.

—¿Qué pasa, Miquel? —se preocupó Patro.

Volvió a besárselos. Primero el derecho. Después el izquierdo. Luego se lo contó todo, la odisea de Pere Humet al acabar la guerra, su trabajo en la Línea Maginot, su apresamiento y encierro en aquel lugar llamado Mauthausen. Poco a poco, Patro fue dilatando los ojos. Sólo le interrumpió una vez, para preguntarle si aquello era posible. Miquel le dijo que sí, que era posible, que los jerarcas nazis habían sido juzgados por ello en Nuremberg al acabar la guerra. Finalmente le relató la muerte de Rexach, Arnella y Matarrodona, así como la desaparición de Sebastián Piñol hasta volver a ser visto en Barcelona. Al terminar la narración, ella estaba demudada.

Sobre todo porque sabía el motivo de que él le contara todo aquello.

Siempre lo hacía cuando se metía en un lío y contarlo en voz alta le ayudaba a verlo en perspectiva.

—¿Qué has hecho al saber lo de la muerte de tu amigo?

—He ido a ver al ex novio de su prima. Me dijo dónde trabajaba.

—¿Y?

—No creo que fuera él.

—¿Sólo lo crees?

—Lo sé —convino.

—Entonces... tuvo que matarle ese tal Piñol, ¿no?

—Es lo que pienso.

—Pero ¿cómo?

—Pere Humet era como un elefante en una cacharrería —dijo despacio, reflexionando cada palabra—. Visitó a lo que quedaba de las familias de los otros tres. El sábado por la mañana me dijo que tenía una pista: había dado con la ex novia de Piñol antes de la guerra y la iba a ver por la tarde. Esa misma noche habló con una amiga y según ella estaba contento, así que la pista era buena. En este punto es lógico pensar que Sebastián Piñol supo que le estaba buscando.

—Y se adelantó.

—Sí. De alguna forma se enteró de lo de la pelea con el ex novio de la prima. Decidió utilizar eso, y por ese motivo también la asesinó a ella.

—Pero eso... es muy frío, ¿no?

—Él lo llamaría defensa propia.

—Has dicho algo de unos «detalles» en la escena del crimen —le recordó Patro.

Miquel siguió contándoselo. Pero sobre todo lo hacía para sí mismo, para reafirmar sus propias convicciones.

—El cuerpo de Isabel Moliner estaba en el recibidor, con la garganta cercenada y un sinfín de cuchilladas en el cuerpo.

El de Pere Humet en la cama, sólo con el cuello cortado. Hasta aquí, la lógica es evidente: si el asesino es el ex novio de ella, con quien se ensañó fue con la mujer, víctima de los celos. Pero la portera me ha dicho que Isabel Moliner donde tenía más sangre era en torno a la cabeza, y que las puñaladas del tronco no parecían haber sangrado. ¿Qué significa eso?

—No lo sé —reconoció Patro.

—El asesino llama a la puerta. Tiene el cuchillo preparado. Abre ella y él le corta el cuello de un tajo. Ya está muerta. La deja en el suelo y va a por Pere Humet, que duerme en la cama. Sin mayor problema, también le cercena la garganta. Sin embargo, ha de escenificar el crimen pasional, para que se lo cargue el ex novio, así que regresa al recibidor y la apuñala repetidamente.

—Pero ¡ella ya ha perdido la mayor parte de sangre por el tajo de la garganta! —se excitó Patro.

—Por eso, de los cortes dados después apenas brotó sangre. Es la única explicación lógica. Habiendo un hombre en la casa, ¿qué sentido tendría que él se entretuviese en acuchillarla una y otra vez, haciendo ruido y corriendo así peligro de ser descubierto? No, la lógica natural es la escena que te he descrito primero. Sobre todo si descartamos al ex novio.

—¿Y van a encerrar a ese hombre?

—Se pasó la mañana jugando al fútbol. Tiene una buena coartada. A Pere y a su prima los mataron entre más o menos las diez y la hora de que él saliera para comer con nosotros. Ponle las dos. Cuando se cansen de darle de hostias espero que lo investiguen. Tampoco creo que sean tan estúpidos.

Patro estaba impresionada.

—Qué diabólico. —Suspiró.

—Era domingo. Pudo subir y bajar sin que nadie le viera. A lo mejor incluso iba disfrazado, vete a saber.

—Pobre hombre...

Sabía que se refería a Pere Humet.

Pobre hombre.

Sobrevivir a Mauthausen para acabar asesinado por el hombre al que buscaba para matarle.

Y, de propina, a una mujer aún más inocente.

—Tú les recuerdas, ¿verdad? —preguntó Patro.

—Sí, más o menos, a los cinco, aunque estuvieron muy pocos meses.

Ya no le acariciaba los pies, pero los mantenía presos con sus manos, dándoles calor. Los siguientes cinco o diez segundos fueron de silencio.

—Miquel.

—¿Sí?

—¿Estás bien?

—Sabes que no. —Fue sincero.

—No puedes hacer nada.

La miró con gravedad.

—¡Ay, no! —gimió ella.

—No pasa nada.

—¡Sí, sí que pasa, Miquel, que te conozco!

—Pere no merecía este final.

—¡Estamos esperando un hijo! ¡Y ese hombre ya ha matado a dos personas!

—No se imagina que yo pueda...

—¿Que no? —le interrumpió—. ¡En cuanto hagas preguntas tú, estará tan alerta como lo ha estado con Pere Humet!

—Creo que soy más listo que Humet.

—¡Y aunque le encuentres! ¿Qué vas a hacer?

—Denunciarle a la policía.

—¡Ay, Dios, no puedo creerlo! —Patro se llevó las manos a la cabeza—. ¿Y si ya seguía a Humet y le vio hablando contigo?

—Creo que fue lo que sucedió ese sábado por la tarde lo que puso en alerta a Piñol. Tuvo que ser después de ver a la tal

María, la ex novia. Hasta ese momento, él me dijo que no tenía nada.

Patro puso los pies en el suelo y se acercó a él, casi arrastrándose por el sofá para no tener que levantarse cargando el peso de su vientre. Una vez a su lado, se arrebujó contra él.

—No más líos, por favor.

—Te prometo que...

—¡No! Si empiezas a hacer preguntas, te meterás de cabeza, que lo sé yo.

—No puedo quedarme de brazos cruzados, cariño.

—¿Por qué no?

—No lo sé. —Fue casi una súplica—. Llámalo ética, sentido del deber, de la justicia... La policía no sabe nada de Humet, regresó a España ilegalmente. No tendrán la menor idea de por dónde buscar.

—¿Y tú sí?

—Soy lo que soy, y ésta es mi ciudad.

—Pareces un sheriff de esos de las películas del oeste —lamentó ella, aunque lo que dijo sonase a sarcasmo.

—Te prometo que, si no saco nada en claro, no me arriesgaré.

—¿Y ya está?

—Vamos, cielo...

—Lo que hay aquí dentro saldrá un día de éstos. —Se tocó el vientre.

—¿Crees que no lo sé?

Les sobrevino otro silencio, éste más largo. Al cabo de casi un minuto, oyeron nuevas sirenas de policía, gritos y una cierta algarabía en la calle.

—Disturbios —dijo Patro.

—Sí.

—Hoy no sales más.

—Pero...

—Hoy no sales más. —Lo repitió remarcando las sílabas y

con muy pocas ganas de discutir—. Y menos lloviendo, que vas a pillar algo.

Miquel no estaba para peleas.

—Sólo faltaba lo de esa dichosa huelga —masculló ella apretándose más contra él.

Día 5

Martes, 6 de marzo de 1951

17

De nuevo abrió los ojos solo, sin Patro a su lado en la cama, y cuando miró el reloj se asombró de que fuera tan tarde, aunque no tanto como el domingo, cuando se había despertado casi a la una. Las manecillas marcaban un leve ángulo agudo a pocos minutos de las diez de la mañana.

—Yo creía que con los años se dormía menos —gruñó saltando de la cama para iniciar los rituales del día.

Lo peor seguía siendo que ella se marchase sin despertarle, dejándole dormir. Y más aún que no se quedaran un rato abrazados, en silencio o hablando, tanto si lo hacía de cara, con la barriga entre ambos, como de espaldas, rodeándola por ella.

Era lo que más le gustaba, y lo que más echaba de menos en los últimos días.

Cuando estuvo lavado y vestido, optó por tomar algo en casa y no ir al bar de Ramón. No quería el parte de incidencias de la huelga, ni sentarse a desayunar y perder más tiempo. Se preparó un vaso de leche caliente y le puso Cola-Cao. Para acompañarlo, unas simples galletas María.

María.

La ex novia de Sebastián Piñol parecía haber sido el detonante de lo sucedido.

¿Cómo había dado Humet con ella?

Cogió un papel, una pluma, cerró los ojos y navegó por

su memoria. Afortunadamente, seguía siendo un prodigio que no menguaba con los años, aunque a veces se le escapasen detalles o tardase en reconocer algo. Siempre había retenido con facilidad nombres y números, datos o declaraciones. Antes de la guerra sus compañeros en el cuerpo llevaban blocs, para anotarlo todo. Él no. Él era el de la memoria fotográfica.

Las palabras de Pere Humet revolotearon por su mente.

«De Eudald Matarrodona, sólo quedan los abuelos paternos. Están en un asilo, en la calle Saleta, cerca de Vallespir. A Joan Rexach también le ha quedado muy poco, su madre y una hermana. Siguen en la calle Escuder, en la Barceloneta. La madre de Arnella y su hijo pequeño viven, o malviven, como pueden, en una pequeña casita al pie del Tibidabo, al empezar la carretera de la Rabassada. También está su viuda. Arnella y yo éramos los únicos casados cuando la guerra.»

Dos abuelos; una madre y una hermana; una madre, un niño pequeño y una viuda. Todo lo que quedaba de las familias de tres hombres destrozados por la adversidad de su tiempo.

No era mucho.

Más bien no era nada.

Pere Humet le dijo que no sacó nada de ellos.

Pero por alguna parte tenía que empezar.

Y, sobre todo, no cometer el mismo fallo que le llevó a él a la muerte.

Recogió el paraguas, ya seco, y no se puso las chanclas. Eran incómodas para caminar mucho y, además, de momento no llovía. Bajó la escalera despacio, envuelto en sus pensamientos. Después de los incidentes del día anterior, era evidente que la huelga y los disturbios seguían. Y seguirían a saber cuánto tiempo más.

El bebé nacería en unos días complicados.

Pasó por delante de la portería sin que su dueña le detuviese. Bastó un «buenos días» recíproco. Al salir a la calle oteó el cielo lleno de amenazadoras nubes. Lo primero, ir a la mercería.

¿Sería la huelga el comienzo de una nueva resistencia, el primer paso de la nueva lucha, o más bien se quedaría como el último estertor de los derrotados de la guerra?

Una buena pregunta.

Cuando llegó a la mercería, Patro y Teresina atendían a sendas clientas. Optó por quedarse fuera, sin entrar. Ser «el dueño», o «el marido de la dueña», aún le producía picores. No se habituaba. La primera parroquiana que salió fue la de Patro. Su mujer lo hizo tras ella.

—Hola, dormilón. —Le besó en la mejilla.

—Te echo de menos —le recriminó.

—¿Vas a hacer preguntas sobre tu amigo? —Se cruzó de brazos sin ocultarle su malestar.

—Tranquila.

—Ya.

Estuvo a punto de decirle que, gracias a ser como era, la había salvado en agosto pasado.

No lo hizo.

Había tenido que salvarla, precisamente, por haber sido policía.

—No vendré a comer, se ha hecho muy tarde.

—¿Vas a tenerme todo el día intranquila? —Se preocupó todavía más ella.

—Regresaré temprano, te lo prometo.

—No prometas nada, que ya sé de qué va eso. Como des con algo... —Siguió cruzada de brazos—. ¿Y si me pongo de parto?

—Pues cerráis la tienda y que Teresina te acompañe.

—¿Y si estoy sola en casa?

—Patro...

—¡Qué valor tienes!

—El médico dijo una semana, y estamos a martes.

Dejó de mostrarse enfadada o disgustada, y le miró con ansiedad.

—Por favor, júrame que no harás nada que comporte riesgos.

—Te lo juro.

—Recuerda que ya te pegaron un tiro hace un año.

—Eso fue...

—¿Qué?

—No, nada. —Mejor no discutir. Se acercó a ella y le dio un beso en la mejilla—. Te quiero.

—Y yo a ti, papá.

—¿Vas a llamarme así desde ahora?

—¿Quieres?

—No.

—Bueno.

—Hasta luego.

—¡Si llueve no te mojes, por Dios, que luego te constipas!

La dejó en la puerta de la mercería. Una clienta entraba en ese momento y Patro fue tras ella. Ni diez embarazos habrían podido con su belleza, física y anímica.

Miquel caminó mirando el suelo, sintiéndose culpable.

Estaba dispuesto a vivir cien años, por ella y por el niño o niña que tuviesen. Pero seguía metiéndose en problemas, jugando a policías y ladrones en una España llena de lo segundo mientras que los primeros ahora servían al régimen.

Un mundo ideal.

Las tres familias quedaban lejos. Mirando un mapa de Barcelona con el mar abajo y la montaña arriba, los Arnella estaban al pie del Tibidabo, los Rexach en la Barceloneta y los Matarrodona en Sants. Norte, sur y oeste. A pie, era mucho. Demasiado. Y, si se subía a un tranvía, a lo peor aparecía un piquete y le hacían la cara nueva por insolidario y burgués.

Buscó un taxi.

Lo encontró.

Ni siquiera tenía pensado el orden de sus visitas, así que cuando el conductor le preguntó adónde iba vaciló un instante. Decidió que mejor empezar por los más débiles, es decir, por los que menos podían saber de todo aquello, para ir descartando: los abuelos de Eudald Matarrodona.

—Calle Saleta con Vallespir, en Sants.

—A la orden, caballero.

Rodaron en silencio apenas un minuto.

El taxista era de los habladores.

—Ha tenido suerte —dijo.

—Lo imagino.

—Es que paro, bajan y suben. Y así desde el jueves.

—Bien para el negocio, ¿no?

—Sí, pero... —Movió la cabeza con desagrado—. Andan las cosas muy revueltas y es como para no estar tranquilo. Ya me he visto en medio de un par de correcalles de esos que se montan los manifestantes. Hay grupos de acción rápida por la zona del mercado de San Antonio, el Arco de Triunfo, el Paralelo, la calle Pelayo... Y no todo son obreros. Hay muchos estudiantes aprovechando el descontento general. Acabas circulando con miedo. Y eso que les doy la razón, que conste.

—¿Tan mal está todo?

—Por el centro menos, pero a primera hora, cuando la gente va a trabajar, entonces no vea. Son auténticos ríos humanos saliendo de todas partes, sobre todo de la periferia, para ir a las fábricas, sin importarles que llueva. Por Sants y Hostafrancs, por el Paralelo hacia el puerto, desde el Clot, Gracia, la Sagrera, el Carmelo, Horta... Caminan en silencio, sin un grito. Como huelga, es genial. Nadie va a detenerles por ir a pie. Otra cosa es cuando un grupo ataca un tranvía. Ya hay muchos que han acabado en comisaría.

—Está muy al día, ¿eh?

—Llevo a mucha gente, y ahí detrás, donde está usted, se

ponen a hablar y a hablar. Basta con escuchar. A veces somos invisibles. ¿Usted a qué se dedica, caballero?

—Estoy jubilado.

—¿Y antes?

—Nada, oficinista, aunque pasé ocho años preso.

—¡Caray! —Le miró con respeto por el retrovisor.

No le preguntó la razón, pero se sintió mucho más proclive a soltar la lengua, que era lo que, por una vez, pretendía Miquel.

—Mire, en agosto del año pasado ya había más de doscientos diez mil obreros en el paro. ¿Quién aguanta esto? Así no se puede vivir. Mucho Fuero de Trabajo, pero... si no lo hay, ya me dirá. No vea cómo están en Andalucía. Yo soy de Jaén, y allí el paro no baja del veintidós por ciento. La peor ciudad de España, que me lo dice mi hermana cada vez que me escribe. —Detuvo el coche ante un urbano que daba el paso a los que iban en perpendicular y se volvió hacia Miquel—. Todo eso del «plus salarial compensatorio», una patraña. Anda que no llega con retraso. Los del Sindicato Nacional del Metal están que trinan porque, por ponerle tres ejemplos graves, La Maquinista Terrestre y Marítima de Barcelona, Torras Herrería y lo mismo Construcciones Barcelona, están todo el día en pie de guerra a causa de no recibirlo. Los mandos les dicen a los obreros que trabajen a medio gas, y así no se saca un país adelante. Si Barcelona es el motor industrial de España, hombre, habría que cuidarnos, ¿no? Pues al contrario. Como esto vaya a más, ya verá cómo se extiende al resto. —El urbano le dio paso y el taxista aceleró de nuevo, pero sin dejar de hablar—. Yo, en mi casa, salgo a tres o cuatro cortes de luz diarios, y tengo tres niños pequeños. Malestar social, carestía de vida, inseguridad... Un asco, oiga. Un cliente me dijo hace un par de días que del noroeste de España están saliendo barcos cargados de emigrantes rumbo a la Argentina y otros países de por allí.

En aquel momento, por el paseo de Gracia subía un tranvía vacío con un agente de la policía junto al conductor.

—Siguen vacíos —dijo el taxista hablador—. Y eso que parece que hoy han vuelto a ponerlos al precio de antes, cincuenta céntimos.

—¿Ah, sí?

—Eso me han dicho, creo que lo pone el periódico, pero la mecha del descontento ya está encendida y no creo que eso apacigüe los ánimos. En cuanto se vaya a la huelga general como se dice... Acabaremos con tanques en la Diagonal, digo, perdón, la avenida del Generalísimo.

De Jaén, pero parecía más catalán que muchos.

A Miquel le cayó bien.

—Para un hombre mayor como usted, eso de ir a pie debe de ser duro, ¿verdad?

—Sólo tengo ochenta y siete años.

Se lo creyó.

—¡No me diga! ¿Ochenta y siete?

—Y aún corro la maratón esa.

—¡No me lo puedo creer!

—Hoy es que no me apetecía andar.

—Ya, ya.

—¿Cuántos años me hacía?

—Pues... unos sesenta.

Algo era algo. Acababa de rejuvenecer seis años.

Y el taxista, de ganarse una propina.

—Pues mi familia se vino de Jaén aquí en el... —Volvió a la carga el hombre, dispuesto a contarle su vida hasta que llegaran a destino.

18

El asilo en el que purgaban la edad los abuelos paternos de Eudald Matarrodona era más que deprimente.

Una antesala del infierno.

Le habría parecido horrible teniendo treinta o cuarenta años. Pero más a los sesenta y seis. De no haberse casado con Patro, lo más probable es que ya estuviera muerto o en un lugar como aquél, sobre todo sin dinero. El edificio era viejo, se caía a pedazos. Las paredes todavía tenían agujeros de bala o metralla. Unas rejas metálicas separaban las ventanas exteriores del interior, y no era para menos. Dos mujeres se aferraban a los barrotes como chimpancés en una jaula del zoo, tratando de atisbar la calle que ya no volverían a pisar probablemente nunca más, y menos por sí mismas.

A Miquel le costó discernir si la persona que le abrió el hueco superior de la puerta, de no más de un palmo de largo por diez centímetros de alto, era hombre o mujer.

—¿Los señores Matarrodona?

—¿Quién es usted?

La duda persistió. El tono resultaba muy neutro. O era una mujer muy fea o era un hombre muy raro.

—Un pariente lejano.

—No es día de visita.

Miquel sostuvo su mirada.

—No me haga recurrir a otros medios —amenazó.

Mayor o no, seguía pareciendo un policía.

Y más cuando acentuaba ese carácter.

—¿Estará mucho rato?

—Diez o quince minutos.

Se abrió la puerta y le vio la falda.

Incógnita despejada.

—Espere aquí, por favor. Voy a ver si están vestidos, en su habitación, en el patio...

—Gracias.

El vestíbulo de la casa era grande. Una oficina con un hombre a mano izquierda. Un pasillo a mano derecha. Al frente, otra reja que daba a un patio lleno de despojos humanos, porque eran eso, despojos. La mayoría de los residentes iban en sillas de ruedas. Los menos, se movían con andadores. Otros estaban sentados en unos gastados bancos de madera. Apenas si hablaban. Dormitaban, con la cabeza caída a un lado, o miraban sin ver, más hacia el interior que a lo lejos, como estatuas animadas que se mantenían en pie con un inexplicable hálito de vida. Lo que también le impactó es que casi todos fueran mujeres. La guerra se había llevado por delante a los hombres, de todas las edades, por mucho que las mujeres siempre hubiesen sido más resistentes que sus congéneres masculinos.

Una mujer hecha de esqueleto y piel se acercó a la reja y se aferró a ella, como las de las ventanas que acababa de ver al bajar del taxi.

—¿Ha venido mi hija? —le preguntó.

No supo qué responderle.

—Mi hija es muy buena, ¿sabe usted? Viene cada día. La estoy esperando. ¿La ha visto usted?

—No, no la he visto, señora.

El crepúsculo de los ojos se hizo nostalgia.

—Mi hija es muy buena, sí —repitió—. Viene cada día. La estoy esperando. Ya no tardará.

—Claro.

—¿Qué hace usted de este lado? —le preguntó de pronto.

De este lado.

Se le hizo un nudo en la garganta.

El regreso de la mujer-armario le evitó proseguir con la escena. Se detuvo a su lado y le dijo:

—Sígame, por favor.

—¿Sabe si mi hija...? —empezó de nuevo la anciana.

—Cállese, señora Milagros —la interrumpió ella.

—Es que la estoy esperando.

Ya no hubo respuesta. Precedió a Miquel por el pasillo de la derecha hasta otra reja más. La abrió con una llave y, cuando la hubieron cruzado, la cerró de la misma forma.

Allí había habitaciones.

—Es la siete —dijo.

—Esa mujer, la que espera a su hija...

—Está sola. No tiene a nadie. Ni siquiera sabemos si la hija existe, si vive... Se pasa el día en la reja, esperándola, sin parar de preguntar. Nos tiene fritos. —Soltó un resoplido—. Cuando termine la visita, venga a buscarme para que le abra. Yo estoy ahí. —Señaló un pasillo a su izquierda.

Lo dejó solo.

Miquel buscó la habitación siete. Algunas tenían las puertas cerradas, pero dos estaban abiertas. Lo que vio en ellas le hizo un nudo en la garganta y otro en la boca del estómago. Una mujer-cadáver atada a la cama en una; un hombre conectado a una máquina, tal vez un respirador, en otra. Pasó de largo, sintiéndose cobarde, y se detuvo en la puerta del cubículo que compartían los Matarrodona. Quizá los únicos allí que seguían casados y juntos, dispuestos a no rendirse hasta el último aliento.

Estaban sentados en dos sillas, al lado de la ventana. Ella vestida y él llevando una bata. Había libros por todas partes. Libros en un estante, en la mesita, incluso apilados en el suelo. Lo más seguro es que fuese su única distracción, salvo que en el armario hubiera un aparato de radio.

Miquel dejó el paraguas apoyado en la pared.

—¿Señor Matarrodona?

—Sí, pase, pase.

—Gracias.

El anciano no se levantó. La mujer ni volvió la cabeza. Miraba por la ventana.

Otra mirada perdida.

Se estrecharon la mano.

—¿Quién es usted? ¿Le conozco? —preguntó el hombre.

—No, y no quisiera molestarle.

—Aquí, que venga alguien es un milagro, así que de molestar nada, al contrario. ¿Seguro que no le conozco?

—No, seguro.

—Pues si va a venderme una enciclopedia a plazos...

Le gustó que tuviera sentido del humor.

—Soy amigo de Pere Humet —dijo.

La mirada del anciano se apagó de golpe. Pere Humet le había dado la peor de las noticias: la confirmación de la muerte de su nieto. Sin embargo, el halo fue de tristeza y amargura, no de otra cosa.

La abuela de Eudald ni se había movido.

—Siéntese. —Le señaló la cama su marido.

Le obedeció. El hombre puso una mano cariñosa sobre las piernas de su esposa.

—Es amigo del señor que vino hace unos días, Eulalia —la informó.

No cambió nada en ella.

—¿Se encuentra bien? —preguntó Miquel.

—Hoy no tiene un buen día —dijo el anciano—. Claro que ya apenas si oye algo y nunca fue de mucho hablar. —Dejó de mirarla con cariño y se enfrentó a su visitante—. Usted dirá.

—Lamento lo de su nieto.

—Le dábamos por muerto igualmente. Ahora por lo menos sabemos que es así. Lo duro fue saber dónde y cómo murió.

—Lo imagino.

—El señor Humet nos lo contó todo.

—También les habló de Sebastián Piñol.

—Ese hijo de puta... —Se crispó—. Si está en Barcelona, tan tranquilo...

—Ahora el que le busca soy yo.

—¿Por qué?

No se lo ocultó.

—Pere Humet fue asesinado el domingo.

El abuelo de Eudald Matarrodona se convirtió en una estatua. Primero, la mirada fija en su visitante. Después, una rápida ojeada a su mujer, siempre estática. Cuando volvió a centrar la vista en Miquel, los hombros se le vencieron ligeramente hacia abajo.

—¿Asesinado?

—Sí.

—¿Por Piñol?

—Mucho me temo que así es. También mataron a su prima, para aparentar un crimen pasional.

Siguió acusando el golpe.

Como si lo masticara despacio.

—¿Quién es usted, señor? —quiso saber.

—Era el superior de Eudald y de Humet antes de la guerra.

—¿Es usted el comisario Mascarell? —Levantó las cejas.

—Sólo inspector, o mejor dicho, ex inspector, pero sí.

—Mi nieto le tenía un enorme respeto, señor. Recuerdo que hablaba de usted como un modelo a seguir. Siempre me contaba cosas, y decía: «Vas a ver tú lo poco que tarda Mascarell en pillar al culpable» o «Me gusta mucho verlo trabajar. Parece no tener nunca prisa, se toma su tiempo, habla

poco, pero cuando tiene todas las piezas del rompecabezas...
¡Zas!».

—Me alegra oír eso —asintió él.

—Yo creo que le apreciaban todos. Conocí a un par de ellos. Formaban un buen grupo. Habrían seguido juntos de no ser por la...

—La maldita guerra, sí, dígalo.

—¿Cómo sobrevivió usted?

—Me condenaron a muerte, me libré, estuve ocho años y medio haciendo trabajos forzados...

—Hijos de puta. —Se le llenó la boca con la expresión mientras se le endurecía aún más la mirada—. Mi hijo muerto, mi nuera muerta, mi nieto muerto y mi hija presa por robar comida...

—¿Les queda una hija?

—Sí, pero no saldrá antes de que hayamos muerto.

—Lo siento.

Se quedaron callados unos segundos.

Con sus pensamientos subiendo en espiral por encima de sus cabezas y creando fuegos y monstruos allí mismo, en la habitación, entre los tres.

—Señor Mascarell, si Sebastián Piñol descubrió a Pere Humet y le mató, ¿no tiene miedo de que haga lo mismo con usted?

—A Humet le pilló de improviso. Yo ahora sé a qué atenerme.

—¿Y cómo dará con él?

—No lo sé. De momento estoy siguiendo los pasos que siguió Humet, uno a uno. Les visitó a todos ustedes, los familiares de sus amigos. En algún momento tuvo que descubrir algo, a lo peor sin saberlo, y desde luego cometer el error que le costó la vida. Lo más lógico es pensar que habló con quien no debía, y que esa persona avisó a Piñol. ¿Le suena el nombre de María Aguilar?

—No.

—Lo imaginaba. Fue la última persona que vio Humet antes de morir. —Recordó a la «señorita» Plaza—. O la penúltima.

—Seguro que dará con él —dijo con vehemencia el anciano—. Usted no es de los que pierden el olfato con la edad.

—Hago lo que puedo. ¿Qué le contó a Humet?

—Nada. —Exhaló con pesar—. ¿Qué podía contarle? Ni sabía que mi nieto estaba muerto, ni que habían estado en ese horrible lugar... Mi esposa y yo llevamos aquí cinco años, ¿sabe? Cuando ella se puso enferma y no pude cuidarla, porque me rompí la cadera, acabamos en este agujero infecto. Una cámara de los horrores. La antesala del mismísimo infierno. —Se encogió de hombros—. Pero es lo que hay. De vez en cuando aún nos recuerdan que estamos aquí gracias al nuevo régimen y a lo buenos que son los vencedores con los vencidos. —Soltó un exabrupto—. Uno bajo palio, el resto bajo tierra. Aquí hay enfermos que se hacinan en su mierda, a otros les atan a la cama, a otros les cloroformizan para que no alboroten. Cuando alguien se muere, nadie llora. Uno menos, aunque rápidamente aparece alguien más en esa habitación. —Miró los libros con amor—. Por suerte, yo aún puedo leer. Eso me salva. Unas hermanas de la caridad me traen libros. Total, me cuesta unos padrenuestros y ya está. Un precio barato sin llegar a ser un Fausto traidor. —Apretó las mandíbulas después de su descarga de impotencia y agregó—: ¿Puedo preguntarle algo?

—Adelante.

—¿Qué hará si le encuentra?

Era la pregunta que se hacía siempre que se metía a investigar algo desde su regreso a Barcelona. La pregunta que todos le formulaban esperando una respuesta que no tenía. La pregunta pendiente si acababa encontrando a Sebastián Piñol. En julio del 47 el padre de la chica muerta había matado a su asesino, en octubre del 48 los maquis habían ajusticiado a Benigno Sáez antes de que el viejo fascista les matara a ellos dos, en mayo del 49 el clan de los Fernández también asumió el papel de justicieros, en diciembre del 49 había sido Patricia Gish la que vengó a su novio muerto, y por último, en agosto del 50, el padre de Indalecio Martínez se encargó de hacer lo propio causando la muerte de Jonás Satrústegui. Por suerte, él no se había manchado las manos de sangre, aunque siempre había llegado hasta el final de cada caso.

Miquel tardó en responderle.

—No lo sé —manifestó.

—¿Le matará?

—No.

—Entonces, sólo queda ir a la policía.

—Me metería en un lío, aunque es lo más lógico. Quizá una llamada anónima.

—Quisiera pedirle algo, señor Mascarell.

—Si puedo complacerle...

—Cuando acabe todo y dé con él, porque sé que lo hará, ¿querrá venir a contármelo?

La venganza como alivio final.

—Se lo prometo. —Sonrió dándole un poco del valor que necesitaba, pese a que no lo tenía tan claro como su anfitrión—. Y también le prometo traerle libros. ¿De qué le gustan?

19

Estaba en Sants, y tanto para ir a la carretera de la Rabassada como para ir a la Barceloneta, necesitaba un medio de transporte o acabaría muerto. Salió a la calle Vallespir y se plantó en la plaza del Centro oteando el panorama. Todos los taxis iban llenos. Se hizo el señor mayor, encorvándose un poco y levantando la mano en cuanto aparecía uno, por más que tuviese la luz apagada. La estrategia le salió bien. Un taxi se detuvo a su lado y la mujer que lo ocupaba bajó la ventanilla para decirle:

—Suba, suba, que yo voy a la estación y luego usted puede seguir. —Se dirigió al taxista—: ¿Verdad, señor?

—Yo, mientras baje bandera, le cobre y vuelva a subirla...

—Pues ya está.

La amable y solidaria mujer abrió la puerta y se corrió hacia el otro asiento.

—Gracias, señora —le dijo Miquel con vehemencia.

—Es que, cuando le he visto, he pensado: «Este pobre señor...».

El «pobre señor» no se lo discutió.

—Si estos días no nos ayudamos unos a otros... —continuó su salvadora.

Estuvo a punto de decirle que le pagaba el viaje, generosamente, pero debía de venir de Dios sabía dónde, de lejos, porque el importe de la carrera era de aúpa. Se calló. Aguantó la cháchara de la mujer las pocas calles que le separaban de la plaza del Ferrocarril y ella se bajó en la esquina de la calle Santa Catalina con San Antonio. Miquel le volvió a dar las gracias y la mujer se marchó feliz, con una seráfica sonrisa en su rostro tras pagar el trayecto que había hecho.

El taxista volvió a subir la bandera.

—¿Adónde, jefe?

El «jefe» se lo dijo:

—Al comienzo de la carretera de la Rabassada, por Penitentes.

—Pues muy bien. —Puso el coche en marcha.

Esperó otra larga conversación de taxista, pero éste no era como el anterior. Se limitó a conducir, con cara de aburrimiento, y sólo habló un par de veces para quejarse del tráfico y la pachorra de los urbanos, que siempre parecían dar más tiempo a los que venían del otro lado. El trayecto por la avenida de la República Argentina y, sobre todo, por el paseo del Valle de Hebrón, le recordó el caso de octubre del 48, y más cuando rodearon el bosquecito donde debía de seguir enterrado y oculto Benigno Sáez. Tras él, llegaron rápidamente al desvío que tomaban los coches que se dirigían al Tibidabo.

—¿Le va bien aquí?

No tenía ni idea del número. Pere Humet sólo le había dicho «una pequeña casita al pie del Tibidabo, al empezar la carretera de la Rabassada».

—Sí, sí.

Pagó, bajó y se quedó solo.

No parecía que, en un martes y con Barcelona patas arriba, la gente estuviera muy por la labor de ir al Tibidabo o a ninguna otra parte por allí, como a Sant Cugat o incluso Vallvidrera.

Empezó a subir la cuesta.

«Una pequeña casita al pie del Tibidabo.»

Eso casi eliminaba las viviendas de la parte derecha, discretas y sencillas, pero no «pequeñas casitas» en las que «malviviese» nadie. Más bien señalaba las construcciones de la izquierda, algunas empotradas en la pared o con las rocas pegadas por la parte de atrás.

Empezó a llamar puertas.

Cincuenta metros después, y ya jadeando, se preguntó si se lo había oído bien a Humet o si no se equivocaba.

Claro que en la mitad de los lugares no había nadie.

Una nueva casa. La mujer no le abrió la puerta. Se asomó a la ventana.

—¿La señora Arnella?

—Dos casas más arriba.

—Muy amable.

Llegó a su destino y, lo primero, recuperó un poco el aliento. El desnivel era pronunciado, ya de buenas a primeras. La casa en la que vivían los Arnella, posiblemente tras el final de la guerra y la pérdida de todo, aunque a lo mejor siempre había sido la suya, era desde luego muy sencilla. Tenía una sola planta y la pared se veía desgastada y sucia. La puerta, de madera, quedaba flanqueada por dos ventanas enrejadas y cerradas. Según le dijo Pere Humet, en ella vivía la madre de Ernest Arnella y un hijo pequeño, porque la viuda del ex agente muerto en Mauthausen lo hacía en otro piso.

Llamó al timbre.

Al otro lado se escuchó una voz de mujer hablando en voz alta y en tono airado.

—¡Ya está aquí el médico! ¡Te va a poner una inyección que vas a ver tú si otro día llegas a casa empapado!

La puerta se abrió y por el quicio apareció la responsable de la voz, despeinada, con un delantal, zapatillas raídas y cara de circunstancias. Ni le dejó decir nada.

—Pase, pase, doctor. Está en cama con una fiebre...

Tuvo que frenarla, porque ya le estaba casi empujando hacia la habitación de su hijo.

—No soy el médico, señora.

—¿Ah, no? —Se detuvo en seco.

—No, perdone. Yo...

—¿Y qué quiere? —Se asustó al darse cuenta de que ya le había metido en casa.

—Soy amigo de Pere Humet.

La mirada fue extraña. Inquietud, prevención, miedo... Un vaivén mecido por el silencio del lugar y la ausencia de tráfico al otro lado de la puerta.

—¿Puedo hablar con usted un momento? —siguió Miquel.

—¿Qué clase de amigo es? —preguntó ella.

—Me llamo Miquel Mascarell. Yo era inspector en la comisaría cuando su hijo Ernest y Pere Humet estaban en ella como agentes. Pere vino a verme para que le ayudase a buscar a Sebastián Piñol.

—¿Le han encontrado? —Sufrió un súbito cambio, pasando del recelo a la tensión.

—No, aún no. Pero necesito hablar con usted.

Pareció no saber qué hacer. Miró en dirección a la habitación de su hijo. Y luego al fondo del pequeño pasillo, donde se adivinaba el comedor. Sus manos revelaron un extraño nerviosismo.

—¿Puede esperarse aquí un momento? —dijo—. Tengo todo un poco revuelto.

—Claro.

Lo dejó solo y se dirigió al comedor. Tardó menos de un minuto en regresar. Sus manos siguieron reflejando cierto grado de tensión.

—Pase, haga el favor.

Precedió a su visitante y, al pasar por delante de la habitación del chico, se detuvo un momento. Miquel vio a un niño de unos siete años, tal vez menos, tal vez más, orejas de soplillo, nariz grande, ojos muy separados. Estaba sentado en la cama mirando en dirección a ellos.

—¡No es el médico, Jordi! —le gritó su madre—. ¡Pero ahora vendrá a pincharte, ya verás! —Reanudó la marcha y volvió la cabeza hacia Miquel—. El domingo no se le ocurre otra cosa que ponerse a jugar bajo la lluvia, ¡con la que estaba cayendo! Ha pillado una...

—Son niños —contemporizó él.

La mujer se puso a toser aparatosamente, como si la que estuviera enferma fuese ella.

El lugar era muy sencillo, humilde. Una mesa, cuatro sillas, un aparador con un espejo algo acribillado por el paso del tiempo y con los bordes amarillentos y picados, un viejo sofá, ninguna butaca, un armario grande y dos muebles más bajos con algunas fotografías espaciadas. Miquel se dirigió al sofá antes de que su anfitriona le detuviera.

—No, siéntese aquí, haga el favor. —Apartó una de las sillas ofreciéndosela.

La obedeció y dejó el paraguas colgado del respaldo.

La silla estaba frente al aparador y su espejo. Miquel se vio reflejado en él.

Se le antojó que acababa de convertirse en una de aquellas viejas imágenes tomadas al comienzo de la aparición de la fotografía, un daguerrotipo secular.

—Señor Mascarell, ya le dije al señor Humet que yo no sabía nada de todo esto. —La madre de Ernest Arnella ocupó otra silla—. Apareció de repente, me contó lo que le había sucedido a mi hijo, me habló de Sebastián Piñol... —Contuvo un primer ramalazo de emoción—. Tantos años después...

—Imagino que saber lo que les pasó a su hijo y a sus compañeros fue duro.

—Por lo menos, ahora conocemos la verdad. —Sucumbió un poco más a la emoción—. Ni mi nuera ni yo teníamos ya esperanzas, pero siempre pensamos que podía haber perdido la memoria o haber empezado otra vida en alguna parte de Europa, tras la guerra, al no poder volver a España. En el fondo, tal vez haya sido un descanso, aunque lo que nos contó de ese lugar... —Se estremeció—. Eso y la traición de Piñol... —Le miró consternada—. ¿Cómo es posible que pasen cosas así?

—¿Le dijo algo relevante a Pere Humet? —Obvió la respuesta.

—Nada. ¿Qué podía decirle? Ellos se fueron a la guerra, luego al exilio y ahí acabó todo. La última carta que recibimos de Ernest era de cuando estaba en Francia. Al estallar la guerra mundial le perdimos el rastro. Perdone... —Frunció el ceño al comprender lo insólito de su presencia allí—. ¿Dónde está el señor Humet? ¿Le está usted ayudando? No entiendo...

—El domingo asesinaron a Humet, señora. —Se lo dijo directamente.

Ella se llevó una mano a la boca.

La otra al pecho.

—¡Oh, Dios mío! —gimió.

—Estoy reconstruyendo los pasos de Pere. —Intentó que la emoción no la desarbolara—. En alguna parte cometió un error o vio a quien no debía, y pienso que Sebastián Piñol le encontró a él primero.

—¿Le mató... Piñol?

—Es lo que creo. Y no sólo a él. También acabó con la vida de su prima Isabel.

—¡Pobre hombre! —Mantuvo su crispación—. Me juró que vengaría la muerte de mi hijo. Aquí mismo, donde está sentado usted. ¡Me lo juró!

La dejó reposar unos segundos, para que asimilara la noticia.

Ella parecía perdida en un mar de zozobras.

—¿Le suena el nombre de María Aguilar?

—No. ¿Quién es?

—Era la novia de Piñol en el 36. Fue la última pista que encontró, justo el sábado por la tarde.

La madre de Ernest Arnella se dejó caer hacia atrás. Hasta ese momento había estado inclinada hacia delante. Apoyó la espalda en la silla y movió la cabeza levemente de lado a lado.

Fue como si negase una realidad que seguía estando allí.

—Cuando se lo diga a mi nuera...

—¿Cómo se llama ella?

—Gloria Camps. Estaba aquí cuando el señor Humet vino a verme.

Iba a preguntarle dónde podía encontrarla cuando volvieron a llamar al timbre.

Esta vez ya no había la menor duda de quién era.

—Perdone, es el médico. —Saltó de la silla al instante.

—Tranquila, no tengo prisa.

—¡Ay, Señor, Señor! —gimió todavía atribulada por lo que acababa de oír.

La madre de Jordi se dirigió a la puerta de la casa. Miquel oyó cómo abría y cómo le decía al doctor lo que su hijo había hecho el domingo. Luego se metieron en la habitación del chico.

Se levantó de la silla.

Las fotografías eran familiares. En una reconoció a Ernest Arnella. Un salto en el tiempo. Debía de ser de la época en la que entró en comisaría como nuevo agente. Tenía más o menos los mismos rasgos que su hermano pequeño: orejas de soplillo, nariz grande, ojos separados. Había otras, la boda de Ernest con Gloria, una joven muy guapa, algunas de Jordi, pero ninguna de la dueña de la casa, ni de su marido.

Miquel miró los huecos entre los portarretratos, más o menos aparatosos. Algunos estaban espaciados y en el mueble se veían leves marcas, como si allí hubiera habido otras fotografías que ya no estaban y acabasen de ser retiradas recientemente.

Huellas en el polvo.

Paseó una mirada en derredor suyo.

No había más.

Le acababa de decir a la madre de Ernest Arnella que no tenía prisa. Pero si quería ver durante el día, en plena huelga, a los demás implicados que Pere Humet había visitado al llegar a Barcelona, tendría que moverse más rápido.

El médico debía de estar torturando a Jordi, porque el niño soltó un grito.

—¿Lo ves? —Se oyó claramente la voz de su madre—. ¡Para que aprendas!

En una de las sillas vio un librito. Alargó la mano y lo cogió. En la portada aparecían dos niños dibujados con sendas escopetas, uno de uniforme y otro normal, a cada lado del escudo con el águila. El título: *Así quiero ser*. A pie de portada, el editor: Hijos de Santiago Rodríguez – Burgos. En la contraportada, el precio: tres pesetas con setenta y cinco céntimos. Era un manual aleccionador para los españolitos del futuro. Sintió curiosidad y lo abrió.

Lo primero que leyó le retorció el estómago.

«Vamos a formar a los nuevos ciudadanos en las nuevas doctrinas del Estado.»

Pasó las primeras páginas y siguió leyendo frases al azar. Primero, la definición de España: «Hoy la nación española es UNA: porque no admite desgarraduras geográficas ni morales que destruyan su único cuerpo y su única alma. Es GRANDE: porque se ha impuesto al mundo por el sacrificio heroico de sus hijos, que han demostrado que la dignidad es superior a la vida. Es LIBRE: porque se ha sacudido la servidumbre de los pueblos extraños que quisieron arrebatarle las esencias de su personalidad histórica». Las siguientes no eran menos doctrinarias: «El alma española es naturalmente católica. Si arrancásemos de nuestra historia todo cuanto a través de los siglos hemos luchado por la religión, el resto no sería más que un cadáver, un cuerpo sin alma. Siendo católicos servimos a España y al gran negocio de nuestra alma, que es su salvación». «Un ciudadano que se avergüenza de su patria es como un hijo que se avergonzara de su madre.» «El destino universal de España ha sido la salvación de todos los pueblos por la fe. Sépase que todos nuestros conquistadores de América llevaban a su lado al misionero, que todos nuestros colonizadores el primer edificio que levantaban era un templo, que España sola ha bautizado a más infieles que el resto de todas las naciones juntas. Hemos servido al destino que la providencia señaló a la nación española.» «España es un Estado totalitario: un solo jefe, un solo mando, una sola obediencia. Antes España era un caos, una anarquía. Hoy es un Estado ordenado, disciplinado y ejemplar.» «Me gusta prepararme para la vida militar.» «La lucha de clases es la destrucción de todos los ideales cristianos de paz, orden y trabajo.» «El Caudillo sólo responde ante Dios y ante la historia.» «Yo soy católico y español, que, como dijo José Antonio, es una de las pocas cosas serias que se pueden ser en la tierra.»

¿Una de las «pocas cosas serias»?

Se dio cuenta de que, cuanto más leía, más alucinado se sentía, pero no por ello dejó el librito. Su hijo o su hija tal vez tuviera uno igual en unos pocos años, como Jordi.

Se le acentuó el dolor de estómago ante el siguiente párrafo: «Encomendar al pueblo, que no ha estudiado ni aprendido, el difícil arte de gobernar, la responsabilidad de dirigir un Estado, es una insensatez o una maldad. Quien ame de veras al pueblo no echará sobre sus espaldas esa carga con la que no puede. No debemos ser demócratas, sino demófilos, y por eso debe gobernar la nación quien más valga, y el que más vale es el que se impone por su sabiduría y sus virtudes».

¿Franco se había impuesto por «su sabiduría y sus virtudes»?

¿El golpe de Estado no contaba?

¿Los miles de muertos sólo eran una estadística de los nuevos tiempos?

Ahora sí dejó el librito.

No supo si se sentía más rabioso o más apenado.

Nunca había sido rojo, ni comunista, ni radical. Sólo era una persona que creía en la legalidad, la elegida por la gente, no la impuesta por la fuerza.

Por suerte, el resto fue rápido. O el doctor tenía muchas más visitas o la cosa no era para tanto. Cuando la puerta de la casa se cerró, la mujer reapareció casi a la carrera. Lo encontró sentado, impasible, mirándose en el viejo espejo picado y amarillento.

—Ya está. Perdone.

—Tranquila.

—Este chico... —Bufó con preocupación.

—De hecho, ya casi me iba. ¿Puede darme las señas de su nuera?

—Sí, claro. Vive en la calle Tallers 70, frente a la plaza de Castilla. Pero no vaya ahora. Mejor a la hora de comer, o más aún por la tarde.

—Gracias.

—¿No se lo apunta?

—Tengo memoria. ¿Puedo preguntarle algo personal?

—¿Personal?

—Quería saber si su marido está libre, preso, exiliado...

La mujer vaciló un momento. Volvió a unir sus manos en un gesto de recelo, acompañado de miedo e inquietud. Le miró de forma esquiva, defensiva.

—Lo siento —se excusó Miquel—. No quería molestarla. Yo me libré de ser fusilado, pero pasé ocho años y medio preso y salí hace menos de cuatro años.

—Entiendo. —Se relajó.

—Es sólo que pienso... Bueno, en lo difícil que debe de ser para usted todo esto.

—Lo es, señor. —Bajó los ojos—. Gregorio murió los últimos días de la guerra, cuando todo estaba patas arriba. Él no era de los que se rendían. Dijo que no iba a quedarse en una España mandada por los fascistas y nos disponíamos a ir al exilio, con Gloria, cuando nos cayó una bomba. La casa en la que vivíamos quedó medio destruida y él murió. Mi nuera y yo ya no tuvimos el valor de marcharnos. Además, teníamos la esperanza de que regresara Ernest. —Se pasó una mano por los ojos y musitó—: Ni siquiera pudimos enterrarle. No quedó nada de él.

—Lo siento —repitió Miquel.

—Gregorio no combatió en el frente, por su trabajo aquí, pero se significó mucho. El partido... Bueno, ¿qué voy a contarle que usted no haya pasado?

—¿Vive usted aquí sola?

—Claro. —Le miró como si no entendiera la pregunta—. Con mi hijo.

Un hijo que tenía libros aleccionadores como el de la silla.

Estremecedor.

—Ha sido usted muy amable. —Concluyó la charla recogiendo el paraguas y disponiéndose a emprender la retirada.

—No le he sido de mucha ayuda, como tampoco lo fui para el señor Humet. —Ella también se puso en pie.

—Una investigación suele tener un noventa por ciento de camino, un nueve por ciento de pistas útiles y sólo un uno por ciento de resultados finales. Y no puede llegarse al uno por ciento sin antes haber hecho el camino y dado con las pistas.

Salieron del comedor.

—¿Seguirá buscando a ese mal nacido?

—Sí.

Miquel metió la cabeza por la puerta de la habitación de Jordi, que seguía sentado en la cama leyendo un tebeo.

—Mejórate —le deseó.

El chico le lanzó una mirada poco amigable.

—¡Quieres meterte en cama y taparte! —le recriminó su madre—. ¡Tienes fiebre, caramba!

Hora de abandonar el campo de batalla.

Él mismo abrió la puerta de la calle.

—Gracias, señora Arnella.

—Señor Mascarell...

—¿Sí?

De pronto acababa de convertirse en una mujer diferente. Más dura.

Le bastó con mirarla a los ojos, antes de que hablara.

—Encuéntrelo y mátelo, por favor. —Fue lo último que le dijo.

20

Bajó por la carretera de la Rabassada hasta el paseo del Valle de Hebrón.

Ningún taxi.

Tampoco es que lo buscara con ahínco. Pensaba en Jordi.

El hijo de una viuda de guerra cuyo marido había muerto en 1939.

Las madres solteras, y además viudas de rojos, no lo tenían nada fácil en la España ultracatólica de Franco.

Era temprano para ir a ver a Gloria Camps, así que decidió mantener el plan establecido y dirigirse a casa de los Rexach, en la Barceloneta, justo al otro lado de la ciudad. Por delante de él pasó un tranvía de la línea 26 que venía de Penitentes, vacío, traqueteando sobre las vías con parsimonia y llevando un agente de policía al lado del conductor con su eterno uniforme gris. Imposible subirse a él sin que, al bajar, en la parada que fuese, algún controlador o manifestante no se le echara encima por esquirol.

Miró los edificios del Hospital Militar, al frente, al otro lado del paseo del Valle de Hebrón.

A un hospital, y más tan alejado del centro de Barcelona, solían llegar taxis con ocupantes y, allí mismo, recogían a otros pasajeros.

Cruzó el paseo y descendió por la avenida del Hospital Militar.

Dos taxis subían llenos en ese momento.

Su conjetura estuvo acertada. Al llegar al hospital, Miquel se situó junto a la puerta. Había una garita de vigilancia con un militar apostado en ella. Los taxis se detenían allí mismo y los pasajeros bajaban para acceder a pie en el recinto salvo que transportaran a alguien impedido o herido. Una pareja entrada en años esperaba la aparición del taxi salvador, por lo que a Miquel le tocó el segundo. Tardó casi diez minutos y en ese intervalo empezó a caer una fina llovizna. Se lo tomó con calma y se protegió con el paraguas. Bajaron una mujer y su hijo y se subió sin preguntarle nada al taxista, no fuera que le dijese que no podía hacerlo. El hombre esperó sus indicaciones.

—A la Barceloneta —dijo Miquel—. Calle Escuder.

—De montaña a mar —se limitó a decir el taxista.

Se arrellanó en el asiento, con el paraguas a un lado aunque no estaba muy mojado. Tenía que comprar el periódico. Por primera vez fue él quien rompió el silencio para dirigirse al conductor.

—¿Sabe si es cierto que el gobernador civil ha vuelto a poner los billetes de los tranvías al precio de antes?

—Eso dicen. —El hombre parecía arrastrar las palabras—. No es que el señor esté muy de acuerdo, pero con la presión de la calle... Sin embargo, ya ve, siguen vacíos. Eso no se acaba así como así.

—Gracias.

Regresó el silencio.

El taxi bajó por el paseo de San Gervasio para enlazar con la calle Balmes. Luego, atravesó la ciudad en línea recta hasta la calle Pelayo. Dejó de lloviznar. Miquel contempló los edificios. Se empezaba a familiarizar con la nueva Barcelona, pero seguía pareciéndole una ciudad extraña, diferente. Una ciudad de sombras que fingían que no pasaba nada. Las nuevas casas se construían en los solares de las que habían desaparecido por las bombas. Aquí y allá se veían pintadas negras con el busto de Franco, el yugo y las flechas o los gritos habituales impresos en las paredes: «¡Viva Franco!» o «¡Arriba España!». Hacía tiempo que había dejado de dolerle el estómago ante aquello, pero la cabeza era diferente. La cabeza no se controlaba. Los pensamientos iban de un lado a otro, como rayos inesperados en mitad de lo más negro de una tormenta. Al pasar por el cruce de Balmes con Córcega miró a la derecha, a su antigua casa en el número 256. Fue un visto y no visto. Intentaba no caminar nunca por allí. En cualquier rincón veía a Quimeta. Y también a Roger, de niño, antes de que se hiciera casi hombre y se marchase a una guerra imposible de la que ya no iba a volver.

El taxi dobló por Pelayo a la izquierda, dejó atrás la plaza de Cataluña y luego ya tomó toda la Vía Layetana hacia abajo para desembocar en el paseo Nacional. Los primeros grupos de manifestantes empezó a verlos en la esquina de Pelayo con las Ramblas, y después en la Vía Layetana, cerca del número 18, la Delegación Nacional de Sindicatos.

—No son buenos días para moverse por Barcelona. —Fue el único comentario del taxista.

La calle Escuder, como todas las de la Barceloneta, era estrecha, pero no excesivamente larga. Quedaba un poco encerrada entre la calle del Mar y la plaza del Poeta Boscán. No eran muchas casas en las que mirar, así que nada más bajar del taxi se puso a buscar la de los Rexach. Cuando se apeó, dos hombres que asaltaron el vehículo por ambos lados empezaron a discutir sobre cuál de ellos había llegado antes.

Los dejó atrás.

En agosto del año pasado, también había estado en la Barceloneta, buscando el rastro de Patro. Entonces el objetivo era la calle de la Sal. Ahora regresaba al barrio por algo muy distinto.

Las mismas sensaciones.

A la altura de la calle Pescadores, una mujer le dio el primer indicio.

—Ahí al lado, mire, en ese portal.

Después de todo, la Barceloneta era un microcosmos en el que todo o casi todo el mundo se conocía, incluso los emigrantes llegados de media España que se estaban instalando en el barrio, algunos ocupando las casas dañadas o abandonadas después de la guerra.

La señora Rexach era una mujer enlutada de arriba abajo, menuda, de expresión triste y torturada. Una mujer que, probablemente, llevaba muchos años sin reírse, sin hacer otra cosa que seguir, rezar y esperar la muerte. Lo de rezar lo imaginó Miquel por el rosario que asomaba por el bolsillo de su larga falda, con la cruz colgando por el borde. Tenía el cabello muy gris, casi plateado, y un rostro pequeño en el que los ojos apenas si destacaban como leves agujeros inanimados de escaso relieve. Se lo quedó mirando unos segundos y tardó en reaccionar.

Lo hizo cuando Miquel se le adelantó.

—Perdone que la moleste, señora Rexach. Soy el inspector Mascarell. Su hijo fue agente mío antes de la guerra y tuve el honor de conocerle.

—¿De verdad? —Se le dulcificó un poco el rostro.

—Bueno, ya no soy inspector, pero si Joan le hablaba de mí es posible que recuerde mi nombre.

—Usted era su superior. —Movió levemente la cabeza de arriba abajo.

—Sí.

Seguían en la puerta, uno a cada lado. La mujer parecía flotar en una nube transparente. Hablaba despacio, no se movía, le miraba desde una distancia enorme, como si les separase un mundo.

—¿Puedo pasar?

Le costó digerir la pregunta.

Al final lo hizo. Sin decir nada se apartó de la puerta para que él la cruzara. El piso era como todos los del barrio, pequeño, con estancias de apenas cuatro o cinco metros de pared a pared. La entrada desembocaba directamente en el comedor, sin un recibidor de acomodo. Miquel esperó a que ella tomara la iniciativa.

—¿Quiere sentarse?

—Gracias.

—¿Ha venido en tranvía?

—No, no, en taxi.

—Claro, claro, tal y como están las calles... —Se sentó en otra de las sillas—. Joan era un buen chico, ¿verdad?

—Mucho —le aseguró.

—Tan leal, centrado, buena persona...

Miquel empezó a pensar que, cuanto antes se marchara de allí, sería mucho mejor.

—He venido a verla porque hace unos día estuvo aquí un compañero de él, Pere Humet.

—Sí —asintió con la misma lasitud.

—Tuvo que ser duro para usted, ¿me equivoco?

—Estuve enferma —confesó—. Ya sabía que mi hijo había muerto, pero cuando ese hombre me lo contó todo... Fue duro, en efecto. Todavía no me he recuperado. ¿Tiene usted hijos?

—Tenía uno. Murió en el Ebro.

—Entonces sabe a qué me refiero —desgranó con su ya característico tono neutro, casi un recitado carente de energía—. Doce años sin noticias de un hijo para eso, para saber que falleció en una tierra extraña, en una guerra que ni siquiera era la suya.

Todas las guerras eran la misma. Y todas pertenecían a todos.

No se resistió a decírselo.

—Sí lo era, señora. —Intentó no parecer grosero o antipático—. Aquí perdimos, pero luego, en Europa, el fascismo cayó. Eso fue cosa de todos, incluido Joan.

—¿Y de qué nos ha servido en España?

Demasiado dolor para convencerla. Demasiada desesperación para borrarla con sólo unas palabras. Volvió a sentir la necesidad de marcharse cuanto antes, como si los fantasmas de la mujer pudieran hacerle daño o entumecerle los sentidos. La madre de Joan Rexach poco o nada podía ayudarle.

Y, sin embargo, no tiró la toalla.

—Estoy ayudando a Pere Humet. —Optó por no decirle la verdad.

La misma expresión. Ninguna sorpresa.

—¿También busca a ese hombre, a Piñol?

—Sí. Pensé que tal vez hubiera olvidado usted algo, o que después de visitarla él, a lo mejor había recordado alguna cosa que pudiera sernos útil.

La mujer abrió las manos con las palmas hacia arriba.

Pura impotencia.

—No sabía ni sé nada de esas cosas, señor. Lo único que puedo contarle es que un día Joan se alistó en el ejército y ya no volví a verle. La última carta que recibí llegó de Francia, antes de la guerra en Europa. Cuando se marchó al exilio, ni siquiera pasó por Barcelona.

—He olvidado la dirección de su hija. ¿Podría dármela?

—El señor Humet ya la visitó.

—Lo sé, pero necesito hablar con ella, como he hecho con usted.

—Montse no vive lejos, aunque a pie es un ratito andando. Está en el número 39 de la calle Puig Xuriguer, cerca de Vilá y Vilá. —Miró su relojito de pulsera—. A esta hora debe de estar a punto de llegar a casa después de recoger a las niñas.

—¿Tiene nietas?

—Sí, señor. Y se parecen tanto a su madre y a su tío... A veces veo a Joan en ellas.

—Disfrútelas.

—Lo hago. —Esbozó una sonrisa.

—No quiero molestarla más.

—No ha sido ninguna molestia. Ojalá encuentren a ese hombre y hagan con él lo que él les hizo a Joan y a los otros.

Lo dijo sin el menor aspaviento, como quien da un recado o habla de algo insustancial. Ni siquiera vio odio o rabia en sus ojos. Una mujer neutra que, sin embargo, también pedía venganza.

Miquel se encaminó a la puerta.

La abrió él mismo.

—Señora Rexach, ¿ha tenido algún contacto con los Arnella o los Matarrodona?

—¿Quiénes?

—Las familias de los compañeros de Joan.

—No, no, ninguno.

—Gracias, y perdone la interrupción.

—Señor Mascarell...

—¿Sí?

Ella le puso la mano en el brazo.

Una ligera presión.

La mirada eternamente gris.

—Hagan lo que tengan que hacer —dijo.

Su hijo homosexual había sufrido un doble castigo por su secreto. La débil llama que la mantenía con vida titilaba lo suficiente para pedir justicia, o venganza.

Para el caso era lo mismo.

—Lo haremos —mintió él.

La leve sonrisa de ánimo en la despedida no halló el menor eco en ella.

21

De sus años de inspector, conocía la mayoría de las calles de Barcelona. En muchas, había hecho preguntas. En muchas, había perseguido o detenido a alguien. Los vencedores se empeñaron en cambiar el nombre de bastantes de ellas, pero no todas. Se imaginó lo mucho que les costaría a algunos de los ocupantes no catalanes decir nombres como aquél: calle Puig Xuriguer.

Y de pronto...

Algo impreciso empezó a golpearle la razón.

Algo que había visto u oído, despertando la campanita de su instinto.

Conocía esa sensación.

Aprovechando la pausa en la lluvia, caminó por el paseo Nacional hasta el paseo de Colón sin ver nada alarmante, ni manifestantes ni policías, y luego alcanzó la parte baja del Paralelo, que seguiría llamándose así aunque los rótulos de las esquinas indicaran que se trataba de la calle Marqués del Duero. Allí sí vio algunos grupos de hombres, no muy numerosos. Los evitó, aceleró el paso y alcanzó su siguiente destino. Puig Xuriguer quedaba a la izquierda, en el lado de Montjuïc. El número 39 era la última casa de la derecha, antes de llegar a Vilá y Vilá. Una portera más joven de lo normal, porque la mayoría parecía tener la misma edad de los edificios que cuidaban y protegían, le dijo que la señora Montserrat vivía en el último piso. La casa era baja, así que tampoco tuvo que subir demasiados escalones. Pese a todo, llegó al rellano jadeando. Tomó un poco de aire, llamó al timbre y al instante, al otro lado, escuchó una pequeña algarabía de voces infantiles disputándose el derecho a abrir la puerta. Ganó la mayor de las dos niñas, de unos ocho años. Su hermana tendría dos menos. Debían de esperar a otra persona, o se imaginaban que pudiera ser una vecina, porque se lo quedaron mirando en silencio, con los ojos muy abiertos.

Su abuela había dicho que se parecían a la madre y al tío.

El tío Joan.

Por un momento, regresó la sensación de unos minutos antes.

Tenía que ver con los parecidos.

—Hola. —Las saludó levantando la mano.

Montserrat Rexach apareció por detrás de ellas. Se abrochaba una bata de estar por casa. Al verle apartó a sus hijas, en plan madre protectora, y casi se le encaró.

—¿Sí?

—Me llamo Mascarell, Miquel Mascarell —se presentó decidiendo ir al grano—. Fui el superior de Joan antes de la guerra. Acabo de hablar con su madre y necesito hacerle unas preguntas. ¿Puedo pasar?

La mujer frunció el ceño.

Tendría unos cuarenta años, quizá un poco más, así que Joan era su hermano pequeño. La sorpresa hizo que perdiera un par de segundos.

—Yo me llamo Juana, como mi tío —dijo la mayor.

—Y yo Teresa, como mi abuela. —No quiso ser menos la pequeña.

—Id a vuestro cuarto, va. —Su madre las apartó antes de decirle a él—: ¿Unas preguntas? ¿Sobre qué?

—¿Me permite? —insistió Miquel—. He venido a pie y estoy un poco cansado.

Vaciló un momento.

—Joan me habló de usted, sí. —Cambió de actitud—. El mejor inspector del cuerpo. —Acabó apartándose de la puerta para invitarle a entrar—. Pase, pase. Y perdone el desorden. Acabamos de llegar del colegio.

—Siento molestarla.

Las pequeñas echaron a correr por el pasillo y se metieron en una habitación. Montserrat Rexach le precedió a él hasta el comedor, que más bien parecía un campo de juegos. No es que hubiera muchos juguetes, pero sí una cunita, dos muñecas y una cocinita con cacharrería infantil. Todo desperdigado por el suelo.

—Estas niñas... —lamentó la mujer.

Miquel se sentó en una de las sillas mientras ella trataba de apartar todo aquello con los pies. Por detrás de su figura se veía el clásico aparador con fotografías familiares. Todo el mundo las tenía. A diferencia de las que había visto en casa de los Arnella, allí estaban apretadas, muy juntas, faltas de espacio.

De nuevo, la punzada.

La campanilla.

Y esta vez, acompañada de un presentimiento.

—¿Por qué ha ido a ver a mi madre, señor? No está muy bien, ¿sabe? Cualquier día me la traigo aquí. Ya no está en condiciones de vivir sola.

—Hace unos días las visitó un compañero de Joan: Pere Humet.

La reacción fue airada.

—Ojalá no hubiera venido. —Resopló.

—¿Por qué?

—¿A usted qué le parece? Doce años después llega alguien y te dice que Joan está muerto, cosa que ya imaginábamos, pero te cuenta qué le pasó y cómo murió. Por Dios... —Se mordió el labio inferior y sacudió la cabeza.

—Pere Humet buscaba a su asesino.

—¿Y qué podíamos decirle nosotras? Ni mi madre ni yo sabemos nada de ese tal Sebastián Piñol. Lo único que hizo fue despertar el pasado, resucitar los fantasmas y hundirla un poco más, pobre, por si no estaba bastante mal.

—A su madre no se lo he dicho, pero a usted sí lo haré: Pere Humet fue asesinado el domingo.

Acusó el golpe.

Directo, en la mente y en el pecho, porque dio la impresión de que se quedaba sin aliento.

Las risas de las niñas llegaron hasta ellos envueltas en las promesas del mañana.

Pero ellos dos se enfrentaban al pasado y el presente.

—¿Le mató... Piñol?

—Eso creo.

—Dios...

—Humet vino a verme, para que le ayudara a encontrarlo, pero Piñol acabó con su vida antes de que pudiéramos hablar más.

—¿Sigue siendo policía?

—No, por supuesto. Bastante hago con estar vivo después de casi nueve años preso.

—¿Nueve años?

—Sí, señora.

—¿Y qué hará si le encuentra?

—No lo sé.

—¿Le matará?

Miquel no dijo nada. No podía.

—Entonces Piñol quedará indemne, ¿verdad? —Suspiró ella.

—Puede que baste una llamada anónima a la policía. De momento han detenido a un ex novio de la prima de Humet, a la que también mató, para orquestar una escena diferente de la real.

—¿Cómo sabe usted tantas cosas?

—Me muevo rápido.

Pareció no creerle. A fin de cuentas, era un hombre de sesenta y seis años que aparentaba sesenta y seis años.

Más o menos.

—¿Y por qué ha ido a ver a mi madre y está ahora aquí, señor Mascarell?

—Porque, como le he dicho, Humet no me lo acabó de contar todo. Me dijo que les había visitado a ustedes y a lo que queda de las familias de los otros dos, los Arnella y los Matarrodona. Yo estoy siguiendo sus pasos, repitiendo lo que él hizo, para ver si pasó algo por alto o en qué punto encontró la última pista, la que alertó a su asesino.

—¿Y si Piñol sabe que ahora le busca usted, también se le adelanta y lo mata?

—Yo estoy sobre aviso. Él no lo estaba.

—Pero es un hombre mayor.

—Sigo siendo un buen policía.

—Perdone. —Bajó la cabeza sintiéndose avergonzada por su brusca sinceridad.

—¿Tiene algún contacto con los Arnella o los Matarrodona?

—No, ninguno. Tampoco lo tuve entonces, aunque conocí un poco de pasada al grupo.

—¿Reconocería a Piñol si le viera ahora?

—Sí. —Fue rotunda.

—¿Cuándo habló Humet con usted?

—El viernes por la noche.

Miquel se envaró.

—¿Este viernes pasado?

—Sí.

—Yo me lo encontré el sábado por la mañana, y me dijo que por la tarde iba a investigar su última pista. Creía haber dado con la novia de Piñol en el 36, una tal María Aguilar.

Por la noche le contó a una amiga que, en efecto, la había visto.

—Yo le hablé de ella, sí.

El eslabón perdido.

El punto de inflexión.

—¿Conoce usted a María?

—No exactamente. Me la encontré hace ya unos cuatro o cinco años. Fue lo que le conté a Pere Humet. Antes de la guerra coincidimos en un cumpleaños y me quedé con su cara. Bien, la verdad es que soy buena fisonomista. Les recuerdo a todos. Arnella iba con su mujer, Humet con la suya y Sebastián Piñol con ella. Era muy jovencita entonces, unos diecinueve o veinte años. Muy guapa, llamativa incluso. Naturalmente me olvidé de todo eso hasta que, como le he dicho, me tropecé con ella por la calle. Estaba casi igual.

—¿Hablaron?

—Un poco, nada importante. Nos quedamos mirando, nos dijimos hola... Algo trivial. Sabíamos o imaginábamos que ellos habían muerto, así que no quisimos ponernos a llorar. Sólo fue un intercambio de saludos, saber que estábamos bien y poco más. Ella me contó que trabajaba de peluquera. No me extrañó, porque la vi muy guapa y cuidada, maquillaje, pelo... Yo iba hecha un asco y me dijo que tenía el cabello muy bonito y que mi deber era cuidármelo. Me invitó a ir a su peluquería.

—¿Fue?

—No.

—¿Por qué?

—Ni tenía ganas de arreglarme, ni estaba cerca de aquí, ni quería verla, porque habríamos acabado hablando de unos y otros, cosa que no me apetecía nada.

—¿Recuerda dónde le dijo que estaba esa peluquería?

—No sé el número, pero sí la calle. Era Párroco Ubach.

Miquel se quedó unos segundos pensativo. Montserrat Rexach miró su reloj de pulsera.

—La estoy entreteniendo —se excusó él.

—Bueno, mi marido está al llegar y todavía no me he puesto a preparar la comida, pero no importa —quiso tranquilizarle—. Lo que me ha dicho de Humet me ha dejado...

—Vino a Barcelona para hacer justicia y ha sido la última víctima de Piñol.

—Y no creo que a nadie le importe. —Apretó las mandíbulas.

—Siempre queda alguien. Usted y su madre, los abuelos de Matarrodona, la madre y la esposa de Arnella...

—Y ahora, usted.

—Sí —convino Miquel—. Y ahora yo.

Las cabecitas de las dos niñas se asomaron por el quicio de la puerta. Hacía un poco que no se las oía reír ni jugar. Miquel fue el primero en verlas. Su madre le siguió la mirada hasta descubrirlas.

—¿Qué hacéis aquí? —les recriminó sin enfadarse—. ¡Espionas!

Las pequeñas se fueron corriendo y chillando.

—He de irme ya. —Él se levantó.

—Piensa que María es la última pista de la que le habló Humet, ¿no es cierto?

—Sí.

—Si la encontró, tuvo que ser ella la que avisara a Piñol.

—Es lo que creo.

—Entonces tenga cuidado.

—Lo tendré, se lo aseguro.

Montserrat Rexach señaló su anillo.

—¿Está usted casado?

—En segundas nupcias. Y espero un hijo un día de éstos.

—¿Y se está jugando la vida por...? —No acabó la frase.

Miquel puso cara de circunstancias.

Pero su voz fue honesta al decir:

—Eran mis hombres en el 36. Y ahora cuatro de ellos están muertos. Piñol mató al último después de que nos encontráramos casualmente y habláramos. El domingo Pere Humet tenía que venir a comer con mi mujer y conmigo. —Hizo una pausa—. No me siento capaz de quedarme en casa y fingir que esto no ha sucedido. Llámelo deuda moral.

—Usted es de la vieja escuela —dijo ella con simpatía—. Ni siquiera pienso que crea que se encontró con Humet casualmente.

—Tal vez. —Suspiró Miquel mientras le tendía la mano para agradecerle su tiempo.

—Tenga cuidado, por favor.

—Lo tendré.

Juana y Teresa estaban en el recibidor, para ver cómo se iba.

Miquel se las quedó mirando.

Sí, se parecían a su madre, y también a su tío Joan.

Parecidos, parecidos.

Seguía pensando en ello cuando llegó a la calle y se detuvo para considerar cuál iba a ser su siguiente paso.

22

La mañana había sido productiva.

Hora de comer.

Lo malo era que, cuando investigaba algo y se metía hasta las cejas, le podían más las urgencias que el hambre, manifestada sólo por el ruido de su estómago. Habían matado a Pere Humet y a Isabel Moliner la mañana del domingo, y ya habían transcurrido cuarenta y ocho horas. Las más importantes.

Al menos lo eran cuando trabajaba como inspector.

Gloria Camps, la viuda de Ernest Arnella, no vivía lejos del Paralelo, aunque a pie fuese otro buen trecho y ya llevase sobre sus piernas el último, desde la Barceloneta hasta la calle Puig Xuriguer. La humedad empezaba a metérsele en los huesos. No supo si subir por Vilá y Vilá o irse directamente al Paralelo en busca de un utópico taxi.

Un hijo en camino, una huelga de usuarios y un caso como aquél.

La tormenta perfecta.

Optó por encaminarse al Paralelo, para ir cortando por el dédalo de calles en torno a las Ramblas, subir por el Raval y de ahí cruzar perpendicularmente las tres calles principales, Hospital, Carmen y Pintor Fortuny, hasta desembocar en la plaza de Castilla.

Quizá tuvo suerte por la hora, pero lo cierto es que un taxi vacío pasó por su lado.

Casi no reaccionó.

—¡Taxi!

El coche se detuvo a unos metros. Corrió un poco, para alcanzarlo y no tener que pelearse con nadie, y se metió en él de cabeza. Cuando le dio la dirección, el hombre se quedó pensativo.

—¿Por dónde quiere ir, amigo?

El amigo fue tan generoso como mordaz.

—Por donde quiera pero sin pasar por el Tibidabo, que tengo un poco de prisa.

—¡Ay, las prisas, las prisas! —El taxista le lanzó una mirada—. ¡Usted debe de ser de los que a los cien años todavía irá corriendo a todas partes!

—A los cien años, el que irá corriendo será el que empuje mi silla de ruedas.

El hombre soltó una carcajada.

No habló mucho más. Un comentario acerca de los tranvías y otro acerca de que era su última carrera. Por la tarde le tomaba el relevo su hijo. En diez minutos le dejó en la misma calle Tallers con la plaza de Castilla. El número 70 correspondía a una estrecha casa de cinco pisos con balcones largos que iban de lado a lado. Miquel le echó una ojeada a la 68 bis, con las ventanas perfectamente trabajadas, la parte superior de todas ellas en forma de arco, relieves en yeso y los balcones circulares, individuales. La mayoría de las personas iban caminando con la vista fija en el suelo y se perdían detalles como aquél.

Ni las malditas bombas ni Franco habían acabado con Barcelona.

Un día, la ciudad seguiría, y lo demás se alejaría por un rincón de la historia.

No era un mal consuelo.

La portería estaba cerrada. Pero había buzones en el vestíbulo. Encontró el piso de Gloria Camps y subió despacio, para no fatigarse más de la cuenta y llegar resoplando. La madre de Ernest Arnella le había dicho que su nuera estaría localizable a la hora de comer, pero que mejor por la tarde. Y, desde luego, era así. Después de llamar tres veces a su puerta comprendió que no estaba en casa.

Regresó a la calle.

Cruzó Tallers y en la plaza de Castilla compró *La Vanguardia*. A un lado del quiosco, protegidos contra las inclemencias del tiempo por un cristal, algunos periódicos estaban abiertos y mostraban páginas de su contenido, lo mismo que en el escaparate de la redacción de *La Vanguardia* en la calle Pelayo. En una leyó los tres titulares que, de mayor a menor tamaño, daban cuenta del cambio de política en relación al importe de los billetes de tranvía. El primero rezaba: «El ministro de Obras Públicas suspende las vigentes tarifas de los tranvías de Barcelona». El segundo titular era: «A partir de hoy volverán a regir los precios anteriores a la última elevación». El tercero decía: «Estarán en vigor por el tiempo que requiera el estudio de una solución total y definitiva».

—O sea, hasta que se calmen los ánimos —dejó escapar.

Con el periódico bajo el brazo buscó un lugar donde comer algo, sencillo y rápido. Lo encontró caminando por Valldonzella. Un bar con el ambiente cargado por el humo, pero que anunciaba en la cristalera «pescado recién cogido del mar». Se sentó a una mesa, al lado del ventanal que daba a la calle, y esperó a que una oronda mujer le atendiera. Le pidió un pescado que no tuviese espinas, pan y agua. La mujer ni siquiera tomó nota. Desapareció en dirección a la cocina y Miquel abrió *La Vanguardia*.

La noticia relativa al «asunto de los tranvías» estaba en la página 12, oculta en las columnas de la «Crónica de la jornada». Ni siquiera era la primera, sino la tercera. El lenguaje no podía ser más farragoso para decir que en España todo iba bien y que, si había algún problemilla, se arreglaba al instante, que para eso las autoridades velaban por el pueblo y este pueblo era comprensivo y majo. Casi de mala gana leyó:

La solución al problema tranviario. Cuando las representaciones económicas de la ciudad y la organización sindical tomaron nota sobre si la responsabilidad de estudiar y proponer una fórmula para resolver la situación producida estos días pasados en Barcelona y brindando a la autoridad su apoyo y su cooperación, tuvimos la seguridad de que el molesto conflicto en que se debatía la urbe iba a ser resuelto. Y, como es natural, esa seguridad nos produjo una satisfacción profunda, porque la resolución del caso no suponía la mera discusión del margen de ganancia o de las posibilidades económicas afectantes a una compañía que, como tal, no nos importa, sino la terminación de una situación que nada aportaba al buen nombre de Barcelona y que ponía en el ambiente de esta grande, hermosa y querida capital, una nota de tristeza, amén de suponer una hipoteca sobre la paz y la tranquilidad ciudadanas.

Miquel se saltó la mayor parte del párrafo intermedio sabiendo que era el de mero relleno, con la misma palabrería del primero pero todavía más ambiguo. Leyó el fragmento final.

Pero, sobre todo y ante todo, la solución al debatido asunto tranviario representaba un triunfo de la buena fe, de la laboriosidad operante acuciada por ese motor que es el cariño inmenso a Barcelona, a su tranquilidad y a su progreso, dentro del área insoslayable del orden, la paz y el progreso de una nación entera.

Tantos elementos puestos al servicio de una primordial idea: la de encontrar una solución adecuada al problema concreto, reclaman, por derecho propio, que la ciudadanía de los barceloneses responda inmediatamente. Que todos y cada uno de nosotros, al tomar de nuevo el tranvía —sistema de circulación y transporte imperfecto, discutible, pero actualmente indispensable para la vida y la actuación de los barceloneses—, tengamos la seguridad que, conscientemente, racionalmente, cooperaremos de una manera eficaz a recuperar el clima de concordia, de colaboración y de solidaridad que es ineludible entre todos los intereses, todas las conveniencias y todas las clases que, aunadamente, pugnan por su propia subsistencia y por el afianzamiento de una ciudad más grande, más grata y, en todos los aspectos del desenvolvimiento humano y cívico, ordenada y justa.

Cerró el periódico con rabia y lo dejó a un lado. Barcelona vivía un caos social de tremendo significado, un estallido urbano de enorme magnitud, el primero después de la derrota, ¿y todo se reducía a comentarlo, con la habitual pompa y artificio oratorio propio de la dictadura, en la página 12 y con indisimulada condescendencia? ¿De verdad creían a la gente tan idiota? Ni una palabra del aumento desproporcionado de los billetes; ni una palabra de los tranvías volcados o los cristales rotos; ni una palabra de los disturbios; ni una palabra de que la gente, harta, prefiriera ir a pie bajo la lluvia en aquel marzo infernal antes que claudicar una vez más; ni una palabra de la huelga anunciada para pocos días después. Y ni una palabra de la vuelta a las viejas tarifas, en una clara bajada de pantalones gubernamental.

¿El problema tranviario? ¿Eso era todo?

Compraba el periódico casi cada día para estar informado, saber por lo menos «algo» de lo que sucedía. Pero había momentos en los que le superaba y le desbordaba tanta hipocresía.

El país de fantasía creado por los vencedores, el país de los sueños impuesto por la dictadura, escondía otra realidad, muchos miedos, y, sobre todo, la sensación constante y eterna de vivir una pesadilla repetida día a día. La pesadilla de la que muy pocos se beneficiaban haciéndose ricos al son de la victoria, mientras la inmensa mayoría agonizaba con el eco de una guerra que parecía eterna en el fondo de sí mismos.

Sintió asco, desesperanza, cansancio.

Pensó en su hermano, exiliado en México, lejos de todo aquello.

Y luego recordó qué estaba haciendo.

Pere Humet, muerto. Su asesino, libre.

En aquel instante la esperanza era él.

Estaba en sus manos.

Era una especie de eslabón final mantenido en pie.

Se olvidó momentáneamente de lo que acababa de leer y todo lo demás al aterrizar en la mesa su comida.

—Que aproveche —le deseó la mujer.

Si el pescado no había sido sacado del agua por la mañana, como mucho habría sido el día anterior. En cuanto se puso el primer pedacito en la boca, y ésta se le hizo agua, recordó que siempre, siempre, incluso en lo peor, reinaba la esperanza como último consuelo.

Llovía, pero por encima de las nubes reinaba el sol.

Siguió comiendo en silencio.

Intentó serenarse y concentrarse de nuevo en el caso.

De momento, no tenía nada. Unos abuelos, dos madres, una hija y una viuda. Todos cubiertos por el dolor de sus pérdidas desde el instante en que Humet les había contado cómo murieron Joan, Ernest y Eudald. A eso se reducían sus opciones. La gran baza seguía siendo María Aguilar, la novia perdida y reencontrada. Si ella sabía dónde estaba Sebastián Piñol, el camino sería más corto a la vez que aumentaría el riesgo.

Si daba con ella, tenía que ser cauto.

Terminó el pescado, mojó la salsa con pan. A medida que comía había tenido más apetito. Bebió un vaso de agua y apostó por un café para andar con los ojos abiertos a lo largo de la tarde.

Cada caso era un nudo gordiano. La espada podía aparecer en su mano en el momento más inesperado.

—¿Ha comido bien el señor?

—De maravilla. ¡Qué pescado, señora!

—Ya se lo he dicho. ¿Un postre?

—Café.

—Achicoria.

No todo era perfecto.

—Bien, de acuerdo —se resignó.

Al otro lado del ventanal, la gente empezó a abrir de nuevo los paraguas.

Miquel se sintió como si las nubes volvieran a llenarle la mente.

23

Nada más llamar al timbre, escuchó al otro lado los pasos de unas zapatillas repiqueteando contra el suelo. La mujer que le abrió la puerta era guapa, cabello corto y algo mojado, revuelto, ojos vivos de mirada directa, labios sensuales y mentón pronunciado dándole un aire de firme seguridad. Llevaba un jersey gris por encima de una blusa blanca y falda muy por debajo de las rodillas. Miquel le calculó unos treinta y seis o treinta y siete años.

No se sorprendió por la visita.

—Pase, ya sabía que vendría.

—¿Ah, sí?

—Valentina, mi suegra, me ha llamado por teléfono para decírmelo. Estaba un poco nerviosa. Incluso alterada.

—Es comprensible.

—Deje aquí el paraguas. —Le indicó un ángulo del recibidor con un paño en el suelo—. Querrá hablar conmigo, ¿verdad?

—Si no le es molestia...

—No, tranquilo. Tengo trabajo, pero entiendo la situación. Venga.

Miquel dejó el paraguas. Casi todo el pequeño recibidor lo ocupaba una bicicleta apoyada en la pared. Una bicicleta con las ruedas mojadas, señal de que acababa de llegar con ella y la había subido a casa para no dejarla en la calle. La siguió hasta un despacho casero habilitado también como cuarto de lectura. A un lado, una buena biblioteca, dos butacas, una mesita y una alfombra. Al otro, la mesa repleta de papeles y libros abiertos. Miquel se dio cuenta de que los libros eran diccionarios, de francés y español, y que los papeles eran galeradas, el paso previo de los textos antes de ser enviados a imprenta.

Gloria Camps se sentó en una de las butacas y cruzó las piernas. Agitó la cabeza y se pasó las manos por el pelo. Debía de estar secándoselo con una toalla al llamar él. Miquel se sentó en la otra. Toda la seguridad femenina que emanaba de su anfitriona se manifestó en el aplomo con el que habló.

—¿Fue Piñol?

—Es lo más probable —asintió Miquel.

—Así que Humet estaba cerca. Lo bastante como para que ese cabrón actuase primero.

—Sí.

Gloria Camps apretó las mandíbulas. Era guapa, sí, y más debió de serlo antes de la guerra. Ahora se había convertido en una mujer plena, firme. Sebastián Piñol había sido responsable de la muerte de su marido. Una loba enjaulada no habría sido más temible.

—No llegué a verle en el 36, señor Mascarell, pero Ernest me habló mucho de usted.

—Lamento que nos conozcamos tan tarde, y en estas circunstancias.

—Yo también. —Chasqueó la lengua—. El inspector paciente pero implacable, el modelo que todos querían seguir, el que los detenía a todos, tardara lo que tardara. —Sonrió cansinamente—. No es extraño que Humet le contase toda la historia y le pidiera ayuda.

—No se la habría podido dar.

—¿Y ahora sí?

—Es diferente.

Ella le escrutó con atención.

—Mi suegra me ha dicho que quien busca a Piñol ahora es usted.

—Intento cerrar un círculo, sí.

—¿No teme que también vaya a por usted?

No hubo respuesta, sólo el claroscuro de la mirada. Gloria Camps apartó los ojos de él, los paseó por el trabajo que la esperaba encima de la mesa y luego los cerró y apoyó la cabeza en el respaldo de la butaca. Por un momento, muy leve, pareció venirse abajo.

—Cuando Humet me contó lo de ese lugar, Mauthausen... —Suspiró—. Si nos quedaba alguna esperanza de que Ernest siguiera vivo en algún lugar, sin memoria, por ejemplo, o incluso con una nueva vida... Todo se vino abajo. Aún recuerdo la última vez que le vi, aquí, en Barcelona, mucho antes de que acabara la guerra porque en enero del 39 yo estaba en Valencia, haciendo de enfermera.

—¿Sigue siéndolo?

—Más que por mis escasos conocimientos médicos, lo que les interesaba eran mis buenas dotes para los idiomas. Siempre se me han dado bien. Ahora he perfeccionado aún más el francés, por mi trabajo, pero entonces también hablaba con los heridos americanos que luchaban en las Brigadas Internacionales y hasta chapurreaba un poco de ruso. De haber estado aquí, sé que Ernest habría venido a buscarme para llevarme con él al exilio. Luego llegaron las cartas desde Francia y finalmente... nada. Creo que no me he sentido verdaderamente viuda hasta ahora.

—Gloria, ¿qué puede decirme de su charla con Humet? —le preguntó para evitar que se derrumbara.

—Nada. —Fue sincera—. Yo estaba en casa de mi suegra casualmente. Apareció igual que un fantasma y casi ni le reconocí. Nos dijo que Ernest había muerto y quedamos consternadas. No porque no lo imagináramos a pesar de aferrarnos a la última esperanza, sino por todo lo demás. Cuando nos confesó que estaba en Barcelona buscando a Sebastián Piñol... Imagínese. Yo misma habría ido con él para acompañarle.

—¿No tiene ni idea de dónde pueda estar?

—No, ninguna. Pero mi suegra me ha dicho que usted sí tenía una pista, que iba detrás de una que fue novia de Piñol.

—María Aguilar. ¿La conoció?

—Es posible, pero no estoy segura. Les vi poco. Eran amigos, los cinco, pero tampoco se pasaban el día juntos. Los únicos casados éramos nosotros y Pere. Eso nos situaba al margen, con otro tipo de vida.

—Pere Humet dio con María Aguilar gracias a Montserrat Rexach, la hermana mayor de Joan. Sé que la vio el sábado por la tarde. A él le mataron el domingo por la mañana.

—Entonces ya está: esa mujer sabe dónde para.

—No creo que se lo dijera a Humet, pero quizá sí a Piñol. Ésa es la cuestión.

—¿Avisó a Piñol que Humet estaba en Barcelona y le buscaba?

—Es lo que parece.

—¿Y usted va a ir a verla?

—Sí.

—¿No es muy temerario?

—No lo sé. Depende. Lo sabré cuando la vea.

—No puede ir a la policía, ¿verdad?

—No. Y además, eso podría comprometerme. Humet estaba aquí ilegalmente.

—Usted era inspector de policía en la República. ¿Cómo sigue vivo?

—Fui sentenciado a muerte, pero al final no se cumplió la sentencia y, por una historia muy larga de contar, acabé saliendo en 1947.

—Malditos cabrones... —Resopló.

Miquel se relajó. La energía de Gloria Camps era una ayuda. No había muchas mujeres tan fuertes como ella en la España de Franco. Sintió que podía hablar de lo que fuera, por comprometido que resultase.

—¿Vive sola?

—Sí.

—¿No tiene a nadie? Y perdone la indiscreción.

—No. —Plegó los labios en un gesto de dureza y seguridad—. No son buenos tiempos para el amor, ni para esperar mucho del futuro a corto plazo. Hay tanta hipocresía, tanta mentira... Mire a mi suegra. Usted estuvo en su casa, vio a Jordi.

—Sí.

—¿Sabe lo mal que lo pasó siendo la viuda de un rojo y luego, encima, al quedarse embarazada sin tener marido?

—Lo imagino.

—Casi tuvo que irse del barrio, aunque llevaba poco en él. Perdió a las escasas amigas que le quedaban. Un verdadero infierno. Lo mejor es que no está sola. Le tiene a él. Jordi nunca será Ernest, pero se ha volcado en ese niño con todo su ser, y yo me alegro por ella. La ayudo lo que puedo. Si algo tiene Valentina es su entereza, aunque no lo parezca y dé impresión de fragilidad.

—Recuerdo a Ernest, y además vi una foto suya. Jordi es igual a él.

Los ojos de Gloria Camps titilaron un momento. Fue algo rápido. Una luz fugaz. Recuperó la normalidad sin que ninguna otra alteración la delatase.

El último comentario de Miquel se perdió en el vacío.

—¿Cómo es que no le quitaron a Jordi no teniendo marido? Creo que los orfanatos están llenos de hijos de madres solteras.

—No vea lo que tuvimos que luchar. Primero lo ocultamos, luego... bueno, ¿qué importa? Le aseguro que no fue fácil. Por suerte con dinero y algún contacto, todo se arregla.

—Suspiró y dio por terminada la conversación—. Me temo que no podré dedicarle mucho más tiempo, señor Mascarell, aunque me gustaría, y me gustaría ir con usted a por esa rata. —Señaló la mesa de trabajo—. He de entregar una traducción en un par de días, y es una novela complicada, con un lenguaje muy enrevesado.

—¿Es traductora?

—Sí, aunque hago de todo para varias editoriales. Cuando es necesario, también corrijo o leo originales para valorarlos y escribir un informe. Ya le he dicho que se me dan bien los idiomas, con la ventaja de que mi madre era francesa y, a su vez, hija de un inglés.

—Interesante.

—Lo es. No está muy bien pagado, pero si eres rápida... Cuanto más traduzco, mejor. Suficiente para vivir y ser independiente. Además, la mayor parte del trabajo lo hago en casa.

Miquel no se movió de la butaca.

—Parece usted muy fuerte —dijo.

—Hay que serlo, ¿no? —Endureció el rostro.

—¿Quiere que le diga algo si doy con Piñol?

—¿Lo haría?

—Sí.

—Gracias. —Soltó una bocanada de aire mientras se ponía en pie.

Miquel la secundó.

Ella fue la primera en abandonar el despacho. El piso era agradable, carente de lujos pero acogedor. Al llegar al recibidor y recoger el paraguas, Miquel miró la bicicleta.

—¿Deportista?

—No. —Gloria Camps hizo un gesto con la mano—. Es sólo que me gusta, me mantiene en forma, me hace sentir libre... Además, es un medio de transporte barato, eficaz y rápido. Lo malo es cuando llueve, como hoy. Si te pilla una buena... Supongo que no es muy femenino, pero le aseguro que, para mí, eso es lo de menos. Me aburren los convencionalismos, señor Mascarell.

—Ha sido muy amable, Gloria.

—No, gracias a usted por hacer lo que hace. Si encuentra a Piñol, quizá podamos matarle entre los dos.

Hablaba en serio.

Mirada fija, ojos de piedra, rostro imperturbable.

Su suegra le había dicho casi lo mismo: que lo matara él.

—Puede que baste con un anónimo a la policía.

—No, eso no bastará —dijo ella—. Algo me dice que Piñol está aquí moviéndose con total impunidad a pesar de ser tan prófugo como Humet. Llámelo instinto femenino.

Miquel no le habló de su instinto policial.

Quizá fueran lo mismo.

—Creo que volveremos a vernos —se despidió.

—Yo también lo creo. —La viuda de Ernest Arnella le apretó la mano.

24

La calle Párroco Ubach no era muy larga, así que comenzó por el extremo derecho, en Aribau, y caminó por ella en dirección al otro extremo, en Calvet. La peluquería la encontró hacia la mitad, cerca de la calle Muntaner. Era una peluquería de barrio, con escasa clientela a esa hora y menos en un día lluvioso. Lo malo fue que dar con un taxi en los alrededores de la plaza de Cataluña había sido un problema, y los minutos a veces corrían muy rápido. Dos operarias y tres clientas, una de ellas debajo de un casco que más parecía un instrumento de tortura o una tostadora, le examinaron de arriba abajo cuando entró en el local. Miquel se dirigió a la muchacha que tenía más cerca, jovencita, como de veinte años.

—¿María Aguilar?

—¿Quién?

—María Aguilar. Me han dicho que trabaja aquí.

—No, aquí no.

—¿Llevas mucho tú?

—Diez meses.

—¿Y ella? —Señaló a la otra muchacha, un poco mayor.

—¡Rosa! ¿A ti te suena una tal María Aguilar? —gritó la primera sin responderle.

—No —dijo Rosa.

—Yo sí la recuerdo —intervino una de las clientas—. Pero se fue hace años. Era muy buena.

—Pregunte a la dueña. —Se encogió de hombros la peluquera—. Está ahí atrás, por esa puerta.

—Gracias.

Hizo lo que le decía. Abrió la puerta, se encontró con un distribuidor y al otro lado, por una segunda puerta entreabierta, vio la rechoncha figura de otra mujer, sentada detrás de una mesa, examinando papeles.

Miquel llamó con los nudillos.

—Perdone que la moleste...

La dueña de la peluquería puso las manos sobre los papeles, como si fueran materia peligrosa.

—¿Quién es usted?

—Estoy buscando a María Aguilar. —Se quedó en el umbral.

Ni siquiera le preguntó por qué.

—¡Válgame el cielo! —gruñó—. Pero ¿qué les pasa con ésa? —La última palabra sonó despectiva—. Ya es el segundo que la busca en estos días.

Miquel no tuvo que describirle a Pere Humet para confirmar que hablaba de él.

—¿Sabe dónde puedo encontrarla?

—¡Ya no trabaja aquí! —Levantó la voz—. ¡Menuda lagarta! ¡Pilló a uno que le montó su propia peluquería y se fue hace ya la tira!

—¿Sabe dónde?

—¿Yo? ¡A mí qué me importa!

—Yo creo que sí lo sabe. —Miquel se cruzó de brazos, con el paraguas colgándole del derecho.

La mujer subió la guardia, pero bajó sus defensas.

—¿Es usted policía?

No hubo respuesta.

—¿Va a detenerla? —preguntó ella.

—La detendré a usted si no colabora.

Fue el empujón definitivo. Después de todo, no parecían

precisamente amigas. Una buena peluquera, según la clienta, que se emancipaba para montárselo por su cuenta.

—Calle Zaragoza, entre Septimania y Francolí.

—Se lo dijo al otro hombre, ¿verdad?

—Sí.

—¿Por qué a él?

—Me contó que había salido de la cárcel y que María había sido novia suya. La estaba buscando. El pobrecillo me dio mucha pena. Si le hubiera visto...

Le había visto.

—Gracias. —Se apartó de la puerta.

Cruzó la peluquería saludando a las dos operarias y a la clienta de la información. Una vez en la calle, levantó la vista al cielo. No llovía, pero caían gotas esporádicas. Lo peor era que se había levantado mucho viento. Ideal para doblar las varillas del paraguas y romperlo.

—¡Maldita sea! —protestó.

La calle Zaragoza estaba cerca. Otros diez minutos a pie.

El día volvía a ser infernal.

Odiaba el viento. Era lo peor. En el Valle de los Caídos, especialmente en invierno, silbaba por entre las piedras y cortaba tanto la piel como el aliento. Si encima llovía, el agua se metía por todas partes, empapándoles la ropa, y acababan titiritando de frío. Los presos a los que no mataba el trabajo caían como moscas entre noviembre y marzo.

Era extraño. En aquel tiempo deseaba una revolución, una nueva guerra, lo que fuera con tal de cambiar las cosas. No tenía nada que perder. Ahora también deseaba el cambio, el fin del franquismo; pero, si para que eso se produjera tenía que haber otra guerra o una escalada de violencia, comprendía que era mejor esperar, no volver a desangrar al pueblo.

Ahora no estaba solo.

Tenía a Patro e iba a ser padre.

—Te has vuelto conservador —refunfuñó en voz alta.

Sí, y lo asumía.

Era la diferencia entre morir por nada o aceptar la vida y confiar en un futuro mejor.

Pura lógica.

Alcanzó la calle Zaragoza por la parte de abajo y subió en busca de su objetivo. La peluquería se llamaba María, como su dueña, y era mucho más moderna y lujosa que la que acababa de abandonar. En el interior trabajaban cuatro operarias y las clientas eran cinco, bien vestidas, dos de ellas bajo los inefables cascos de la permanente. El hombre al que la ex novia de Sebastián Piñol había «pillado» debía de tener dinero, o estar dispuesto a hacer lo que fuera por ella.

Recordó la descripción de Montserrat Rexach:

«Era muy jovencita entonces, unos diecinueve o veinte años. Muy guapa, llamativa incluso.»

No tuvo que acercarse a ninguna de las peluqueras, todas muy enfrascadas en su trabajo. Una de ellas, la mayor, se dirigió a él con una enorme sonrisa en los labios.

—¿Señor?

—Busco a María —dijo con familiaridad.

—¿La señora? —se extrañó—. Ya no peina desde hace tiempo, y menos ahora.

No le preguntó qué significaba eso de «y menos ahora».

—¿Dónde puedo encontrarla?

—En su casa.

—¿Me da las señas?

La mirada de desconfianza duró menos de un segundo. El rostro de Miquel no admitía la menor duda. La mujer ya no preguntó nada. No era asunto suyo.

—Es aquí mismo, cinco casas más arriba. El portal de madera. El ático.

—Muy amable. Le diré a mi mujer que venga a esta peluquería a ponerse guapa.

La dejó quieta en mitad del local y regresó a la calle. Volvía a lloviznar, pero por tan poco trecho no abrió el paraguas. Encima, el viento racheado. Los zapatos, pese a no llevar la protección de las chanclas de goma, resistían y no parecían muy mojados. Tampoco la lluvia era como la del nefasto día anterior. La puerta de madera de la quinta casa era ostentosa. Una bonita pieza de artesanía, aunque algo deteriorada ya por el paso del tiempo. No vio a nadie en la garita de la portería y subió en el ascensor hasta el ático.

La mujer que le abrió la puerta era muy guapa y estaba casi tan preñada como Patro. A lo sumo, uno o dos meses menos. Quizá fuese una plaga. Si en el 36 tenía diecinueve o veinte años, ahora, en el 51, rondaría los treinta y cuatro o treinta y cinco.

Fuera como fuera, una mujer embarazada era peligrosa.

Pese al desconcierto inicial, Miquel sacó a relucir la mejor de sus sonrisas, por si acaso. Si María Aguilar era el eslabón perdido, tenía que ser cauto. A Sebastián Piñol no le vendría de un muerto más.

Aunque... ¿cómo podía ser cauto si lo que necesitaba era hacerle preguntas y, hasta cierto punto, incomodarla?

¿No se trataba todo aquello de dar con él?

—Buenas tardes, perdone que la moleste. —Reaccionó lo más rápido que pudo.

—Usted dirá.

—El sábado por la tarde vino a verla un hombre al que posiblemente conoció en 1936, Pere Humet, ¿verdad?

Primera reacción: sorpresa.

—Sí.

—Le preguntó si sabía algo de Sebastián Piñol. —Obvió la duda, lo dijo sin el menor signo de interrogación.

—Sí, así es.

—¿Me podría contar qué le respondió?

Segunda reacción: pasmo.

—¿Por qué?

—Porque, a las pocas horas de hablar con usted, le asesinaron.

Tercera reacción: absoluto asombro.

Se apoyó en el quicio de la puerta con la mano derecha y se llevó la izquierda al bajo vientre.

—¿Cómo dice? —balbuceó.

—No sólo le asesinaron a él, sino también a la mujer con la que vivía. —Puso la directa Miquel.

—Señor...

—¿Le dijo usted dónde encontrar a Sebastián Piñol?

Cuarta reacción: miedo.

Un miedo inesperado que le dilató las pupilas.

—Yo no... —tartamudeó—. Me está asustando, ¿sabe?

—Respóndame y me voy.

—¿Quién es usted?

—Un amigo de Humet. Nada más. Y viejo. —Lo dejó ir por si acaso—. No tiene que preocuparse. —Volvió a azuzarla—: Usted tuvo que darle una pista, algo.

—Señor, Sebastián fue novio mío hace muchos años. ¿Cómo voy a saber nada de él?

—¿Quiere que esto mismo se lo pregunte la policía?

Quinta reacción: pánico.

—No, pero es que no entiendo...

De pronto parecía sincera. La suma de todas las reacciones la había convertido en alguien vulnerable, golpeado por una realidad situada más allá de su razón. Sorpresa, pasmo, asombro, miedo, pánico...

María Aguilar no sabía que Pere Humet había muerto.

Ésa era la clave.

Probablemente mintiera con respecto a Piñol, pero lo de los asesinatos le había caído encima como una losa.

—Señora, respóndame a lo que le pregunto, me iré y no volveré a verme, se lo garantizo. Bastante tiene con eso. —Señaló su vientre.

Se vino abajo. Recordarle a su hijo la hizo rendirse.

Dominó unas lágrimas, vaciló...

—Lo único que le dije a ese hombre fue que su madre vivía en la calle Sicilia 378, haciendo esquina con la calle Industria. Yo... es todo lo que sé, se lo aseguro.

—¿Le ha visto recientemente?

—¿A Sebastián? —Se puso pálida y atropelló la respuesta—. ¡Dios, no, se lo juro! ¡Pero si creía que estaba muerto! Cuando Humet me dijo que no, que estaba vivo y en Barcelona... No pude ni creerlo. —Tragó saliva—. Sé dónde vive su madre ahora porque me la encontré hace unos tres años. Ella me quería mucho. —Sonrió un poco, haciendo un esfuerzo—. Siempre quiso que nos casáramos. Era una mujer dura, fuerte, pero a mí me adoraba y me tenía un cariño muy especial. Decía que sólo yo podía hacer feliz a Sebastián. —Volvió la tristeza, pero la tensión no desapareció—. Cuando le conté que iba a casarme se echó a llorar. Sebastián muerto, yo feliz con otro hombre... Ya me entiende, ¿no?

—Así que hace tres años Piñol todavía no había regresado.

—Bueno, no sé... Supongo que no. Yo es que todavía no entiendo... —Se llevó una mano a la frente.

Miquel pensó que iba a desmayarse. Estaba blanca como la cera.

Si mentía en el tema de Sebastián, que parecía lo más probable, lo hacía relativamente bien, utilizando su estado, pero sin evitar la traición de los nervios. Si se veía metida en un inesperado lío, comprendía su implicación, aunque fuese indirecta.

Dos muertos siempre pesan.

—Siento haberla incomodado —dijo él.

—¿Quién... es usted? —insistió por segunda vez.

—Fui superior de Piñol y de Humet antes de la guerra —le confesó.

—Entiendo. —Suspiró con agotamiento—. ¿Dónde vive, por si pasa algo más y he de localizarle?

Miquel se tomó su tiempo.

Luego le soltó lo primero que le vino a la cabeza.

—Calle Conde del Asalto 9.

—Si me lo permite... No me encuentro demasiado bien.

—Claro, perdone. Descanse.

—Ha sido un embarazo complicado —confesó—. Tengo unas ganas de que salga...

—Todo irá bien. Tranquila. ¿Es el primero?

—Sí.

—Felicidades y buenas tardes, señora.

María Aguilar cerró la puerta.

Miquel esperó.

Al otro lado se escuchó un profundo suspiro, un desgarro emocional, un llanto nada ahogado que se perdió a lo lejos.

La cabina del ascensor seguía allí. Se metió dentro y descendió a la calle.

Fue casi como descender a los infiernos.

25

Abrió el paraguas al llegar a la calle y se quedó en la acera unos segundos, con la cabeza dándole vueltas en torno a lo que acababa de suceder en el ático de la casa. Estaba seguro de que María Aguilar mentía, pero ¿hasta qué punto?

¿Avisó a Sebastián Piñol de que Humet le buscaba, como simple prevención, sin imaginar lo que su ex novio pudiera hacer?

¿Le dijo a Pere Humet únicamente lo de las señas de la madre de Piñol y eso fue todo, o ni siquiera le mencionó el detalle?

En cualquier caso, las cartas ya estaban boca arriba.

Si María Aguilar volvía a avisar a Piñol...

¿Sería capaz, sabiendo ahora que él era un asesino?

—Estás casada, esperas un hijo. No hay nada más importante que eso, ¿verdad, preciosa?

Las palabras flotaron en el aire y se desvanecieron como pompas de jabón.

Última parada, la calle Sicilia.

¿Y si se limitaba a llamar anónimamente a la policía para decirles que el asesino de Pere Humet e Isabel Moliner estaba en esas señas?

Pero ¿y si no era así?

Bajó por la calle Zaragoza bajo la lluvia e inundado por sus propios pensamientos. Patro también estaba embarazada. Iba a tener un hijo o una hija que necesitaría un padre. Mayor o no, viejo o no, un padre. Sebastián Piñol había matado «casi» en defensa propia.

¿Qué haría si se lo encontraba de cara?

Al llegar a la calle Guillermo Tell se detuvo. Optó por dirigirse al cruce con la de Balmes impulsado por la esperanza de encontrar un maldito taxi. La lluvia arreció un momento, y se guareció bajo una marquesina porque las rachas de viento empeoraban. Patro le pegaría la bronca si llegaba muy mojado. Y más si aparecía con los zapatos sucios por no haberse puesto las dichosas chanclas. Las odiaba, pero ella decía que para algo estaban.

Llevar chanclas hacía señor.

Miquel sonrió.

A veces provocaba su enfado sólo para verla con los ojos brillantes, las mejillas rojas y el aire de furia apasionada con el que solía hacerlo todo. Cuando ella se daba cuenta, se enfadaba aún más, por mucho que él tratara de reír e intentaba que compartiese su buen humor.

—¡Es que cuando gastas bromas te pones tan serio que parece que lo digas de verdad! —protestaba.

Pasaron diez minutos.

La lluvia fue a menos.

La climatología se tomó un respiro.

Incluso dejó de soplar el enloquecido viento.

Si no aparecía un taxi...

El primero que circuló cerca de donde estaba, cinco minutos después, se lo robó una mujer que lo tomó a la carrera. Un asalto en toda regla. El segundo, otros cinco minutos más tarde, simplemente no le hizo caso y no paró. Miquel memorizó la matrícula, por si otro día se lo encontraba. Tras media hora de espera y cansancio bajo la marquesina, finalmente tuvo suerte. Vio a lo lejos la luz y salió dispuesto a partirse la cara con quien fuera. No necesitó tanto, pero sí bajó a la calzada para detenerlo.

El taxista no tuvo más remedio que parar.

—¡Abuelo, que casi le atropello!

Iba a gritarle que, de abuelo, nada.

Apretó los puños.

—Calle Sicilia con Industria.

—Allá vamos. ¿Hacía mucho que esperaba?

—Desde que fui padre, imagínese.

El taxista no acabó de pillarle el chiste.

Miquel se arrellanó en el asiento, sujetando el paraguas lo más lejos posible para que no le mojara. Los dos nuevos intentos del taxista por entablar una conversación no cuajaron. El tercero sí.

—¿Sabe quiénes lo pasan peor cuando llueve?

Iba a decirle que los perros callejeros, porque perdían todos los rastros, los olores, y vagaban desorientados de un lado a otro.

—Ni idea.

—Los que recogen colillas del suelo. —Lo proclamó como si fuera una verdad incuestionable—. Todo está mojado, así que ni siquiera pueden acabarse un pitillo recién tirado o liarse otro con cuatro o cinco colillas que arramblen. A mí es que me dan una pena...

Miquel no supo qué decir.

Pero se juró fijarse más en los pobres que iban todo el día persiguiendo colillas.

Tal vez fuese un evidente signo de los tiempos.

Al llegar a su destino, le dio el importe exacto, hasta el último céntimo. El hombre le miró con recelo mientras él se mordía de nuevo la lengua para no decirle que, si seguía siendo tan buen psicólogo con lo de la edad, no haría mucha carrera tras el volante.

Se quedó solo.

Preocupado, algo inquieto, un poco asustado...

Y solo.

La casa era antigua pero señorial. El clásico edificio del Ensanche, construido a finales del siglo XIX o comienzos del XX. Claro que, con la fiebre constructora de la nueva Barcelona, tarde o temprano la echarían abajo. Los chaflanes eran lo más buscado. Había algo en ella que mostraba decrepitud, quizá el tono austero, tal vez lo necesitado que estaba el edificio de arreglos o mejoras. Mientras lo contemplaba, aprovechando que había vuelto a dejar de llover, intentó buscar una forma de enfrentarse al último acto de aquella historia.

Suponiendo que Sebastián Piñol estuviese allí.

Pero ¿adónde podía ir un hombre que regresaba a Barcelona surgiendo de lo más oscuro del pasado, sino a casa de su madre?

Por la cabeza de Miquel empezaron a surgir las voces de la señorita Plaza, de María Aguilar...

Pere Humet no le había dicho a la prostituta que hubiera encontrado a Piñol, sólo que tenía una pista. Y ya había hablado con María.

¿La pista era el lugar en el que ahora estaba él?

¿Y si Humet había ido a la casa frente a la que se encontraba, sin dar con nadie, y había aplazado su venganza unas horas, un día, dos, sellando así su propia sentencia de muerte al adelantársele Piñol?

—¡Mierda! —Se sintió aturdido.

Dio el primer paso.

Entró en el portal.

Los buzones de los vecinos estaban a la izquierda. Se acercó a ellos mientras con el rabillo del ojo veía a la portera saliendo de la portería.

Encontró el de la mujer a la que iba a ver.

La mujer... y algo más.

«Asunción Solá de Piñol – Sebastián Piñol.»

Miquel se quedó sin aliento.

—¿A qué piso va? —le preguntó la portera deteniéndose a su lado.

—Señora Piñol.

—Tercero primera.

—¿Sabe si está en casa?

—Sí, sí. Hoy no ha salido.

—¿Y el señor Sebastián?

La mirada fue de incredulidad.

—También, claro —dijo como si fuera algo evidente.

—Gracias.

Llegó al ascensor.

¿Tan fácil?

¿Sebastián Piñol regresaba a Barcelona, probablemente de manera ilegal, y su nombre aparecía en el buzón de la casa de su madre como si tal cosa?

El aparato era de los lentos.

Muy lento.

Fue como subir al cielo levitando despacio.

Bajó en el tercer piso y las dudas reaparecieron. Empezó a sudar por la inquietud. ¿Y si se iba, y dedicaba el día siguiente a espiarle y seguirle?

Sí, mucho mejor.

¿Cómo iba a enfrentarse a Piñol sin más...?

¿Estaba loco? Era un asesino...

Sus pensamientos quedaron borrados de un plumazo cuando la puerta del tercero primera se abrió de pronto. En el quicio, pobremente iluminado por la luz del rellano y por la del recibidor de la vivienda, apareció una mujer mayor, ajada, cabello blanco, ojos tristes, labios curvados hacia abajo. Iba en bata y llevaba una taza vacía en la mano.

La clásica estampa de quien va a pedir un poco de azúcar, sal o harina a la vecina de enfrente.

Se quedaron mirándose el uno al otro.

—Buenas tardes —dijo ella ante el silencio de Miquel.

—Buenas tardes, señora. —Ya no se detuvo y, casi de manera irreflexiva, se lanzó a tumba abierta—. ¿Sebastián Piñol?

La mujer se quedó aún más quieta. Una estatua.

Los ojos mostraron extrañeza.

—¿Para qué quiere verle?

—Fui compañero suyo antes de la guerra. Bueno, más que compañero, su superior.

—¿El inspector Mascarell?

—Sí.

—No entiendo... —vaciló ella.

—Me enteré casualmente de que había regresado a Barcelona, y después de tantos años... Me hizo mucha ilusión. Quedamos tan pocos de aquel tiempo...

La madre de Sebastián Piñol siguió mirándole con más y más extrañeza.

Incluso dolor.

Un dolor profundo, indefinible, el de toda madre que ha sufrido y carga con ello como si fuera una penitencia.

—Usted no sabe nada, ¿verdad?

—¿A qué se refiere?

La inmovilidad cesó. Dejó caer el brazo cuya mano sostenía la taza y los hombros también cedieron. Lo más inquietante fue la mirada.

Tan amarga.

—Pase, por favor —le invitó.

Tomó la iniciativa, dejó la taza vacía en la repisa del recibidor y esperó a que Miquel cerrara la puerta del piso. Luego le guió por un pasillo enteramente vacío de muebles o cortinajes en los quicios de las puertas principales, hasta desembocar en un comedor con una curiosa distribución del contenido. La mesa y las sillas estaban a un lado, el sofá y las butacas al otro, el aparador, también pegado a la pared, ocupaba el último espacio. En medio no quedaba nada, ni siquiera una alfombra.

No había fotos o retratos en ninguna parte.

—Espere. Ahora vuelvo.

La portera le había dicho que tanto ella como su hijo estaban en casa.

¿Por qué aquel gesto de sorpresa?

Miquel miró el pasillo por el que aparecería Sebastián Piñol.

Empezó a brotarle un extraño presentimiento.

Algo no encajaba.

Algo chirriaba de manera estentórea en todo aquello.

Escuchó un rumor procedente del fondo del piso y se tensó. Esperaba ver aparecer a Piñol y a su madre.

Y aparecieron.

Sólo que no como creía él.

La mujer iba detrás, empujando la silla de ruedas en la que se sentaba su hijo, un casi irreconocible Sebastián Piñol vestido con una bata gris por encima del pijama y la cabeza caída a un lado. Tenía la expresión completamente ida, la boca medio abierta, las manos agarrotadas. Una baba blanca le llenaba la comisura del labio por la parte más cercana al hombro derecho. El cabello, revuelto, le daba todavía más un aire de locura y desgarro.

—Han venido a verte, Sebastián —le dijo su madre—. Es tu antiguo superior.

Nada.

Ella se dirigió a Miquel.

Le explicó lo que casi no merecía la pena de ser explicado.

—Regresó muy mal, señor. Apareció un día, sin más, casi sin recordar nada, y al poco tuvo un derrame cerebral. Desde entonces está así.

Día 6

Miércoles, 7 de marzo de 1951

26

Le despertó la caricia de Patro.

Así que no abrió los ojos.

Se quedó quieto.

¿Cuándo importaba la edad si, con una caricia, cualquiera podía volver a la niñez, o hacerse etéreo, u olvidarse de aquello con lo que se enfrentaría al abrir los ojos?

Patro le acarició un poco más, el vientre, el pecho.

Luego, un beso suave en la mejilla.

—Sé que estás despierto —le susurró al oído—. Siempre te quedas muy quieto cuando te hago esto.

—Sigue.

—No. Vamos, es tarde.

La palabra «tarde» le sobresaltó.

—¿Ya viene? —La miró asustado.

—No, tranquilo.

La vio vestida, una mañana más, y frunció el ceño.

—¿Qué hora es?

—Las nueve y media pasadas.

—¿Otra vez me he dormido?

—No me extraña. Menuda noche has pasado dando vueltas.

Miquel resopló.

—Lo siento —dijo.

—No pasa nada. Me voy a la mercería.

—¡Quédate en casa, mujer!

—Cariño, que tanto da dónde rompa aguas, y allí tengo a Teresina, porque lo que es tú... ¿O te quedarás conmigo?

—No seas mala.

—Ya, mala yo. Pase lo que pase vas a salir de casa igual, que ya lo sé. Y después de lo que me contaste anoche...

—No me digas que no es extraño.

—¿Cuándo no es extraño un caso? ¿O te crees que los malos van dejando miguitas de pan para que les sigas el rastro? Luego siempre hay explicaciones lógicas, pero mientras tanto...

Habían hablado largo y tendido del tema.

Demasiado.

Sobre todo porque las preguntas y las dudas continuaban siendo las mismas. Como en la mitología, buscaba el hilo de Ariadna que le sacara del laberinto. Pero, mucho más, necesitaba averiguar quién era el minotauro.

—Sigues dándole vueltas a todo, ¿verdad? —le preguntó Patro.

—Me temo que sí.

—Si Sebastián Piñol no mató a Pere Humet, ¿quién lo hizo y por qué?

Miquel pensó que Patro metida a policía le habría sido muy útil antes de la guerra.

No ahora.

—¿Y si, después de todo, fue el carbonero? —continuó ella.

—Me da que no.

—Pudo pagar o pedírselo a alguien, un amigo, un verdugo... ¡Y él jugando al fútbol para dejarse ver!

—No lo veo tan retorcido. El que mató a Humet y a su prima va de listo, lo sé.

—Y te fastidia.

—Sí —admitió.

—¡El gran inspector Mascarell es más tozudo que nadie! —Le aplaudió Patro sin excesivo énfasis.

—No es eso. —Suspiró él—. Tú misma le viste un momento el viernes. Pere Humet no era más que un pobre hombre con años y años de sufrimiento sobre los hombros. Lo resistió todo y estaba en las últimas, pero tenía algo que le mantenía con vida.

—Vengarse.

—Sí, ¿y qué? No merecía morir así, y menos tan cerca de su objetivo, como no merecían morir como murieron los otros tres. El deseo de venganza es un poderoso motor. Ni siquiera entiendo cómo no se volvió loco. Lo único que sé es que me duele que su asesino se vaya de rositas.

—Cariño, anoche lo racionalizaste todo perfectamente —insistió Patro—. No queda nadie. Tus únicos candidatos son las familias de esos tres hombres, y por lo que me dijiste de ellos...

—Queda la que mintió.

—María Aguilar, sí. Una mujer embarazada. Ya me dirás. Ni pienses en meterte con ella.

—Qué solidaria eres.

—Dices que se sorprendió mucho al saber que Humet había muerto. Eso la excluye, aunque quizá sí metió la pata y sabe dónde está su ex.

—No sé por qué te cuento estas cosas. —Se pasó una mano por los ojos.

—Porque, si no me lo contases y te pasaras el día fuera de casa como te lo pasas, pensaría que tienes una amante, más joven y, desde luego, nada preñada.

—¡Serás tonta!

Intentó cogerla, pero ella se zafó a pesar de la dificultad que tenía para moverse. Ya se había puesto en pie y estaba a punto de marcharse.

—Sabes que sufro cuando aparece el policía que siempre hay en ti —le dijo—. Y más si te das con un canto en los dientes y no consigues nada, o si te quedas en blanco, sin pistas.

Esta vez hay un asesino que creo que sabe que vas tras él, y eso me da mucho miedo.

—No puede saberlo.

—Sí, en el caso de que tenga que ver con las personas a las que has ido a ver.

—Vamos, Patro...

—Miquel...

—Ven —le pidió.

—No. Levántate. No estoy de humor.

—Cariño...

Ella se miró la panza y le dijo:

—Tu papá es un irresponsable, tozudo y testarudo a más no poder. Tú prepárate.

—Mira que ya lo oyen todo.

—Ojalá.

—No digas eso.

—Pues lo digo y ya está. Hasta luego.

La vio salir de la habitación y se quedó en la cama tal cual, pensativo, incómodo, lleno de alternativas que iban y venían por su cabeza como ráfagas de viento incontroladas en un vaivén de dudas. El golpe del día anterior había sido tremendo, inesperado. Sebastián Piñol en una silla de ruedas, impedido. Si Pere Humet hubiera llegado hasta él...

¿Le habría asesinado?

¿A pesar de ser un impedido que ya no se enteraba de nada?

La pregunta era: ¿llegó Humet hasta él?

Miquel siguió en cama unos minutos más.

A Pere y a su prima tenía que haberlos matado un hombre. De eso no tenía la menor duda. Por su larga trayectoria como inspector, sabía que difícilmente en un doble asesinato, con apuñalamiento, el culpable llegaba a ser una mujer. Y, por la forma de la ejecución, menos. Teniendo en cuenta esto, se encontraba frente a un caso en el que todo eran mujeres y hombres mayores cuando no ancianos, como los abuelos de

Eudald Matarrodona. La última incorporada al círculo era la madre de Piñol, también mayor.

Quedaban, sin embargo, las dos mujeres jóvenes: la viuda de Ernest Arnella y la hermana de Joan Rexach.

¿Una de las dos podía transgredir la idea de que era «un crimen cometido por un hombre»?

—¿Y ahora qué? —se preguntó en voz alta.

¿Lo dejaba?

¿Volvía a ser el inspector retirado, dueño de una mercería y futuro padre, olvidándose de Pere Humet y de todo lo que le contó el sábado por la mañana?

Se levantó de la cama y caminó como un sonámbulo hasta el lavadero. Regresó a la habitación sin ser consciente de lo que había hecho y empezó a vestirse. No llovía, lo cual era una buena señal. A lo mejor, incluso, los tranvías ya iban llenos de gente, aunque no lo creía. De nuevo sin darse cuenta, recordó el diálogo final en casa de la señora Piñol el día antes.

—¿Vino a verla un hombre llamado Pere Humet el sábado?

—No.

—¿Está segura?

—Sí, sí, ¿por qué?

¿Podía fingirse un derrame cerebral?

No, imposible. Sebastián Piñol ya no era más que un residuo y su madre una mujer torturada, casi muerta en vida.

Quedaban otras opciones, y no todas ilógicas o carentes de sentido, como que María Aguilar no le diera las señas a Pere Humet y sí a él, pillada a contrapié ante la inesperada noticia de la muerte de Humet.

—¿Qué es lo que falla? —gruñó.

En alguna parte tenía que estar la pieza que no encajaba. El hilo del laberinto.

Pero ¿dónde?

Miquel se encontró en el recibidor, dispuesto a salir de casa, sin saber qué pasos dar o qué dirección seguir.

—¡Maldita sea! —rezongó.

Abrió la puerta, salió al rellano, la cerró de un portazo y bajó la escalera más furioso de lo que lo había estado en los últimos años.

27

Llegó al bar de Ramón enfrascado en sus pensamientos y sin comprar el periódico. Se sentó a la mesa más alejada, según su costumbre, y la que le atendió fue la dueña.

—¿Lo de siempre, tortillita y pan con tomate?

—Sí, gracias.

—¿Cafetito con un poco de leche?

—También.

—Ramón viene ahora. Ha ido a un mandado.

Se lo dijo como si fuera esencial verle o estuviera allí por su marido casi tanto como por el desayuno.

Miquel la vio alejarse en dirección a la barra y la cocina. Buena gente. Aunque le diera la tabarra, a veces reconocía que ir al bar y dejarse «informar» por Ramón le permitía sentirse parte de un mundo en el que no siempre creía estar. Un mundo normal, en el que la gente se había habituado a la dictadura y hablaba de fútbol y otras cosas mundanas. No iba al bar por masoquismo, sino por identidad. El casi anciano descreído casado con una mujer joven y guapa intentando formar parte de un nuevo mundo marcado por la derrota de unos y la victoria de otros.

Intentando formar parte de un nuevo mundo.

¿Cuántas veces soñaba de noche que seguía en el Valle? ¿Cuántas extendía la mano para rozar a Patro, temiendo no encontrarla, recelando de que todo hubiera sido un sueño, y tranquilizarse al sentirla a su lado?

Quizá el bar de Ramón fuese el nexo de unión con la realidad vigente.

Bueno, y su mercería.

Su hijo o hija tendría mucho camino por delante.

Le tocaría a él o a ella hacer un mundo mejor.

El desayuno llegó a la mesa y la mujer de Ramón le dedicó unas palabras de lisonja, por Patro, por su suerte, por lo bien que le veía... Miquel las respondió con fingida atención y una mecánica sonrisa. Luego ella lo dejó y se dedicó a disfrutar de la eterna tortilla de patatas. Lo mejor de lo mejor. Y el café, no la achicoria que aún se servía en no pocos lugares.

Estaba acabando cuando apareció el dueño del local.

—¡Hombre, maestro! ¿Todo bien?

—Sí.

—¿Algo nuevo?

—Vaya, ¿no eres tú el que me informa a mí?

—¡Ja, ja! Así que viene aquí para que yo le ponga al día, ¿eh?

—Eres un pozo de noticias.

—Pues hoy hay pocas. —Ramón se apoyó en la mesa con las dos manos—. Ayer volvieron las tarifas de antes, que, con todo, siguen siendo más caras que las de Madrid, y en cuanto la cosa termine y se calmen los ánimos, ya lo verá, las volverán a subir y listos. ¿O se cree que éstos son de los que ceden por la presión de la gente? ¡Para nada! —Bajó la voz—. Lo de la huelga que se avecina ya corre de boca en boca, y eso sí va a ser gordo. ¿Esto de los tranvías? Nada, comparado con la que se va a liar. Ahí sí que habrá hostias.

—A las barricadas —dijo Miquel sin entusiasmo.

—Más vale que su señora tenga al crío ya. Que empuje y empuje, porque ya le digo: a partir de que empiece la huelga general, Barcelona se va a poner patas arriba. Yo, desde luego, cierro el bar. No quiero que me lo apedreen o me tiren una bomba.

—¿Cómo van a tirarte una bomba?

—¿Qué se cree que hacen los manifestantes? Lo de las piedras contra los cristales de los tranvías está bien, pero si se quiere hacer ruido...

—¿Y cómo van a tener bombas, hombre?

—¡Huy, mira éste! —Se puso brazos en jarras y bajó la voz al máximo—. ¿No sabe lo fácil que es hacer un buen petardo de ésos, usted, que ha sido poli? —No le dejó responder—. Se coge una lata normal y corriente, de las de betún mismo, se comprime clorato de potasa, bien apretadito, y se le añade alguna cosa química de la que yo no sé el nombre pero ellos sí. Luego se coloca en los raíles del tranvía y al pisarlo las ruedas... ¡bum! —Abrió las manos y movió los brazos hacia fuera—. No es que causen víctimas ni los hagan descarrilar, ni mucho menos, pero hacen ruido y sueltan un humo... Suficiente para que los grises vayan de cráneo.

—Ramón, me tienes pasmado —reconoció.

—No está de más saber un poco de esto y un poco de aquello, que no todo es hacer tortillas o servir mesas.

—Las tortillas las hace tu mujer —le recordó—. ¿Algo de fútbol?

Ramón le observó desconcertado.

—¿Me toma el pelo o qué? ¿Usted preguntando de fútbol?

—Es por si las noticias son mejores.

—Pues qué quiere que le diga. El Barça juega con el Alcoyano, los de la moral, ya sabe. En teoría es un partido fácil, pero a veces los pequeños salen peleones y salta la sorpresa.

—O sea que...

—¡Nada, hombre, que ganamos!

—No sabes lo tranquilo que me quedo.

Ramón le escrutó con un ojo medio cerrado y la ceja del otro en alto.

—Mire que a veces no sé si habla en serio o no —manifestó inseguro pero con una sonrisa.

—Yo siempre hablo en serio.

—Usted antes de la guerra debía de ser alguien, ¿eh? —Le dio una palmada cómplice en el hombro—. ¡Anda que no impresiona ni nada!

—No lo sabes tú bien, Ramón. —Le dio el sorbo final a la taza de café y se puso en pie—. Me voy a ver si arreglo el país.

—¿Arreglar el país? —Bajó aún más la voz—. ¿Va a matar al tío Paco?

El tío Paco había estado a punto de morir en mayo del 49, pero eso no se lo dijo.

—Acabaré yendo a verte a La Modelo —gruñó—. Venga, cobra, que me voy.

Caminaron hasta la barra, Miquel pagó y se despidió de ellos. Salió a la calle y enfiló hacia arriba, dispuesto casi a comenzar de nuevo.

Primera parada, la señorita Plaza.

No había ninguna indicación en la puerta, ninguna chincheta clavada en la madera, lo que significaba que estaba libre y sin clientes. Miquel llamó al timbre y, cuando ella le abrió, se quedaron mirando mutuamente. Una, con intención. Él, con cautela. La prostituta seguía luciendo sus encantos con seguridad y aplomo. Le pareció incluso más guapa que el lunes, o sería el maquillaje, muy de actriz de Hollywood, preparada y dispuesta siempre. La combinación, muy escotada por arriba, llegaba justo hasta las rodillas. La bata de lotos y dragones apenas la cubría, cayendo indolente desde los hombros. Seguía yendo descalza.

—Vaya. —Le sonrió con descaro—. ¿Se lo ha pensado mejor?

—¿Puedo pasar?

—Claro —alargó la primera vocal.

Él mismo caminó hasta la sala. Una vez en ella, se sentó en el sofá. La señorita Plaza lo hizo a su lado, muy cerca. La combinación subió por encima de los muslos, mostrando unas hermosas piernas de apariencia muy suave.

Miquel volvió a notar aquel perfume excesivo y penetrante.

—No he venido a por sexo —confesó.

—¿Ah, no? —Ella pareció desilusionarse.

—Es acerca de lo que hablamos anteayer.

—¿Sigue con eso? —La desilusión se hizo patente.

—¿Le molesta?

Ella se encogió de hombros.

—¿Continúa haciendo de justiciero?

—Podría llamarse así.

—¿No es mayor para meterse en líos?

—¿Lo sería si fuera cliente suyo?

—Creo que no. Le veo bien, en forma.

—Pues ya está. ¿Puedo hacerle unas preguntas?

—Ya le dije lo que sabía, en serio. —Mostró fatiga—. ¿Qué más puedo agregar? Él no era más que un cliente, como otros. Suelo olvidarme de cada cual en cuanto aparece el siguiente.

—¿Y el negocio va tan bien como para que se olvide a menudo y rápido?

—El negocio va bien porque yo lo valgo —le desafió con un aire provocador—. Si me viera desnuda, le aseguro que de aquí no sale.

—Saldría.

—¿Tan enamorado está de su mujer?

—Sí. —Fue al grano para terminar con aquel diálogo—. Lo que le dijo Humet el sábado por la noche...

—Por Dios... —Se llevó una mano a los ojos—. ¿Qué quiere que le diga? ¿Cree que presto mucha atención a las milongas de los que vienen? Que si estoy solo, que si estoy viudo, que si mi mujer es frígida, que si nunca lo he hecho, que si quiero tal o que si quiero cual... Que Pere Humet me cayera bien, el pobrecillo, no quiere decir que fuese muy diferente a otros. De acuerdo, lo suyo era peor, porque hablaba de ese campo alemán, de sus amigos muertos, de su rabia y su odio. ¿Quién aguanta eso? Yo le decía que se relajara, que ahora todo había pasado, que estaba conmigo y que, aunque no lograra hacer el amor, sí podía hacerme lo que quisiera.

—¿Y?

—A veces parecía que sí, pero la mayoría de veces...

—¿Se quedaba a dormir?

—Dormirse aquí, sí, en mis brazos, un par de veces. A pasar la noche, no. —Su rostro se llenó de tristeza—. Oiga, ¿sabe que le enterraron ayer por la tarde y que nadie asistió a su entierro?

—No lo sabía.

—Pues ya ve. La gente que sí fue, apenas una docena de personas, lo hizo por ella, por la mujer. Vecinas y poco más. Yo sí me pasé. No me pregunte por qué. Llámelo... ¡Bah, da igual! Fui y ya está, a pesar de las miradas de las comadres. Pensé que se lo debía si, como me dijo usted, fui la última persona que habló con él. El que más lloró fue el carbonero, el amigo de ella.

—¿Ya estaba libre?

—Le acababan de soltar. No fue él. La policía determinó que la muerte debía de haberse producido a una hora en la que ese hombre estaba jugando un partido de fútbol. Eso sí, tenía la cara como un mapa. Un par de vecinas, las mismas que me miraban a mí con cara de asco, le increparon a él, resistiéndose a creer que fuera inocente. Las muy víboras...

La señorita Plaza dejó de hablar al sonar el teléfono.

Miquel lo descubrió detrás de unas botellas del mueble bar.

—Perdone —se excusó.

La prostituta se incorporó, se tapó con la bata y respondió a la llamada. Su tono de voz se hizo dulce y meloso al hablar con quien estuviera al otro lado de la línea. Se apoyó en el pie derecho y levantó el izquierdo hacia atrás, como si besara a alguien. Después de Patro, no recordaba haber visto unos pies tan bonitos y cuidados. Dignos de ser lucidos.

Las pausas en la conversación fueron abundantes.

—¿Hola?... Claro... No, llámame Inés... Sí, como la de *Don Juan*. ¿Eres don Juan?... ¡Hum, qué bien!... Calla, calla, que ya me estoy poniendo mojada... Cuando tú quieras... ¿El precio? Ay, no me seas vulgar. Eso depende de lo que desees... Una hora, dos, ¿qué importa el tiempo? Y ya verás cuando nos encontremos... Sí, soy muy guapa... ¿Tan grande?... Bien, mejor para mí... Bueno, pues ¿qué tal esta tarde?... Tengo libre a las siete, ¿te va bien?...

Miquel dejó de prestarle atención, aunque era difícil.

Miró los retratos de la señorita Plaza, Inés, colgados de las paredes.

Retratos, fotos...

Todo el mundo tenía retratos y fotos en casa.

Recuerdos de otros tiempos, segundos del pasado capturados eternamente para saber lo que un día fue y ya no volverá a ser, espejos inmóviles recordando sobre mesas o paredes lo efímera que llega a ser la vida.

Retratos y fotos.

Todo el mundo tenía retratos y fotos en casa.

Todo el mundo los tenía a la vista menos Gloria Camps y la madre de Sebastián Piñol... sin olvidar que en casa de los Arnella había evidentes huecos entre algunos portarretratos y leves huellas en la madera, vestigios, como si alguien los hubiera quitado...

El fogonazo.

El rayo de luz sacudiéndolo aun sin saber por qué.

Gloria Camps «le esperaba». Su suegra la había llamado.

La madre de Ernest Arnella le había hecho esperar antes de hacerle pasar al comedor.

¿Casualidades?

¿Fotos escondidas?

¿Por qué? ¿Para qué?

¿Y si no eran más que meras coincidencias?

Inés Plaza ya había terminado de hablar por teléfono. Se estaba sentando de nuevo en el sofá, ahora no tan cerca de él. Pasó una pierna por debajo de la otra y subió la de apoyo hasta quedar sentada de manera indolente. Aun sin pretender seguir mostrándose erótica, resultaba inquietantemente atractiva y seductora. Quizá por ello trabajaba en casa, con clientela fija y selecta, y no en un club de alterne.

Miquel volvió a concentrarse en lo que había ido a preguntarle.

—¿Me va a estar haciendo preguntas mucho rato? —quiso saber ella.

—No, es sólo... Bueno, un par de detalles. ¿Le contó a alguien lo que le dijo Pere Humet?

—¡No! ¿Por quién me toma? Lo que se dice aquí se queda aquí. Si le conté algo a usted, fue por lo de la muerte de él y porque buscaba al que lo hizo.

—Perdone.

—Mire, será mejor que se vaya. —Hizo ademán de ponerse en pie.

Miquel la retuvo.

—Por favor, espere.

—¿Qué más quiere que le diga? —se desesperó la dueña de la casa.

—¿No quiere vengar la muerte de Humet?

—¡Sí, claro que quiero!

—Entonces haga memoria. ¿Qué cosas le contaba de sus amigos?

—Pues... lo mal que lo habían pasado, que a uno no le gustaban las mujeres sino los hombres y no lo sabían, que hicieron un pacto para ayudar a las familias si alguno moría... ¡Cosas así! ¿Qué más podía contarme?

—¿Y de antes de la guerra?

—Bueno, él estuvo casado. Se emocionaba mucho al hablar de su mujer. También había otro.

—Ernest Arnella.

—Como se llame. El tercero que andaba loco por su novia era el dichoso Piñol.

—¿Le habló Humet de que Piñol estaba loco por su novia, con estas palabras?

—Sí. Más que loco... obsesionado. Por lo visto, la tal María era muy guapa, muy sensual, de las que vuelven majaretas a los hombres. Sebastián Piñol se enamoró de tal forma que no paraba de hablar de ella, sobre todo al comienzo, en el exilio y en ese lugar donde trabajaron en Francia... Pere me dijo que a veces tenían que hacerle callar, porque bastante sufría cada cual con lo suyo. Piñol les decía que ellos estaban casados y que sus mujeres les esperarían, pero que María, si él no volvía a tiempo, encontraría a otro.

—¿Celoso?

—No sé. Pero conozco a hombres que cuando pierden así la cabeza...

—Pere Humet sabía que si daba con María Aguilar... probablemente daría con Piñol.

—¿Doce años después? ¡Como que ella iba a esperarle!

—Cuando Sebastián Piñol regresó a Barcelona, ¿no es lógico que la buscara, como fuese y donde fuese, por si seguía soltera? Hay obsesiones que no las destruye el tiempo, y más en alguien que ha vivido un infierno.

Inés Plaza sostuvo su mirada, aunque se daba cuenta de que Miquel no hablaba con ella, sino que exteriorizaba en voz alta sus propios pensamientos.

—Vaya. —Subió y bajó los hombros—. Parece que ha dado con algo.

—Más bien lo he reafirmado, pero gracias.

—¿Va a irse ahora?

—Sí.

—Su mujer estará contenta con usted —gruñó levantándose al unísono con su visitante.

—No lo sabe usted bien —dijo Miquel.

—¿Cree que vale la pena meterse en líos a estas alturas?

No tenía respuesta para eso y caminaban ya en dirección a la puerta, silenciosa sobre sus pies descalzos ella, tratando de no hacer ruido con los zapatos él. En el recibidor llegó la hora de la despedida.

—Que tenga suerte, Inés.

—En realidad me llamo Federica —proclamó con ironía—. Inés queda mucho mejor en labios de un hombre, sobre todo...

—Ya, ya. —Cruzó el umbral de la puerta.

—¿Volverá?

—No.

—Yo creo que sí.

—Le aseguro...

—No por sexo, ya lo sé, sino para decirme que lo ha cogido —le aclaró la mujer—. Me lo debe.

Miquel asintió con la cabeza.

Bajó la escalera despacio.

Se cruzó con la vecina que el lunes le había informado sobre el piso de la «señorita» Plaza y tuvo que soportar su mirada de asco y su silencio cuando él, educadamente, le deseó buenos días.

28

Cuando se dio cuenta de que estaba caminando sin rumbo, se detuvo.

Pensamientos.

Destellos.

El tema de las fotos, el descubrimiento de que Piñol estaba obsesionado con su novia, la certeza cada vez más evidente de que María Aguilar mentía; porque si de algo estaba seguro, era de que su novio la había buscado al regresar a Barcelona.

Aunque fuera para encontrarla con otro.

Y con la apoplejía... adiós.

¿Había llegado Humet hasta la casa de los Piñol el sábado o esperaba hacerlo el domingo o el lunes, después de hablar con él durante la comida en su casa?

Paró un taxi que pasó a unos metros. No era el primero libre que veía, como si el hecho de no llover, sobre todo, favoreciera que circularan más vacíos. Le dio la dirección de María Aguilar en la calle Zaragoza.

Se hundió en el asiento y con sus pensamientos.

—¿Cree que habrá dejado de llover por fin? —le preguntó el taxista dispuesto a iniciar una conversación.

—No lo sé —le respondió con pocas ganas de hablar.

El hombre lo captó.

Además, le vio la cara.

Suficiente.

Miquel siguió azotado por las ráfagas de viento racheado de sus elucubraciones.

Uno. La policía había soltado a Rogelio Maldonado. Eso eliminaba la posibilidad de que el carbonero purgara un asesinato no cometido y le liberaba de tener que acudir a ella si descubría al asesino. Dos. Pere Humet estaba ilegalmente en Barcelona, por lo tanto, la misma policía no debía de tener nada acerca de su persona, a no ser que encontraran algo de su pasado muchos años atrás. Tres. El único que sabía algo más o menos sólido era él. Y, con Piñol en una silla de ruedas, todo el caso se le había desmontado. Si Piñol no mató a Humet, ¿quién lo hizo y por qué?

¿Quién y por qué? ¿Quién y por qué?

El martilleo en su mente subió de tono.

Si María Aguilar sabía que Sebastián Piñol estaba impedido, ¿qué más le daba contarlo? No tenía el menor sentido guardárselo, salvo que creyera que, aun así, Humet fuera a matarlo.

Miró por la ventanilla del coche.

Los tranvías ya no viajaban tan vacíos como el día anterior. Pero bastaba con mirar a los ocupantes para comprobar que la mayoría llevaban uniformes de la Falange.

Así que, después de todo, habían sido los primeros en ceder.

El taxi se detuvo un minuto después y Miquel se dio cuenta de que había llegado a su destino. Pagó la carrera y se bajó.

Cuando cruzó la puerta de madera de la casa, se encontró con la portera, que, esta vez sí, estaba en su lugar. Era una mujer fortachona, rolliza, con carrillos sonrosados y ojos pequeños. Llevaba en la mano una escoba que casi parecía una escopeta por la forma en que la sujetaba.

Un arma.

—¿A qué piso va? —Le cortó el paso.

—Al ático.

—Ahora no están. —Evitó que siguiera su camino.

—Entonces iré a la peluquería. —Quiso dejarle claro que no era un desconocido.

—Tampoco están allí. Anoche la señora se encontró mal, y en su estado... Fueron al hospital y todavía no han vuelto. Ya estaba de siete meses, así que vaya usted a saber.

No podría hablar con María Aguilar en todo el día. O más si se le había ocurrido dar a luz a los siete meses.

Le dio las gracias y regresó a la calle.

La frustración le alcanzó de lleno.

La inquietud pudo con él.

La tensión le agotó.

—¿Y ahora qué, Sherlock Holmes? —se dijo en voz alta.

No dejaba de ver a Sebastián Piñol en la silla de ruedas.

¿Había muerto Pere Humet por nada?

Caminó por la calle Guillermo Tell hasta Balmes, como el día anterior, y esperó en el mismo lugar a que pasara un taxi.

«Anoche la señora se encontró mal. Fueron al hospital y todavía no han vuelto.»

¿Se había encontrado mal María Aguilar después de verle a él, por su culpa, por haberse dado de bruces con la realidad de que, a lo peor, Pere Humet y su prima estaban muertos a causa de ella?

No dejaba de tener lógica.

Pero sólo si Piñol hubiera matado a Humet.

Sólo.

El peso de sus pensamientos volvió a abrumarle. Se sintió cansado, viejo y convertido en una especie de Llanero Solitario de la justicia. Seguía siendo un policía de antes, de mucho antes, de cuando existía una legalidad y los españoles no se habían vuelto locos matándose entre sí. Encajar en el mundo actual no era fácil, sobre todo cuando las leyes de la dictadura se imponían a las de la democracia.

—¡Taxi!

Se dejó caer como un fardo en el asiento trasero y optó por seguir su instinto.

—A la calle Sicilia esquina con la de Industria.

—A la orden.

Hasta los taxistas parecían militarizados.

El tipo conducía despacio, mirando a derecha e izquierda en los cruces, obedeciendo celosamente a los guardias urbanos, más felices después de tantos días de lluvia aunque la mayoría tuviera la garita cubierta. El trayecto duró un poco más de la cuenta, pero Miquel no le pidió que corriera. Después de todo, el tiempo se estaba ralentizando. Lo único que iba a hacer era quemar unos minutos o unas horas para comprobar algo.

Algo que, en otras circunstancias, no lo habría comprobado.

Bajó en la esquina, frente a la casa de Asunción Solá y su hijo Sebastián, pero no entró en el edificio.

Al otro lado vio un bar, en Industria, más o menos en diagonal con su objetivo. Desde él podía atisbar la casa sin problemas, por lo que se dirigió a su encuentro. No era muy diferente al de Ramón, mismos olores, mismas sensaciones. Había poca gente y pudo sentarse a una mesa de cara a los ventanales. Ni siquiera pensó en leer un periódico. Necesitaba los ojos para no perder de vista aquel portal.

—¿Qué va a tomar el señor?

No quería un café a media mañana. Pidió una cerveza.

Él.

—¿Unas olivitas?

—Bueno.

El camarero le dejó solo.

Le trajo lo pedido.

Media hora.

Una hora.

Se tomó una segunda cerveza.

Media hora más.

Se concedió un margen de espera de otra media hora, que no llegó a cumplirse, porque a los diez minutos les vio salir.

Asunción Solá empujando la silla de ruedas de su hijo.

Y en ella, Sebastián Piñol convertido en un guiñapo humano.

Miquel pagó las consumiciones y salió del bar para buscar otro taxi.

29

Hizo el trayecto hasta el número 39 de la calle Puig Xuriguer hablando con el taxista sin poder evitarlo. Y todo porque, al subirse al taxi, el hombre le dijo:

—Hace un rato había algunas carreras por el Paralelo, espero que los ánimos se hayan calmado. Si no, habrá que dar la vuelta o le dejaré lo más cerca que pueda. No quiero que me tiren piedras al coche.

—¿Algo grave?

—No se lo podría decir. Comienzan a correr unos pocos, la policía carga por detrás y... ¡Vaya usted a saber! Dicen que el boicot se ha terminado porque los billetes vuelven a costar lo de antes, pero de eso nada. Los han bajado provisionalmente y la gente no es tonta. Volverán a subirlos. O sea, que se va a liar igual. Un cuñado mío es cobrador y no las tiene todas consigo, sin olvidar que bastante complicado es ya su trabajo.

—¿Complicado?

—¡A ver! Mire usted, él está en la línea del 47, que sale de la calle Bruch esquina con ronda de San Pedro y sube por Lauria hasta Rosellón y de ahí sigue por Dos de Mayo e Industria, hasta la plaza de Maragall y Virrey Amat. En las horas de más gentío, el tranvía va tan abarrotado, pero tanto, que hasta le cuelgan usuarios de las puertas, agarrándose donde pueden. ¡Ya me dirá cómo puede cobrarles el billete! ¡Si es que es imposible! ¡Acaba aplastado dentro, como los demás, en plan lata de sardinas! Yo ya le digo que se haga conductor, pero no es fácil.

—O sea, que mucha gente no paga el billete.

—¡Pues claro! ¿Cómo van a pagarlo? Ni aunque quisieran. ¡Seguro que ésos han sido los que más han protestado por el aumento! —Se echó a reír.

La conversación siguió por los mismos derroteros hasta llegar al Paralelo, que estaba muy tranquilo.

Miquel lo agradeció.

—¿Ve? —dijo el taxista—. Nada. Esto va y viene.

Le dejó en la esquina de Puig Xuriguer con Vilá y Vilá y entró en la casa en la que vivía Montserrat Rexach, la hermana de Joan Rexach. Ya era la hora de comer, por lo que imaginó que ella estaría en casa, con sus hijas. Y tal vez también su marido.

Al llamar a la puerta la oyó gritar:

—¡Juana, Teresa, debe de ser papá que quiere que le abráis vosotras!

Escuchó detrás de la puerta las carreras y las risas infantiles de las dos niñas. Al abrirle se lo quedaron mirando como el día anterior, curiosas pero menos serias al reconocerle.

—Hola —dijo la mayor.

—¿Has vuelto? —preguntó la pequeña.

—Sí, he vuelto —asintió él—. ¿Está mamá?

Montserrat Rexach se asomó al recibidor. Para ella también fue una sorpresa volver a verle.

—¿Usted?

—¿Podría hablarle cinco minutos?

—¿Ahora?

—Por favor.

—Tengo la comida en el fuego...

—Me espero. —Se plantó en la puerta—. Es importante.

—¿Quieres ver mis juguetes? —intervino Teresa con su agudo tono de voz.

—Creo que ya los vi ayer —le aseguró Miquel.

—Marchaos al comedor, va —les ordenó su madre.

—¿Por qué? —quiso saber Juana.

—¡Porque lo digo yo! —se enfadó ella.

La obedecieron, aunque de mala gana y con morros. Reconocían el tono conminante y ya sabían cuándo era mejor no discutir. Montserrat Rexach llegó hasta Miquel, cerró la puerta y, con menos amabilidad, le dijo:

—Espere aquí, voy a sacar la sartén del fuego.

—Gracias.

Lo dejó en el recibidor. No se oía ni una mosca. Las niñas, apartadas de la escena, y él, como una estatua. Con la mesa puesta para comer, tampoco eran horas ni momentos de recibir visitas. Lo lamentó, pero ya era tarde. Montserrat Rexach regresó al minuto, frotándose las manos con un paño.

—Diga, diga —lo apremió—. Hoy se me ha complicado todo, ¿sabe? Y encima mi marido va a llegar con el tiempo justo antes de volver a marcharse, porque ya es más de la hora.

—Ayer encontré a Sebastián Piñol.

Casi se le desencajó la barbilla.

—¿En serio? —Se llevó una mano al pecho.

—Estaba en una silla de ruedas. Le dio una apoplejía nada más llegar a Barcelona.

—¿Entonces...?

—No pudo matar a Pere Humet.

—Dios... —Parpadeó—. No entiendo nada.

—Estoy buscando más motivos por los que Humet pudiera haber muerto, y, la verdad, no se me ocurre ninguno. Toca buscar lo inverosímil.

—¿Y en qué puedo ayudarle yo? Ayer ya le dije todo lo que sabía.

—¿Puedo preguntarle algo muy personal?

—Bueno, no sé... —vaciló.

—Antes de la guerra, ¿su hermano tenía pareja?

236

—No.

—Me refiero a... un novio.

La hermana de Joan Rexach se puso roja.

—¿Cómo sabe eso de mi hermano?

—Me lo contó Humet. Ellos lo descubrieron ya en pleno cautiverio.

A ella le costó reaccionar. Se mordió el labio inferior.

—No quiero ser indiscreto —le aclaró Miquel.

—No es algo de lo que sea agradable hablar. —Suspiró ella.

—Tampoco sé si vale la pena —admitió—. Pienso que a Humet le mató un hombre, y no parece haber muchos en este caso.

—Yo lo sospeché siempre. —Se rindió—. Mi madre lo negó, pero yo... Bueno, había indicios. Joan no miraba a mis amigas, sino a mis amigos. Uno me alertó. Sin embargo, llegó la guerra, se fue y ya no... Pero oiga, señor, ¿por qué querría uno de nosotros matar a Pere Humet? No tiene sentido. Vino a decirnos lo que pasó con nuestros seres queridos.

—Lo sé, perdone. —Bajó la cabeza sintiéndose culpable.

—No tiene por dónde investigar, ¿verdad? —Suspiró de nuevo Montserrat Rexach.

—No, pero en alguna parte hay alguien que no quería que Pere Humet siguiera adelante. He de saber por qué. De momento, no he hecho más que dar palos de ciego.

—¿Y esa mujer, María Aguilar?

—La he visto. Se casó y está embarazada de muchos meses. Negó haber tenido contacto con Piñol.

—¿La cree?

—No, pero hoy estaba en el hospital.

—¿Y la madre de Piñol...?

—¿Cómo se le hacen preguntas a una mujer que cuida de un hijo postrado para siempre en una silla de ruedas, esperando la piedad de una muerte que tal vez tarde en llegar?

—Entiendo. —Bajó la cabeza, pesarosa.

Otra opción en vía muerta.

Aunque le quedaba algo por comprobar.

—La dejo, y de nuevo le pido perdón, por la visita tan intempestiva y por la pregunta.

—Ya no importa —dijo ella—. Ojalá encuentre la verdad, para que todos descansemos de una vez.

—Gracias.

—No, no hay de qué.

—Vaya a poner la mesa. Su marido estará al llegar.

—Sí, y lo hará a la carrera, el pobre. Tiene tres trabajos.

—Son los nuevos tiempos.

Le estrechó la mano y salió del piso. Las dos niñas ya no reaparecieron. Cuando la puerta se cerró, Miquel bajó la escalera lo más rápido que pudo para llegar a la calle cuanto antes. Una vez en ella se apostó cerca de la entrada del edificio.

No fue una espera muy larga.

El hombre que apareció corriendo a los tres minutos, con una vieja cartera bajo el brazo izquierdo, atribulado por la hora, era normal, de complexión corriente, cabello corto, bigotito fino, traje vulgar y una espantosa corbata casi aleteando al viento.

Hubiera podido ser el asesino de Pere Humet y de Isabel Moliner. Si la teoría era cierta, y estaba seguro de que sí, el responsable era un hombre.

Pero no uno al que le faltaba el brazo derecho y llevaba la manga de la chaqueta cosida con un imperdible en el hombro.

Con tantos años de experiencia policial, sabía que matar con un solo brazo a dos personas siempre era mucho más complicado, por no decir casi imposible.

30

Cuando pasó con el taxi por delante de la mercería, para volver a casa, se extrañó de verla abierta. Hizo que el taxista detuviera el coche, pagó y se bajó. A esa hora lo lógico era que la tienda estuviese cerrada.

En lo primero que pensó fue en que su mujer se había puesto de parto.

Entró por la puerta como un toro saliendo a la plaza y se las encontró a las dos, Patro y Teresina, sentadas detrás del mostrador y hablando como si tal cosa, aunque con semblantes preocupados.

—¿Qué estáis haciendo aquí? —les preguntó.

—Nada. ¿Qué hora es? —Le miró Patro.

—Pues tardísimo. ¿Ha pasado algo?

Teresina puso cara de que sí.

Patro lo que puso fue cara de culpabilidad.

—No quería decírtelo hasta después del parto.

—¿El qué?

—Para que no te preocuparas.

—¿El qué? —repitió él.

Su mujer se rindió.

—Hace unos días llamó el dueño y me dijo que no nos iba a renovar el alquiler de la tienda.

—¿Qué? ¡Pero si esta mercería lleva aquí toda la vida!

—No te enfades.

—¡Cómo que no me enfade! ¿Y por qué no quiere renovar el contrato de alquiler?

—No me lo dijo claramente, pero por lo visto necesita el local para otra cosa.

—¿Qué cosa? ¿Otro bar? ¡Como si no hubiera bastantes!

—¡Ay, Miquel, que no lo sé!

—Me han dicho que lo necesita para un sobrino suyo —intervino Teresina.

—¡Ah, y como el sobrino le ha echado el ojo a esto, nosotros a la puta calle!

El taco sonó como un petardo.

—¡Te van a oír! —se asustó Patro.

—¡Pues que me oigan! —se enfureció aún más, sacándose de encima toda la adrenalina dormida de los últimos días—. ¡Ya te dije que el dueño era un cerdo de los de primera y que yo no le caía lo que se dice bien! ¿Crees que no investigó? ¡Un ex inspector rojo y de la República, aquí! ¡Huy! —Abrió los brazos en cruz, cada vez más enfadado.

—Miquel, que te va a dar algo —se enojó Patro.

—Y, si llamó hace unos días, ¿qué estáis haciendo aquí hoy? ¿Ha pasado algo más?

—Que ha vuelto a llamar. Íbamos a cerrar y...

—De acuerdo. —Miquel rodeó el mostrador y le tendió la mano a Teresina—. Dame el teléfono.

—¿Qué vas a hacer? —se preocupó aún más su mujer.

—El teléfono.

Teresina se volvió y sacó el enorme aparato negro de debajo del mostrador. Lo tenían desde hacía menos de un mes y apenas lo habían utilizado, aunque iba bien para hacer los pedidos y ahorrarse viajes. El cordón negro era suficientemente largo para que no tuviera que levantarse. Miquel se quedó de pie entre ellas dos.

—¿Qué número es?

Patro comprendió que no le detendría. Se resignó, aunque su cara de preocupación aumentó mucho más. Le conocía pocos arrebatos, escasos momentos de ira o furia, pero cuando los tenía... Por un instante pensó en la escena del cine el sábado anterior.

Miquel estaba nervioso, y encima soportaba lo de la indescifrable muerte de Pere Humet.

Ella misma le dictó el número, tras comprobarlo en una libretita.

Las dos mujeres se quedaron casi sin aliento viéndole marcar y luego esperar. Lo que escucharon fue sólo lo que decía él, pero se imaginaron las respuestas procedentes del otro lado. Incluso la cara del dueño de la tienda y del edificio en el que estaba.

—¿Señor Viñuales?... Soy Miquel Mascarell... Sí, exacto... ¿Bien? Pues no, no estoy bien, y mi esposa, embarazada, tampoco... ¿Que lo lamenta?... Escúcheme atentamente, porque sólo se lo diré una vez y no quiero repetirlo: como se le ocurra tratar de echarnos de aquí, o intentarlo subiéndonos el alquiler como maniobra disuasoria, le juro que le llevo al juzgado y, atención, si usted tiene amigos, le juro que yo tengo más. No se fíe de las apariencias. Estuve en la Jefatura Central de Policía antes de la guerra. ¿Sabe qué quiere decir eso? Pues que sé pelear y no tolero que nadie me pise. ¿Me ha entendido?... Se lo repito: ¿me ha entendido?... No le oigo bien. Quiero oírselo decir. ¿Sí o no?... Perfecto... No, si yo le comprendo, pero usted no sólo va a comprenderme a mí sino que va a darme la razón... —Finalmente bajó el tono de voz—. Entonces no hay más de qué hablar... Exacto... Nada, aquí paz y luego gloria... Si nos entendemos, no habrá ningún problema... Estupendo... Se las daré de su parte, y usted haga lo mismo con su señora... ¿Viudo? No, no lo sabía. Lo siento... Buenas tardes.

Colgó el auricular en la horquilla y le devolvió el teléfono a Teresina para que lo guardara.

—Listos —dijo—. Nos quedamos.

Patro y su empleada le miraban pasmadas.

Miquel también las miró a ellas.

—Otra vez, me lo decís cuando pase, ¿de acuerdo?

Teresina asintió con la cabeza, vivamente.

—Anda, vamos a casa. —Ayudó a Patro—. ¿Cierras tú, Teresina?

—Sí, señor.

—Pues muy bien. Hasta luego.

Tomó a Patro del brazo y salieron a la calle. Por un momento pareció que hasta el sol iba a asomarse por entre las nubes.

—Desde luego... —fue lo primero que le dijo ella.

—¿Qué?

—¡Menudo genio!

—¿Me lo vas a reprochar?

—¿Yo? No, no. Eres un fiera.

—Mira. —Movió el brazo libre con vehemencia—. Ese tipo es un imbécil, y yo estoy harto de imbéciles. Vale que han ganado la guerra, vale que nos hagan tragar mierda. Pero encima darles las gracias o dejar que nos humillen... Eso no. A mis años...

—Ya estamos con eso. —Suspiró Patro.

—¿Eso?

—A mis años esto, a mi edad lo otro... Cuanto más lo digas, más te lo creerás.

—Te doblo la edad y aún sobran.

Patro se apretó un poco más contra su brazo y sonrió por primera vez.

—A veces creo que yo soy mayor que tú.

—Ya.

—Eres un crío.

—¿Yo soy un crío? —Abrió los ojos.

—Más que papá, serás un hermano mayor.

—Lo que faltaba: psicóloga.

—Mi héroe. —Apoyó la cabeza en su hombro sin dejar de andar.

Ahora el que sonrió fue él.

—Anda, cállate, que estás tú muy aduladora.

—Porque te quiero.

Miquel aceleró el paso.

—¡Eh! ¿Qué prisa te ha entrado ahora? —se quejó ella.

—Te daría un beso aquí mismo si no fuera porque nos detendrían por escándalo público. Quiero llegar a casa.

Patro logró frenarle.

Detenerle.

Se puso delante de él y le besó en los labios.

—Mira que es... —susurró Miquel rindiéndose.

—Soy una señora embarazada. Que me digan algo.

—Venga, tira, que los grises no están para bromas.

Reanudaron la marcha, ya estaban a pocos pasos del edificio.

Entonces, como si hubiera esperado el momento adecuado, ella se lo dijo.

—Ah, por cierto, mañana vienen a comer Agustino, Mar y los niños.

Miquel se detuvo en seco.

—¿Lenin? ¿Por qué?

—Caray, vienen a verme. ¿Qué pasa?

—¿En un día laborable? ¿Es que ya no trabaja y ha vuelto a las andadas?

—Por lo visto, está de baja estos días y lo aprovechan.

—¿De baja? ¡Mucha cara dura tiene ése!

—Va, no seas así, que te cae bien.

—¡Dios, si cuando lo detenía por chorizo hubiera imaginado esto...!

—Todo cambia, cariño.

—¡Y que lo digas!

Entraron en el portal y se encontraron con la portera dispuesta a preguntarles cómo iba todo.

El pan nuestro de cada día.

Exactamente igual que muchos años atrás, cuando había nacido Roger, aunque ahora todo fuese muy diferente; porque, de entrada, era un hombre mayor, ocioso y sin obligaciones.

Miquel empezó a verse empujando el cochecito de su hijo o su hija, con media vecindad parándole, preguntándole cosas y haciéndole carantoñas al bebé.

El día era frío, pero se puso a sudar.

31

Intentó leer, pero no pudo.

Intentó concentrarse, pero le fue imposible.

El silencio del piso empezó a ensordecerle.

Dejó la novela sobre la mesita y miró la ventana.

El día gris, todavía frío, con el sol oculto y la primavera lejana esperando para hacer acto de presencia en otras dos semanas.

Patro ya se había ido a la mercería y él fingía que no pasaba nada, que todo estaba bien, que ya había hecho lo que podía hacer para esclarecer el caso.

¿Cuándo se había mentido a sí mismo?

Años atrás, a los jóvenes que ingresaban en el cuerpo, les decía:

—Cuando todo parece cerrado, cuando se acaban las pistas, cuando ya no se sabe por dónde tirar o a quién preguntar, cuando crees que has fracasado y el delito va a quedar impune, es cuando has de olvidarte de lo lógico y empezar a buscar en lo ilógico. Y, por supuesto, partiendo de cero, con la mente limpia y sin contaminar. No hay delito perfecto. Como los caracoles, siempre se deja un rastro, a veces invisible, a veces tan insospechado que es casi imposible de ver, pero que está ahí. —Y lo remataba agregando—: No os rindáis nunca; no porque con ello triunfa el mal, sino porque con ello os debilitáis vosotros y la justicia se resiente.

¿Seguía pensando lo mismo?

Pere Humet y su prima dormían el sueño eterno mientras alguien creía haberse librado del pasado para disfrutar de un futuro en libertad.

—¿Dónde está la pieza que lo hace encajar todo? —se preguntó.

Le había prometido a Patro no moverse de casa, portarse bien, ser juicioso.

Pero no podía.

Los pensamientos volvieron a azuzarle.

Por un lado, aun sin saber el motivo, lo de las fotos: inexistentes en casa de Gloria Camps y ausentes en los huecos del aparador o las mesitas de la casa de su suegra, como si alguien las hubiese retirado a toda prisa. Por el otro, la casualidad de que Sebastián Piñol fuese un impedido, pero que alguien hubiese matado al vengador Humet, tal vez, en su nombre. Y quedaba algo más, impreciso, típico de él cuando su sexto sentido le alertaba sin saber de qué o por qué. Algo que tenía que ver con los niños: Jordi en casa de los Arnella, y las niñas Juana y Teresa, en casa de Montserrat Rexach.

¿Qué tenían esos niños?

¿Qué tenían, salvo que se parecían a sus mayores?

Cerró los ojos y vio a Asunción Solá empujando la silla de ruedas de Sebastián Piñol.

—El origen de todo está en ese piso, no hay otra. —Apretó los puños con fuerza.

«Olvidar lo lógico y empezar a buscar lo ilógico», «No hay delito perfecto», «Siempre queda un rastro, a veces insospechado», «No os rindáis nunca»...

Se levantó de la butaca, fue al retrete, después a la habitación. Se puso el jersey sobre la camisa y luego la americana. A veces, sin abrigo, tenía todavía frío; pero, si lo llevaba, sentía que le pesaba y con él se cansaba más. Encima, era incómodo.

Cuando salió a la calle se lanzó de cabeza a buscar un taxi.

Con suerte, regresaría antes de que Patro se diera cuenta.

El taxista hizo una maniobra en diagonal, de un lado a otro de la calzada, para detenerse a su lado. Por tercera vez dio las señas de la casa, en la calle Sicilia esquina con Industria. No era una carrera muy larga; sin embargo, habiendo ya taxis libres por todas partes ante la ausencia de lluvia y pese a que la huelga se mantenía, mejor guardar fuerzas y no ir a pie. El conductor estuvo a punto de decir algo, pero al verle la cara por el retrovisor se lo pensó mejor.

Miquel pudo pensar.

Orquestar su plan.

Había porteras timoratas, porteras duras, porteras crédulas, porteras inocentes...

Se bajó en la misma esquina y tomó aire. La duda acerca de si la portera del edificio estaría en su lugar o tendría que esperarla se despejó al momento. La mujer hacía calceta en su cubículo. Se levantó por inercia, pero no llegó a salir de él antes de que Miquel le tapara la puerta.

—Buenas tardes. —Empleó su mejor tono de voz—. ¿Me recuerda?

—Buenas tardes. Sí, sí señor. Vino a ver a la señora Solá.

—Pues hoy vengo a verla a usted.

—¿A mí? —Parpadeó.

—Espero que pueda ayudarme.

—No entiendo en qué. —Empezó a asustarse.

—Soy del Ministerio de Sanidad —la informó.

La palabra «ministerio» causó el efecto esperado. Todo lo que sonara «oficial» sacudía el equilibrio de las personas normales, las que vivían tranquilamente sin meterse con nadie.

—¡Ah! —fue lo único que exclamó.

—Verá, hacemos un seguimiento de las personas enfermas, especialmente las que tienen un alto grado de incapacidad.

—Entiendo. —Mintió para quedar bien.

—También queremos que todo sea legal, que no haya diferencias sociales, que se beneficien honestamente de lo que el gobierno hace por ellas. —Hizo una pausa para que las palabras fueran entrando en la mente de la mujer—. Nos interesa saber con qué tipo de ayudas cuentan al margen de las nuestras. Por eso hablamos con familiares, amigos, conocidos... No sé si me entiende.

—Sí, sí señor —asintió tras una leve duda.

—A veces, y me sabe mal decirlo, hay mentirosos, personas que fingen estar más graves de lo que están o que tienen más familia de la que dicen. Naturalmente, esto no es bueno para nadie, y menos para el país.

—¡Oh, claro! —volvió a asentir.

—Sólo necesito que usted me confirme unos datos.

—¿Yo?

—Usted conoce a todos los vecinos. —Quiso dejarlo claro—. No digo que se meta en sus vidas, que sé que esto no lo hace, pero como buena celadora ve quién sube, quién baja, qué visitas se producen, qué familias tienen...

—No en todos los casos —le interrumpió con gravedad—. Hay vecinos que no reciben visitas aunque me conste que tengan familia.

—Señora... ¿Cómo se llama?

—Virtudes Ortega, para servirle a Dios y a usted.

—Bien, Virtudes. Le aseguro que tenemos muy en cuenta a las personas que nos ayudan. Tarde o temprano, todos estamos enfermos, y de mayores, más. En el ministerio tenemos registros de los trabajadores de toda España. Cuando pedimos información, sin llegar a comprometer a nadie, sabemos ser generosos.

El silencio fue, en parte comprensivo, en parte no menos medroso.

—Dígame cuándo tuvo el señor Piñol ese derrame cerebral, apoplejía... Lo que fuera.

—Hace ya tiempo, un par de años, puede que casi tres,

nada más llegar del extranjero. Fue toda una sorpresa, ¿sabe? La señora le creía muerto. Al verle... Imagínese usted. —Unió sus manos como si fuera a rezar—. Pero estaba muy mal, enfermo. Iba a presentarse a las autoridades cuando tuvo esa cosa de la cabeza.

—¿A las autoridades?

—Sí, claro. Llevaba mucho tiempo fuera de España, desde el final del Alzamiento. No sé ni cómo entró en el país, ni cómo llegó a Barcelona o lo que había estado haciendo. Y tampoco pregunté, como es natural. —Quiso dejarlo claro.

—¿No ha vuelto a caminar desde entonces?

—No, no. Para la señora fue un golpe terrible. Recupera a un hijo y se pone enfermo. Si no fuera por el otro, estaría muy sola. ¡Y eso que también sufrió aquel grave accidente en los mismos días!

Las tres frases le bombardearon la mente: «el otro», «grave accidente» y «mismos días».

—¿Qué otro?

—Ismael Piñol, el hermano del señor Sebastián.

La sangre empezó a acelerársele en las venas.

Y el vértigo en las sienes.

El hilo, el laberinto... ¿y un monstruo con dos cabezas?

—¿Vive en Barcelona?

—Sí, señor.

—¿Y ese accidente...?

—Tuvo una caída, se golpeó la cabeza y perdió parte de la memoria.

—¿En serio?

—Sí, ya ve. ¿No lo sabían en Sanidad?

—Bueno, yo me ocupo de las enfermedades crónicas, las que no tienen vuelta atrás —lo justificó—. ¿Y dice que el accidente se produjo en los mismos días?

—Si es que a veces hay casualidades... Parece cosa del diablo, ¿no? La vida es muy rara.

—¿El señor Ismael ya está bien?

—¡Oh, sí, perfectamente! —Le sonrió—. Viene mucho a ver a su madre y a su hermano. Casi cada sábado y cada domingo. Creo que aún no ha recuperado del todo la memoria; pero bueno, poco a poco, que todo lo de la cabeza no se arregla así como así.

—Entonces el señor Ismael debe ayudar a su madre y a su hermano, ¿no?

La portera volvió a ponerse a la defensiva.

—Bueno, sí, pero... No vaya a pensar que engañan a Sanidad, ¿eh?

—No se preocupe. De todas formas, hablaré con él igualmente. ¿No sabrá dónde pueda encontrarle?

—Tiene una granja de meriendas. Chocolate, nata, crema catalana... Se ve que lo hace muy bien y es todo muy rico. Es un señor muy distinguido y elegante.

—¿Sabe la dirección?

—Una vez pasé por delante, aunque no entré. Está en el Barrio Gótico, pero no recuerdo la calle. ¿Sabe esas dos placitas que están juntas por detrás de la catedral?

—San José Oriol y la plaza del Pino.

—Como se llamen. Pues la granja está en la más grande.

Le quedaban pocas preguntas. Una, dos, tres a lo sumo. Trató de hacerlas rápido.

—¿El señor Ismael está casado?

—Creo que lo estuvo, pero no sé qué pasó. Cosas de la guerra, supongo. Como comprenderá, la señora no me dice nada ni yo hago preguntas. Aquí viene solo, desde luego.

—¿Cuál es el mayor de los dos hermanos?

Virtudes Ortega, portera del edificio, le miró como si la pregunta fuese extraña.

O absurda.

—Bueno —dijo—, no sé cuál salió antes, pero desde luego nacieron el mismo día.

El último latido de su corazón fue ensordecedor.

«Olvidar lo lógico y empezar a buscar lo ilógico.»

Aunque ¿había algo más lógico que tener un hermano?

—¿Quiere decir que son...?

—Gemelos, sí. —Volvió a sonreír la portera—. Ya ve usted, como dos gotas de agua.

32

Desde luego, era más pragmático antes de la guerra. Cuando resolvía un caso, o daba con la pieza del puzle que lo ensamblaba todo, apenas dejaba traslucir emoción alguna. Los demás decían que era «frío y profesional». No era cierto. Pero casi siempre tocaba esconder los sentimientos. No iba a ponerse a dar saltos de alegría, y más por cumplir con su deber.

Ahora, en cambio, le temblaban las piernas.

Se apoyó en la pared a los pocos pasos, cuando estuvo fuera del alcance visual de la portera... en el supuesto de que ésta se hubiera asomado a la puerta para verle marchar.

Un hermano.

Gemelo.

Y lo bueno, lo extraordinario, es que siempre había estado ahí, oculto en su memoria. Se lo dijo el mismo Pere Humet, aunque de pasada, la mañana del sábado, al contarle toda la historia acerca de ellos y sus planes de apoyo familiar en caso de que alguno muriera. Lo recordó de pronto.

«Claro que lo hizo, aunque ahora me doy cuenta de que fue mucho menos que los demás. Ya le digo que era precavido. Hacía muchas preguntas, pero él soltaba pocas cosas. Apenas algo de su madre, su hermano...»

Sí, se hacía viejo.

Aunque recordar un detalle así era como encontrar una aguja en el pajar de su mente.

Ahora sólo le quedaba comprobar si lo más extraordinario, lo inverosímil, lo maquiavélico, también era cierto.

¿Sebastián Piñol regresaba a Barcelona dispuesto a entregarse, sufría una apoplejía, y en los mismos días su hermano gemelo era víctima de un accidente que le borraba parte de la memoria?

Brillante.

No podía tratarse de otra cosa, así que era brillante.

Un mero intercambio.

Un mero intercambio y, para evitar problemas, una «pérdida de memoria» oportuna.

Una nueva vida.

Todos felices.

Hasta que la aparición de Pere Humet le había alertado.

Ahora sí estaba claro que, a su regreso a Barcelona, Piñol había ido a ver a María Aguilar. Y, pese a estar ella ya con otro hombre, el contacto había seguido de alguna forma, aunque fuera lejano y esporádico. Con Pere Humet de vuelta, María puso en guardia a su ex novio.

Reaccionó al ver cómo un taxi se detenía allí mismo, en el cruce. Caminó en su dirección y se subió a la parte de atrás. El hombre esperó sus indicaciones con aspecto de llevar todo el día arriba y abajo.

—Plaza San José Oriol.

—Muy bien. —Bajó la bandera y empezó a rodar antes de mirarle por el retrovisor y decirle—: Oiga, ¿no lo llevé yo el otro día?

Miquel se fijó en él.

Lo reconoció.

El taxista jienense, el que le pasó el parte exacto de la situación.

—Me llevó a la calle Saleta, en Sants.

—¡Exacto! ¿Lo ve? —Se alegró de la coincidencia—. ¿Qué, cómo le va?

—Bien, bien. ¿Alguna novedad más acerca de lo que está pasando? El martes me puso al día.

—Bueno, tampoco es eso, pero no está de más andar por ahí informado. Te ahorras problemas. Ya ve que el precio del billete ha bajado, pero que la cosa sigue revuelta. Y, desde luego, lo de la huelga del 12 es un hecho. Como que va a explotar todo y cuando lo haga...

—¿Qué hará usted?

—¿Yo? Meter el taxi en cochera y no salir de casa, que ya no estamos para protestas ni para correr delante de los grises. Eso hay que dejárselo a los jóvenes.

—O a los obreros muy enfadados.

—También. —Siguió mirándole por el retrovisor y se puso a reír—. ¿De verdad tiene ochenta y siete años como me dijo?

—No, hombre, no. —Le acompañó en la risa Miquel.

—¡Ya decía yo! ¿Y lo de correr...?

—Nada.

—¡Hay que ver!, ¿eh? —Hizo un gesto con la cabeza como para indicar lo malo que era.

Miquel se relajó.

Era un tipo simpático.

Hubiera preferido sumirse en sus pensamientos, pero ya no importaban unos minutos de más. El trayecto, de cualquier forma, se le hizo corto. La parte más complicada fue meterse por el Gótico con sus callejuelas, no todas transitables.

—Déjeme aquí —le pidió cuando estaban ya en la calle de la Boquería.

—A la orden. —Detuvo el coche—. Y bueno, a ver si le vuelvo a encontrar, que parece usted de los que van a todas partes como un señor.

El «señor» prefirió no responder.

Pagó el trayecto y se despidió del hombre.

La granja de Ismael... de Sebastián Piñol en el papel de su hermano gemelo, era visible por su luminosidad blanca. En verano tendría mesas fuera, en una terracita, pero ahora todavía flotaba en el ambiente la humedad de los días previos, por lo que la gente se apretaba en el interior. No era un espacio muy grande y estaba tan lleno como animado, pero por suerte dos mujeres se levantaban en ese mismo instante de una mesa y la ocupó rápidamente. Esperó a que una chica pecosa y joven se la limpiara. Llevaba un delantal blanco y un uniforme negro.

—Ahora mismo le atiendo.

—Gracias.

La vio llevarse las tazas de las mujeres, dejarlas en el mostrador y regresar con una sonrisa de oreja a oreja. Al único hombre que vio Miquel fue al que atendía la caja, de unos treinta años y ningún parecido con el único Piñol actual que conocía, el de la silla de ruedas, aunque en el 36 sí hubiese visto a menudo a Sebastián cuando era su agente.

—Usted dirá.

Optó por esperar.

—Un suizo.

—Se va a chupar los dedos —le aseguró la pecosa—. ¿Melindros para mojar?

—Bueno.

La chica se alejó para pasar el pedido. Miquel se quedó solo. Continuó observando el mostrador, al hombre, y centró su atención en la única puerta detrás de la cual pudiera estar Sebastián Piñol. La otra era la del servicio.

Cuando la pecosa le llevó el suizo junto con los melindros, se levantó.

—Voy al lavabo.

—Aquí le dejo el chocolatito con nata. No tarde, que está en su punto.

—Bien.

Llegó al servicio, entró en él y, de paso, orinó. Pegó el oído a la pared tras lavarse las manos. Nada. Cuando salió se sintió como un detective aficionado, o como los de las películas americanas, en las que siempre hacían gala de una prodigiosa habilidad e inteligencia para sumar dos y dos, llevarse a la chica y besarla al final. Beso que la censura española cortaba ante las protestas del respetable.

Nada más mojar el primer melindro en el chocolate, atravesando la capa de nata, se sintió en el paraíso.

Pura gloria.

En el Valle de los Caídos, no pocas veces había soñado con algo así, allí cerca, en la calle Petritxol.

Y todavía no había ido con Patro.

Imperdonable.

Por unos minutos se olvidó de todo.

Hasta que, al rebañar la taza y dudando de si pedir otra, glotón, la realidad lo devolvió al presente.

Levantó la mano para llamar la atención de la chica.

—Estaba bueno, ¿verdad? —le preguntó orgullosa.

—Pura gloria, en serio.

—Pues nada, ya sabe dónde estamos. ¿No quiere otro?

—Reventaría.

—¡Calle, qué dice...!

—Quería preguntarle algo.

—Diga.

—¿Está el señor Ismael por aquí?

—No, no señor. —Puso cara de pena—. En realidad, viene ya poco. Todo lo deja en nuestras manos. Trabaja mucho en su casa. Está escribiendo algo, un libro, creo.

—Ah. ¿Y su casa...?

—Pues no sé la dirección; pero descuide, que se lo pregunto a Tomás.

—Muy amable.

La chica regresó al mostrador. La vio hablar con el hombre, que miró en su dirección. Miquel sonrió con inocencia. Finalmente Tomás le tomó el relevo.

Caminó hasta él.

—¿Quería ver al señor Piñol?

—Sí, es un viejo amigo, de hace años —le explicó—. Lo malo es que, con lo de la pérdida de memoria que me dijeron, a lo peor no me recuerda.

—A veces le va bien encontrarse con personas del pasado —aseguró Tomás—. Le ayuda a refrescar los recuerdos, vaya usted a saber.

—¿Es usted el encargado?

—Sí, señor.

—Pues he de decirle que hacía tiempo que no probaba un chocolate tan bueno.

—De primera es, se lo aseguro. Y natural, ¿eh?

—¿Es usted pariente de Ismael?

—No, no.

—Pero ya trabajaba aquí cuando el accidente.

—No, yo entré después. La granja estuvo cerrada unas semanas y el personal se marchó. A mí me contrató cuando se reincorporó él, y desde luego no fue fácil ponerle al día. Hubo que echarle una mano porque había olvidado cómo funcionaba todo. Por suerte, yo venía de otra granja muy buena, cerca de la plaza del Diamante. —Sacó pecho y agregó—: Si el chocolate le ha gustado, es porque sé hacer las cosas como Dios manda, créame.

—Se nota cuando uno trabaja bien, y a gusto.

—Es lo que digo yo. Cliente satisfecho, cliente que vuelve.

La charla de proximidad era suficiente. Miquel miró la hora de manera disimulada.

—Si me puede dar sus señas, a lo mejor aún me da tiempo a pasarme por su casa.

El último posible rescoldo de oposición desapareció.

—Ojalá le reconozca. Esos pequeños detalles le ayudan mucho. —Hizo un poco de memoria—. No sé el número exacto, pero es en una calle paralela al paseo de la Bonanova por la parte de abajo, Dalmases, cerca del cementerio de Sarriá. Reconocerá la casa porque la verja de hierro de delante tiene una puerta muy bonita, labrada.

—Un barrio tranquilo.

—¡Oh, sí, mucho!

—Ha sido muy amable, Tomás.

—Le esperamos de vuelta. Y ojalá que el señor Piñol se acuerde de usted.

—Gracias. Si me dice lo que le debo...

—Ahora mismo le digo a la chica que le traiga la nota. ¡Hasta la próxima!

Miquel se quedó solo.

Había hecho lo que Pere Humet no pudo conseguir.

Dar con las señas de Sebastián Piñol, aunque ahora se hiciese llamar Ismael Piñol.

33

Mientras caminaba hacia la Rambla de San José en busca de un taxi, Miquel se sacó el imaginario sombrero que nunca llevaba en homenaje al hombre que perseguía.

Aliado con la suerte, Sebastián Piñol había sido muy listo.

Llegaba a Barcelona al tiempo que su hermano gemelo sufría una apoplejía. Fingía un accidente que le dejaba sin parte de la memoria e intercambiaban los papeles. De pronto, el enfermo era el recién llegado que había vivido un infierno en los campos de exterminio nazi. En caso de un regreso ilegal, ninguna autoridad iba a meterle en la cárcel por haber combatido con las tropas de la República estando impedido en una silla de ruedas. Así, Sebastián Piñol se convertía en Ismael Piñol y pasaba a vivir en su casa y a regentar un pequeño negocio de meriendas. Todo lo que «no recordaba» era achacable a su «accidente».

Verdaderamente genial.

Hasta que de pronto aparecía el pasado en forma de un vengativo Pere Humet, María Aguilar avisaba a Sebastián de que le buscaba, y éste optaba por la vía rápida, sabiendo que a Humet no iba a detenerle con buenas palabras.

Llegó a la Rambla y esperó paciente a que pasara un taxi.

Tardó un poco y se entretuvo en contemplar el bullicio del paseo, lleno de vida, gente que aprovechaba el atardecer, con los quioscos, los puestos de flores. Allí no parecían existir palabras como boicot, huelga o miedo. Cada piedra, cada casa, cada rincón tenía su historia. Pero las piedras, las casas y los rincones no hablaban, eran mudos. Las personas que iban de un lado a otro pisaban las piedras, ignoraban las casas y dejaban atrás los rincones porque su vida era otra.

Doce años de dictadura.

¿Hasta cuándo?

¿Hasta cuándo los miles y miles de fusilados esperarían en las cunetas y los bosques, las tapias de las iglesias o las fosas comunes de los cementerios en los que habían sido enterrados sin más?

¿Cuándo desaparecería el odio de los Humet o los Piñol?

Estaba en la esquina de Cardenal Casañas y caminó un poco hacia arriba, hasta llegar a Puertaferrisa. Allí tuvo más suerte y el taxi surgió de la nada a su lado. Lo paró, se metió dentro y le dio la dirección de la calle Dalmases.

—¿Qué número, señor?

No tenía ni idea.

—¿De dónde a dónde va?

—Pues... empieza en Ganduxer y termina en Anglí.

—Déjeme en la esquina con Ganduxer. —Se encogió de hombros.

Los taxistas se dividían en dos tipos, callados y habladores, y parecían estar repartidos al cincuenta por ciento. El de ese trayecto fue de los primeros. Se limitó a llevarle sin abrir la boca y, cuando le dejó en su destino, lo único que hizo mientras le cobraba fue darle las gracias y desearle buenas noches. Los días todavía no eran tan largos como en junio y las primeras sombras se apoderaban de la ciudad a toda velocidad. Por eso la calle Dalmases, mal iluminada y vacía de vida, se le antojó larga y oscura.

Inició la búsqueda de la verja de hierro con la puerta labrada.

Las casas de ambos lados eran unifamiliares, tenían un pequeño o gran jardín, unas veces cuidado, otras no. A la mayoría las vio en penumbra, como si estuvieran vacías o deshabitadas. Las que tenían luz en alguna ventana eran silenciosas. Sus pasos rebotaron en la acera, salvo en los lugares en los que no existía. Una farola que apenas iluminaba un círculo a sus pies mostraba de tanto en tanto la presencia de un cuidado urbano.

Llegó hasta casi al final, cerca de la calle Anglí, cuando localizó su objetivo a unos veinte metros de la siguiente calle, la de Pomaret. El cementerio de Sarriá quedaba a su izquierda.

La casa de Ismael Piñol, ocupada ahora por Sebastián tras haberle usurpado su identidad, era discreta. Una sola planta, jardín más bien pequeño y sin cuidar, y a primera vista vacía porque no se veía el menor vestigio de luz en ninguna ventana. Miquel se detuvo frente a la cancela del jardín. Había un buzón a un lado y un timbre al otro.

¿Llamaba?

¿Así, sin más?

Sebastián Piñol había matado a dos personas, a sangre fría.

Lo único que le restaba era volver a casa y hacer una llamada anónima a la policía.

—El asesino de la calle Rosellón vive en la calle Dalmases y se llama Ismael Piñol.

Que se ocupasen ellos.

Pero ¿y si no era tan fácil?

Siguió un minuto frente a la verja.

La casa de la derecha estaba tan a oscuras como la de Piñol. En la parte izquierda, en cambio, lo que había era un solar.

Un solar con la valla medio derruida.

Allí no había porteras locuaces ni vecinas habladoras a las que engañar fingiendo ser otra cosa para sacarles información. Más aún, en la calle, parado delante de una casa, cantaba como una almeja.

Recordó otra torrecita, parecida, con jardín, en la calle Gomis, el 8 de diciembre de 1949.

También se había colado en ella y, de no ser por Patricia Gish, estaría muerto, aunque al final, el muerto fue el maldito comisario Amador, el hombre que se la tenía jurada desde su vuelta a Barcelona.

Su vida había sido un poco mejor desde entonces.

Miquel se dirigió al solar, cruzó la derruida valla asegurándose primero de que nadie le veía, y caminó con cuidado por el desigual terreno, tratando de ver dónde pisaba. Si metía un pie en un hueco o tropezaba, sería peor. El seto que separaba los dos jardines tampoco era uniforme, y el muro de piedra sobre el cual se sustentaba, fácilmente salvable. Buscó el punto más asequible y lo encontró casi al final.

—¡Allá vamos! —gruñó sabiendo que la suerte estaba echada.

Intentó no arañarse con las duras ramas de la frontera verde o no romperse el traje por precipitarse si se le quedaba enganchado. Una vez en el jardín de la casa se movió con más cuidado. Una hilera de tiestos con algunas flores mustias y arbustos secos se alineaba bajo el seto. Alguno incluso demasiado grande para estar allí porque cortaba la comodidad del paso. La certeza de que no había nadie le tranquilizó.

Rodeó la casa despacio, para estar seguro. Ninguna luz, ventanas cerradas, persianas bajadas, cortinas corridas... salvo una, la última ventana de la derecha, que sólo estaba entornada.

Ni siquiera la empujó para apartar la cortina y atisbar dentro. No valía la pena. Lo único que quería era ver a Piñol, de cerca o de lejos, identificarle. Si no estaba allí, arriesgarse más suponía una temeridad. Tampoco venía de un día.

—Ya le tienes —se dijo en un murmullo—. No va a moverse de aquí. Ahora todo encaja.

Todo encajaba, sí, salvo que quería estar seguro de que aquél era Sebastián Piñol.

Su maldito talante de policía.

Regresó por donde había venido, con cuidado, pasando junto a las macetas mal colocadas. Y al cruzar la valla del solar, primero asomó la cabeza.

Un ciclista pasaba por debajo de uno de los círculos luminosos de la calle, alejándose a buen ritmo de donde se encontraba él en dirección a Ganduxer.

Esperó a verle desaparecer.

Lo hizo por Escuelas Pías.

Luego volvió a convertirse en un peatón que caminaba en silencio por un pedazo de la Barcelona más sombría.

Llegó hasta Anglí y subió los pocos metros que le separaban del paseo de la Bonanova. Por allí pasaban el 22 y el 64, pero de nuevo levantó la mano a los pocos minutos para detener un taxi. Nada más entrar se dio cuenta de que acababa de meterse en una trampa, porque aquello parecía un santuario. Un rosario colgando del retrovisor, media docena de vírgenes sobre el salpicadero, estampas por el techo y en los laterales de la zona del conductor...

—Buenas noches —le dijo el hombre.

—Buenas noches. —No estuvo muy seguro de si quedarse o bajar del taxi fingiendo un repentino olvido—. A la calle Valencia con Gerona.

—Claro. —Arrancó el coche.

Los primeros tres minutos fueron de calma.

Hasta que el taxista dijo:

—Llega la Semana Santa.

Miquel no supo si era una información o una forma de iniciar su proselitista labor.

—Sí, sí, como cada año. —No se comprometió a nada.

No era una información: era proselitismo.

—Días para rezar, recogerse, mirar a Dios y decirle: «¡Oh,

Señor, he pecado, pero soy tuyo!». Si no fuera por esta semana que nos permite acercarnos a Él...

Miquel se revolvió incómodo en su asiento.

Como le dijera lo que pensaba, el taxista era capaz de parar junto a un policía y denunciarle por ateo.

—Usted parece buena persona —afirmó el taxista—. Se le nota en la cara. Lleva a Dios en su corazón.

¿Se le notaba en la cara?

Miquel abrió la boca.

La cerró.

¿Y si en un semáforo bajaba y echaba a correr?

—Yo conozco a las personas nada más entran en mi taxi —continuó el presunto psicólogo—. Trato de ayudar a los que todavía no comprenden que la vida no es más que un tránsito. ¡Hay tanta luz que muchos no ven!

Inútil.

Miquel se fundió en el asiento, dispuesto a soportar el calvario. Después de tantos años en el Valle de los Caídos, ya estaba acostumbrado, aunque creía que una vez fuera no volvería a tener que enfrentarse a una de aquellas arengas tan afines al régimen.

El trayecto se le hizo largo.

Cuando llegaron a la esquina de Valencia con Gerona, el hombre le dijo el importe y, con una seráfica sonrisa, le tendió una estampita.

San Cristóbal.

—Por una peseta, le ayudará a cruzar el río de la vida hasta el paraíso.

Miquel quiso llevarle a un paraíso más cercano mediante un simple puñetazo.

—Yo le compro a san Cristóbal por una peseta si usted a cambio me da cinco para ayudar a los niños de mi parroquia que, como son todavía huérfanos de guerra, tienen un poco de hambre.

La estampita desapareció de su vista.

Le entregó el importe exacto, por si acaso, y se bajó del taxi con más frustración que ira.

Estaban seguros de que Franco había ganado gracias a Dios.

A fin de cuentas, lo proclamaban hasta las monedas.

Miró al cielo.

Soltó un bufido y se metió en el portal de la casa.

Al llegar arriba, todavía estaba furioso. Ni haber encontrado a Sebastián Piñol eliminaba, de momento, la esperpéntica escena que acababa de vivir. El taxista se pasaba el día vendiendo estampitas a peseta y dando discursos que envidiarían muchos sacerdotes desde los púlpitos.

España.

La reserva espiritual de Occidente.

Cinismo, hipocresía...

Se olvidó de todo, incluso de Piñol, cuando al entrar en el piso se encontró a Patro en cama.

—¿Estás bien? —le preguntó asustado acercándose a ella.

—Sí, es que me dolían las piernas.

—No me extraña, si te pasas el día de pie en la mercería.

—No estoy de pie. Y ya sabes que me gusta. Hablo con la gente, me cuentan cosas... —Dejó de ser una esposa sumisa para pasar al ataque—. ¿Y tú? ¿Por qué has vuelto a salir?

—Quería comprobar algo.

—¿Y lo has hecho?

—Sí, luego te lo cuento.

—Ahora.

—He de ir a hacer un pis, cariño.

—Ya.

Se inclinó sobre ella y le besó la frente.

—¿Un beso de padre? —protestó Patro.

—Perdona. —Repitió el beso, pero ahora en los labios.

Fue el momento oportuno para que ella le recordara:

—No te olvides de que mañana vienen Agustino y Mar a comer.

Miquel cerró los ojos, aunque los abrió al momento para evitar que ella lo notara.

—Lo tengo anotado en mi agenda —bromeó—. Además, marcado como la efeméride del mes.

—Guasón —protestó Patro suspirando con cansancio—. ¿Te haces tú la cena? Yo ya he tomado algo.

—Sí, descansa.

—Pero luego me cuentas qué has hecho, ¿eh?

Sabía que no se libraría de hacerlo.

Día 7

Jueves, 8 de marzo de 1951

34

Al abrir los ojos, lo primero que pensó fue que no recordaba haber soñado nada especial, ni bueno ni malo. Una noche serena y plácida.

Lo segundo le devolvió a la realidad presente.

Había encontrado a Sebastián Piñol.

¿Caso resuelto?

Miró el despertador y se asombró, una vez más, de haberse convertido en un dormilón. ¿Nervios necesitados de apaciguamiento? ¿La agitación de una investigación policial en toda regla, aunque sus días en el cuerpo fueran parte de un pasado cada vez más lejano?

Odiaba que Patro se marchara sin despertarle, sin un beso de buenos días.

Ladeó la cabeza y vio la nota.

La cogió, se sentó en la cama, encendió la luz de la lamparita, porque la que penetraba por las líneas horizontales de la persiana no era suficiente, y la leyó.

Tres palabras:

«Te quiero, fiera.»

Por la noche, al contárselo todo, habían decidido lo de la llamada anónima a la policía.

Fuera problemas.

Miquel no le había dicho que, antes, necesitaba estar seguro.

Confirmar que el hombre que vivía en la casa de la calle Dalmases era Ismael Piñol, alias Sebastián Piñol.

No tenía más que ir, mirar, ver...

No, no importaba dedicarle un poco más de tiempo.

Dejó la nota, pero todavía no se levantó. El embarazo había cambiado no pocos hábitos. Uno de los que más le gustaban era el del sexo matutino, cosa que practicaban al menos una vez a la semana. Era una forma muy especial de empezar el día, cansado, pero feliz y con un buen humor...

—Viejo verde. —Sonrió. Y se respondió a sí mismo, jovial—: Pues sí. ¿Y qué?

¿Dónde estaba escrito que uno debiera perder interés por los placeres de la vida a una determinada edad?

Se levantó de una vez y pasó los habituales quince minutos haciendo las abluciones diarias. Lavarse, aliviarse, afeitarse y vestirse. Frío, sí. Lluvia, no. Se puso una camisa limpia y el mismo traje del día anterior. También prefirió desayunar en casa. Tenía prisa. Cuanto antes viera a Sebastián Piñol, aunque fuera de lejos, mejor.

Mientras desayunaba no tuvo más remedio que admirar la jugada del asesino de Pere Humet.

¿Un hermano? Sí. Pero nadie había dicho que fueran gemelos hasta que Virtudes Ortega se lo reveló. Ni siquiera en el 36 o cuando Pere le contó la historia. La palabra «gemelo» no había aparecido por ningún lado hasta ahora.

Salió del piso, bajó la escalera y alcanzó la calle tras saludar brevemente a la portera de la casa. Prescindió de ir a la mercería. Patro le preguntaría adónde iba, tendría que mentirle, y de paso le recordaría, una vez más, que comían con Lenin.

El pesado de Lenin.

Aunque buen tipo, sí. Después de todo, estaba regenerado. O lo parecía. Lo de diciembre del 49 había sido suficiente.

Quizá fuera en su barrio, quizá el ambiente en general,

pero, a la espera de la gran huelga anunciada para unos días después, las calles se veían más calmadas, aunque los tranvías continuaban circulando con muy pocas personas. El taxi que le llevó hasta la calle Dalmases esta vez le dejó en la esquina de Anglí. Prefirió que no parara frente a la casa. Mejor caminar, pasar por delante y, como mucho, llamar preguntando cualquier cosa.

Ésa era, sin duda, la mejor solución.

Un peatón despistado buscando a alguien inexistente.

Llegó hasta la verja y oteó el panorama. Seguía siendo una calle tranquila. Tanto que no se veía a nadie caminando por ella, ni en dirección a Escuelas Pías y Ganduxer ni en dirección a Anglí. Los automóviles subían y bajaban por ellas, pero no entraban en Dalmases.

Miquel llamó al timbre de la verja.

Según la portera de la nueva casa de los Piñol, Ismael no estaba casado. De todas formas, quizá hubiera una criada y, si le abría ella, no podría comprobar que el dueño de la torrecita fuese el hermano que buscaba.

Nadie respondió ni a la primera, ni a la segunda, ni a la tercera llamada.

¿Otro día perdido?

Puso una mano en el tirador de la cancela y, al moverlo hacia abajo, ésta se abrió.

La noche anterior no lo había probado. Ni se le ocurrió.

Miquel entró en el jardín.

La vacilación fue breve. Miró hacia atrás. Seguía solo. Caminó hasta la siguiente puerta, la de la casa, y volvió a llamar al timbre.

Mismo resultado.

Nadie.

Iba a marcharse, cuando reparó en un detalle.

Uno de los tiestos de la zona por la que había entrado de noche, al pie del seto, estaba caído, volcado sobre la grava del jardín, con la tierra desparramada y el seco arbolito que contenía tumbado como si un viento huracanado hubiera podido con él.

Unas horas antes no lo había visto así.

Lo sabía.

Él mismo había pensado que estaban en un lugar incómodo para el paso, aunque lo más probable fuese que nadie utilizara mucho los laterales de la torre.

Se quedó tenso.

Miró la casa.

¿Quién derribaba un tiesto llevándose por delante su seco contenido y, al menos, no volvía a ponerlo en pie?

¿Alguien... con prisa?

La puerta seguía cerrada. Por segunda vez volvió la cabeza en dirección a la calle. Se sintió a salvo y caminó por el lateral del jardín, junto al seto y los tiestos alineados bajo él. No se apercibió de ningún cambio en las dos primeras ventanas.

La tercera, la misma que él había visto entornada la noche pasada, tenía las cortinas corridas hacia los lados y la persiana subida.

Al otro lado podía verse parcialmente envuelto en las sombras el cuerpo de un hombre, sentado en una butaca, con la cabeza de lado, la sangre que había brotado del agujero de su sien ya seca y el brazo caído hacia la pistola que brillaba como una mancha oscura en el suelo.

Miquel se quedó sin aliento.

Por dos motivos.

Primero, por el hallazgo del cadáver. Segundo, porque la ventana seguía sin estar cerrada por dentro.

La empujó suavemente.

Sabía que el asesino ya no estaba en la casa, pero aun así sintió deseos de salir corriendo.

Se lo pensó un poco.

Tenía que estar seguro, eso era todo.

Seguro de que aquel hombre era Sebastián Piñol, Ismael Piñol a ojos del nuevo mundo.

El alféizar era bajo. Bastaba un salto para sentarse encima y luego todo era cuestión de pasar una pierna al otro lado. Fue lo que hizo, tratando de no dejar huellas, ni rozar la pared con el zapato o engancharse con algo. Una vez dentro, encendió la luz para ver mejor la escena.

Tocó el cuerpo.

Frío.

De acuerdo, estaba solo, pero no podía confiarse. Todavía era posible que llegase una criada, o incluso la policía...

No, la policía no.

Parecía un suicidio. Incluso había una nota visible sobre la mesa, a espaldas del muerto.

«A quien pueda interesar.»

Se puso de cara al cadáver.

Sebastián Piñol.

Una copia en positivo de su hermano paralizado por el derrame cerebral.

Examinó la pistola sin tocarla. Dentro de sus limitaciones, la reconoció. Era un Astra 400, vieja, de los días de la Guerra Civil. Aquélla, además, era republicana. Se habían fabricado dos modelos, uno en Valencia con las iniciales RE en las cachas, por República Española, y otro en Tarrasa, la F. Ascaso, que era la que llevaban las milicias anarquistas. Las dos eran diferentes de la original por las estrías, ya que la de Valencia tenía una vuelta de 26, la de Tarrasa de 31 y la original de 24.

Aquélla era una F. Ascaso.

La pistola anarquista.

Sí, parecía un suicidio, salvo por lo de la ventana y lo de la maceta derribada.

Y porque él sabía que Sebastián Piñol no podía haberse matado.

No tenía ningún sentido.

Se dirigió a la mesa y cogió el sobre con cuidado. No estaba cerrado. Levantó la solapa y sacó la nota del interior, escrita con una caligrafía irregular, posiblemente porque Piñol la hubiese redactado con la pistola apuntándole a la cabeza.

Leyó el texto:

«Maté al hombre y la mujer de la calle Rosellón 303 el domingo por la mañana y estoy arrepentido. No puedo vivir con ello. Fue un ajuste de cuentas con el pasado. Perdona, mamá.»

No había firma.

El asesino quería que el caso quedara cerrado.

Que la policía no siguiera investigando.

Por desgracia, había escapado derribando una maceta y dejándose la ventana entornada pero abierta.

¿Prisas?

¿Nervios de última hora?

—Sí, una vez hecho todo y montado el simulacro, te largaste corriendo, por pánico o vete tú a saber —se dijo en voz alta—. Un crimen chapucero.

Volvió a meter la nota en el sobre y dejó el sobre en la mesa. Después comprobó que no estuviera dejando huellas de pisadas o algo comprometedor en la casa. Finalmente se mordió el labio inferior.

Hora de reflexionar.

No sentía ninguna piedad por Sebastián Piñol. Había asesinado a Pere Humet y a la inocente de su prima, organizando además el entramado escénico para que fuera acusado el ex novio de ella. De no ser porque estaba jugando al fútbol con testigos, la policía lo habría empapelado vivo. Su muerte era, a la postre, un enjuiciamiento. Pero quien hubiera matado a Piñol había actuado demasiado precipitadamente. La maceta y la ventana eran la prueba, y la policía nada imbécil.

Más aún, si la policía determinaba que la muerte de Piñol

era un asesinato, el rastro que acababa de dejar él en su búsqueda acabaría siendo demasiado evidente. Había ido a ver a su madre, se había hecho pasar por empleado del Ministerio de Sanidad con la portera, le habían dado las señas los empleados de la granja de meriendas y, por descontado, en el supuesto de que dieran con ella, estaba María Aguilar.

No, a todos los efectos, Sebastián Piñol tenía que haberse suicidado.

—De entrada, por mi propio bien. —Suspiró en voz alta.

Por el momento, era secundario quién le hubiese matado.

Miquel empezó a moverse rápido.

Primero, cerró la ventana por dentro, bajó un poco la persiana y corrió las cortinas. Segundo, se orientó por el interior de la casa hasta el recibidor. La duda de por qué el asesino había escapado por la ventana y no por la puerta se le desveló de inmediato.

Estaba cerrada con llave.

Eso significaba que el asesino también había entrado por la ventana, tal vez antes de que llegara Piñol o incluso estando ya en la vivienda, para sorprenderle. Y que, al no encontrar las llaves de la puerta en su huida, optó por salir por donde había entrado. Un tremendo error que desmontaba la teoría del suicidio.

Miquel miró en el recibidor.

Ninguna llave.

Si no salía por la puerta, tendría que hacerlo también por una ventana y en este caso...

—No me digas que las llevas encima... —Cerró los ojos.

Regresó junto al cadáver. Vestía una americana. Cobraba forma la idea de que el asesino ya estuviera dentro de la casa, aunque el detalle tampoco era esencial. Piñol llegaba, entraba, cerraba con llave, se las metía en el bolsillo, y de pronto... aparecía un hombre con una pistola apuntándole.

Las llaves.

¿El asesino no se había atrevido a registrarle o no se le ocurrió hacerlo?

Tanto daba ya.

Miquel apretó las mandíbulas y tanteó la ropa de Piñol.

Las llaves no estaban en la americana, sino en el bolsillo del pantalón.

Una dificultad más.

No fue fácil meter la mano sin mover mucho el cadáver. Tenerle a tan escasos centímetros no le gustó nada. Había visto muchos muertos en su vida, demasiados, pero aquello era diferente. Logró atraparlas con dos dedos y sacarlas con cuidado. Ya con ellas volvió a la puerta principal, encontró la de la cerradura y le dio una vuelta al pasador. Se aseguró de que se abriera y cerrara normalmente desde el interior y, una vez más, caminó hasta el muerto. No trató de devolverle las llaves al bolsillo del pantalón. Optó por el de la chaqueta.

Suficiente.

Suspiró con alivio.

Ahora sí, todo encajaba con la teoría del suicidio.

Antes de irse miró por última vez a Sebastián Piñol.

No sintió nada, ni rabia ni odio.

A veces la justicia cruzaba delgadas líneas rojas, fronteras invisibles.

—¿Por qué redactaste esa nota si sabías que iban a matarte? —le preguntó.

Bien, no todo el mundo reaccionaba igual ante la muerte.

Muchos se colapsaban.

Por última vez caminó hasta la puerta de entrada, la abrió unos milímetros y se aseguró de que no hubiera nadie en la calle. No cruzó el umbral hasta estar muy seguro de ello. Se arriesgó, la cerró de golpe y se encomendó a todos los santos, porque la suerte estaba echada.

Lo único que le quedaba era volver a poner en pie aquella maceta. Fue hacia el lateral de la casa, junto al seto, y empleó todas sus fuerzas en levantarla tirando del seco árbol junto a ella. Completó la acción recogiendo con las manos la tierra vertida y borró así la huella final del asesinato.

Miquel llegó hasta la verja. Otra inspección, de la calle y de las casas cercanas. Nadie a la vista. Salió y cerró a su espalda. El cadáver de Piñol tardaría en ser descubierto. Para cuando se produjera el hallazgo, la escena cobraría aún más fuerza. Que una puerta de entrada a una vivienda estuviera cerrada sólo de golpe, sin una llave de refuerzo interior, no era nada raro, todo lo contrario. Con las ventanas cerradas, el interior era un fortín infranqueable, así que Sebastián... Ismael Piñol, un hombre solitario, se había suicidado después de matar a dos personas. ¿El motivo? Lo que decía la nota: «Un ajuste de cuentas con el pasado». Poco importaba su pérdida parcial de memoria, al contrario. Debía de ser un hombre lleno de fantasmas. Como mucho, y probablemente resultase raro en un caso tan aparentemente limpio, la policía tal vez descubriese que el muerto no era Ismael, sino Sebastián; pero eso ya no importaría demasiado, salvo para la madre de ambos.

—Tranquilo. —Suspiró a media voz—. A la policía le encantan los casos rápidos. Dos asesinatos resueltos y un suicidio conveniente sin nada que incite a pensar otra cosa.

Mientras caminaba por la calle Dalmases hacia la de Escuelas Pías, a buen paso y con la cabeza baja, trató de pensar en el responsable de todo aquello, quién podría guardar una pistola Astra de la Guerra Civil, quién habría tenido valor para ir de noche hasta allí y consumar su plan.

Quién.

Porque, en teoría, nadie sabía que Sebastián Piñol vivía allí.

Nadie salvo él, que acababa de descubrirlo.

Miquel se paró en seco.

—Nadie salvo tú, que acababas de descubrirlo —repitió en voz alta su último pensamiento.

¿Había conducido al responsable hasta la casa?

Pero...

Y entonces, como si recibiese una descarga eléctrica de alto voltaje que le dejó casi paralizado, recordó la noche pasada, cuando al salir de allí vio bajo la luz de la calle, justo en el lugar en el que se encontraba ahora, a un ciclista alejándose a toda velocidad.

35

Gloria Camps estaba en casa.

Le abrió la puerta, se lo quedó mirando un instante, sin saber qué hacer o cómo reaccionar, y trató de contener sus emociones. Sobre todo en el tono de voz.

—¿Usted?

Miquel no se fue por las ramas.

—¿Puedo pasar?

—Iba a salir.

—Vamos, Gloria. —Movió la mano derecha haciendo un gesto de evidente cansancio—. Hagámoslo fácil.

—No le entiendo.

—¿De veras va a tenerme aquí como un pasmarote o a cerrarme la puerta en las narices?

La viuda de Ernest Arnella se cruzó de brazos para que no se le notara la respiración, agitada y rápida a causa de la sorpresa. La luz del recibidor contrastaba con la penumbra del rellano, haciendo que ella se recortase como un claroscuro sobre el rectángulo vertical de la puerta del piso. Incrustó en su visitante unos ojos mitad expectantes mitad inquietos. Un destello de incomodidad y miedo los hacía vulnerables. Tragó saliva y, por decir algo, preguntó:

—¿A qué viene esto? ¿Sigue buscando al asesino de Pere Humet?

No le preguntó si buscaba «a Sebastián Piñol», sino «al asesino de Pere Humet».

El hombre responsable de la muerte de su marido.

—No —dijo Miquel con rotundidad—. Ya sé que a la postre sí fue Sebastián Piñol. Ahora a quien busco es al asesino del propio Piñol.

Fingía bien, pero no para un policía, aunque estuviese oxidado.

—¿Sebastián Piñol ha muerto? —Alzó las cejas—. O sea, que logró dar con él.

—¿Puedo pasar? —repitió Miquel.

Gloria Camps se lo pensó. No quería, pero estaba claro que su visitante no iba a marcharse sin más. De mala gana le franqueó el paso y se preparó para lo que iba a seguir. El propio Miquel tomó la iniciativa. Entró en el piso y lo primero que hizo fue mirar la bicicleta apoyada en la pared. Parecía haberla limpiado a conciencia. Después caminó hasta el mismo despacho en el que había estado la primera vez. La mesa seguía repleta de papeles y libros, diccionarios, galeradas y anotaciones. Era como si no hubiese tocado nada, como si todo siguiese igual, sin haber avanzado mucho en su trabajo en los dos últimos días. Lo que no hizo fue sentarse en una de las butacas. Se quedó de pie, en mitad de la estancia, y una vez en ella se enfrentó a su anfitriona.

Toda su madura belleza quedaba ahora contenida por aquella mezcla heterogénea de cautela y miedo, fuerza y prevención.

—¿Qué quiere? —Fue la primera en hablar.

—Me dijo que, si encontraba a Piñol, quizá podríamos matarlo entre los dos.

—Sí.

Gloria Camps apretó las mandíbulas.

Daba la impresión de que podía venirse abajo de un momento a otro y, sin embargo, Miquel supo que no sería así. Que, pasado el efecto de la primera sorpresa, volvería a ser la mujer fuerte que ya conocía.

Una roca forjada por el transcurso del tiempo.

Y más firme ahora que, para ella, todo había pasado.

Fin de la guerra.

Fin de la espera.

—Gloria, sólo quiero...

—Mire —le interrumpió—, le agradezco que haya venido a decirme que esa rata ha muerto, pero no entiendo nada. ¿Le ha matado usted?

Miquel no ocultó su propia fatiga.

—Por favor, ya basta. Estamos solos, no voy a ir a la policía, no hace falta disimular.

—No le entiendo. —Se puso roja por primera vez.

—Sí, sí me entiende.

—Le repito que no.

—¿De veras quiere jugar a eso?

Esta vez no hubo respuesta. Seguía cruzada de brazos, pero ahora más bien era como defensa, una barrera protectora. Por dentro se estaba desarbolando. Por fuera mantenía la fragilidad de su equilibrio, azotada por invisibles vientos.

—Si no llega a ser por mí, el escenario del suicidio ni siquiera se habría sostenido.

Más silencio.

Brillo en la mirada.

—Mire, sé que no lo ha hecho usted. —El tono de Miquel se hizo plácido—. A pesar de esa pistola, tal vez no habría logrado dominar a Piñol, o él se le habría enfrentado. Hay que tener algo más que valor para matar. Ni siquiera vale el odio o la sed de venganza. Se trata de mantener la suficiente sangre fría. Si desde el primer momento imaginé que a Humet y a su prima les había matado un hombre, ahora también me dice el instinto y la experiencia que a Piñol lo ha asesinado un hombre. Usted se limitó a seguirme en su bicicleta desde que estuve aquí.

—No diga tonterías.

—No parece que haya trabajado mucho en sus traducciones. —Señaló la mesa—. Y, por favor, no me tome por tonto. —Se lo repitió—: Usted me siguió. Pensó que tal vez yo tuviese más suerte que Humet en la búsqueda de Piñol. Y la tuve. O no, llámelo experiencia. Para eso fui policía. Di con la madre y el hijo paralítico, sólo que no sabía que Sebastián tenía un hermano gemelo. Eso me paralizó unas horas. Cuando anoche lo descubrí, y supe que, justo al llegar Sebastián, Ismael tuvo un derrame cerebral, las cosas empezaron a encajar, una tras otra. El intercambio de papeles de los dos hermanos, la «oportuna» pérdida de memoria del nuevo Ismael para que nadie sospechara de sus olvidos... Sebastián fue muy astuto, sí. Nueva vida, legalidad, un plan perfecto y limpio. El futuro solucionado, de no ser por la inesperada aparición de Humet convertido en ángel vengador. —Hizo una pausa breve—. Humet dio con María Aguilar, la ex novia a la que Sebastián había ido a ver a su regreso aunque ya tuviera otra vida. Por lealtad, María avisó a su ex nada más aparecer el resucitado Pere. Lo que no sabía ella era que Sebastián acabaría con él de manera fulminante. Pura prevención. Dos asesinatos, el montaje para inculpar a un pobre carbonero y todo arreglado. Pero Piñol no contaba conmigo, ni con usted... o ustedes.

—Una rocambolesca historia, ¿no le parece?

—En el fondo es simple. Astuta y simple. Incluso lo que han hecho para matar a Piñol es astuto y simple, salvo por fingir su suicidio dejando una ventana abierta y una maceta volcada en el jardín.

Gloria Camps volvió a ponerse roja.

Ni una palabra.

—Usted me siguió cómodamente en su bicicleta, un medio ideal para moverse por la ciudad. También descubrió a la madre de Piñol empujando la silla de ruedas de su hijo. Podía ser el fin, pero no. Volvió a seguirme, por si acaso, y al día siguiente me vio regresar y hablar con la portera. Más persecución, hasta la granja de la plaza de San José Oriol. Triste de mí, no me di cuenta, no miré hacia atrás ni una sola vez. Anoche, en la última parada, la casa de la calle Dalmases, sí. Al salir, lo único que se movía en los alrededores era una persona en una bicicleta: usted. No la reconocí, claro. Pero me ha bastado atar cabos hace un rato. Las cosas siempre acaban encajando. —La pausa final fue breve—. ¿Cómo supo lo del hermano gemelo, o lo del cambio de papeles entre ellos? ¿O no lo supo y sólo dedujo que Sebastián Piñol vivía en esa casa haciendo el razonamiento más simple?

La viuda de Ernest Arnella mantuvo el silencio.

—¿A quién avisó tan rápido? Porque a Piñol lo han matado esta noche.

—Señor Mascarell, por favor, váyase. —Logró reaccionar.

—Está muy tranquila.

—Claro que lo estoy. —Su rostro se había transformado en una máscara hermética a medida que él hablaba—. Ha muerto el perro, ha muerto la rabia. Se ha vengado a mi marido, a Humet, a su prima, a los compañeros de Mauthausen. No era más que una bestia acorralada. Ahora todos estamos mejor, los Rexach, los Matarrodona, nosotros, mi suegra y yo. Todos. Y si, como dice, a Piñol lo ha matado un hombre, puedo decirle que he pasado la noche con un amigo, aquí mismo.

—Le repito lo que le he dicho antes. Usted no ha podido ser.

—Entonces ¿quién? —Sonrió con ironía.

—¿Por qué no confía en mí si, como le he dicho, he arreglado la escena para que lo del suicidio sea creíble por la policía?

—¿Qué escena?

—He cerrado la ventana, he puesto en pie la maceta derribada, y le he cogido las llaves del bolsillo a Piñol para dejar la puerta tan sólo cerrada de golpe.

—¿Y por qué necesita saber quién lo ha hecho?

—Por mí.

—No le entiendo.

—Fui policía. Nunca dejé un caso abierto. Me gusta concluirlos, quedar en paz conmigo mismo. No creo que sea difícil de entender.

—Difícil, no. Absurdo, sí. —Se relajó casi por completo—. Dígame una cosa. ¿Cree que se ha hecho justicia?

—Sí.

—¿Se habría hecho la misma justicia en caso de denunciar a Sebastián a la policía?

—No lo sé.

—Sí lo sabe.

—Tal vez no, de acuerdo, aunque no sé cómo se aplican ahora las sentencias de cárcel o las condenas al garrote vil.

—Pues ya está. —Gloria Camps movió la cabeza de lado a lado ante la evidencia—. Váyase a casa. Todos felices.

—¿Puedo hacerle una pregunta?

—La hará igualmente. —Se apoyó en la mesa con una mano y la otra la puso en jarras con los nudillos sobre la cadera.

—¿Por qué no tiene fotos de su marido a la vista?

No la esperaba. No una pregunta como aquélla, por lo que el impacto la hizo estremecer levemente.

—Más aún —continuó Miquel—. ¿Por qué en casa de su suegra, cuando fui a verla, me hizo esperar y ocultó varias fotografías de donde las tenía en el comedor?

Ya no fue un estremecimiento. Fue una sacudida.

Una conmoción.

—Está usted loco. —Dejó de apoyarse en la mesa y recuperó su imagen defensiva cruzándose de brazos.

—Yo estaré loco, pero usted respira demasiado rápido y ya no sonríe.

Gloria Camps se puso en movimiento.

—Se acabó —dijo deteniéndose junto a la puerta de la habitación—. Váyase de aquí.

Miquel hizo un último intento desesperado.

—Gloria...

Inútil.

—¡Váyase! —le gritó ella, fuera de sí por primera vez—. ¡Esa bestia provocó la muerte de mi marido y de sus propios compañeros, y ha matado al único superviviente y a una mujer inocente! ¡Por Dios, Mascarell! ¿Qué más quiere? ¿La verdad? ¿Qué verdad? ¡Ya no hay ninguna verdad! ¡Olvídese y siga con su vida como nosotros seguiremos con la nuestra! ¡Se acabó! —Apretó los puños y casi rozó las lágrimas—. ¡A Ernest lo mató Franco antes que los nazis o Piñol! ¡Es una cadena! ¡Piñol ha sido el verdugo y ha muerto! ¡Aleluya! ¡Mírese usted mismo, otro superviviente! ¿Quiere jugar a policías y ladrones? ¡Pues bien, ya lo ha hecho! ¡Encontró a ese hijo de puta, dedujo la verdad, todo, brillante! ¿Quiere que le aplauda? —Batió tres veces las palmas de las manos, despacio, como campanadas de medianoche—. ¡Le aplaudo, es bueno! ¡Pero ahora déjenos en paz, por favor! ¡A todos!

—Sabe que no lo haré.

—¿Por qué? —gimió casi desfallecida.

—Se lo he dicho: porque quiero cerrar los casos, aunque sólo sea por curiosidad.

—Usted ya no es policía y aquí no hay ningún caso, ¡no hay nada! —rozó la desesperación—. Encontrarán a Piñol muerto y, si como dice, ha arreglado la escena, no tendrán la menor duda ni pista que seguir. Aunque descubran el cambio de identidades. No será más que un ajuste de cuentas pendiente de la guerra. Un ajuste entre rojos. Estamos a salvo, todos, incluso usted, un viejo que ha estado haciendo preguntas todos estos días.

—Gracias por lo de viejo. —Bajó la cabeza.

—Ésta es su coartada, ¿no? Tampoco usted habría podido con Piñol.

No le dijo que sí. Que él sí.

—¿No me dirá quién más está metido en esto? —Hizo un último intento a pesar de todo.

—Es usted muy tozudo —exhaló ella.

—¿Ni aunque lo imagine?

—No puede.

—¿Está segura?

Se miraron el uno al otro.

Cinco largos segundos, o más.

Luego Gloria Camps enfiló el camino hasta la puerta de su piso, la abrió y esperó a que Miquel la alcanzara.

Cuando él pasó por el umbral y llegó al rellano, la miró por última vez, pero la que habló fue la viuda de Ernest Arnella.

—Adiós, señor Mascarell. Y gracias.

—¿Cree que eso es todo?

—Sí. —Se encogió de hombros—. A fin de cuentas, sin usted esa bestia seguiría riéndose en nuestras narices.

Intercambiaron una última mirada.

Ojos tristes.

Miquel se encontró en la calle sin apenas darse cuenta de cómo había llegado hasta ella, atrapado por lo que bullía en su cabeza.

36

Gloria Camps tenía razón.

¿Para qué seguir? ¿Para qué hurgar más en la historia? ¿Qué importaba la mano vengadora? ¿Qué necesidad tenía de llegar hasta el final, cuando el final había sido la muerte de Sebastián Piñol? La venganza de Pere Humet concluía allí. Incluso se había cubierto las espaldas arreglando la escena del crimen. Nadie buscaría al hombre que había estado haciendo preguntas de aquí para allá.

Y sin embargo...

—Olvídate —se dijo a sí mismo en mitad de la calle.

Su voz se perdió en el aire.

Nunca olvidaba.

Especialmente cuando mil campanas repiqueteaban en su cabeza y le gritaban una respuesta, por más absurda que pareciese.

Ninguna foto en casa de la viuda de Ernest Arnella.

Huecos entre las que había visto en casa de los padres.

Y, sobre todo, Jordi, un niño de pocos años, hijo de una viuda de la guerra, que tenía un asombroso parecido con su hermano mayor.

Hijos de la misma madre sí, pero sin nada de ella.

—No, no es asombroso —volvió a decir en voz alta—. Es la herencia de la maldita guerra y de esta pesadilla franquista.

Echó a andar con la cabeza baja. Todavía no quería buscar

un taxi. Quería reflexionar y, si le tocaba un taxista pesado, no lo haría. Lo primero que le vino a la cabeza fue su comentario en casa de Gloria Camps el martes, tan sólo dos días antes: «Vi una foto de Ernest, y Jordi es igual a él». Un comentario trivial, pero la reacción de Gloria había sido muy clara, instintiva: brillo en los ojos, el destello de una leve conmoción, el misterio de una verdad oculta. Aquél había sido el primer indicio, pasado por alto hasta cobrar fuerza en el transcurso de las horas y tras la inesperada muerte de Piñol. El primero, pero ya no el último.

La mayoría de los hijos se parecen a sus padres. A ella... o a él.

Hablando de hijos, recordó que Lenin, Mar y los suyos venían a comer.

—Vaya por Dios...

No pasaba ningún taxi por la calle Tallers. Llegó a la calle Pelayo por Gravina y lo cogió delante de los Almacenes Capitol, antes de 1940 más conocidos como Almacenes Alemanes. Le dio la dirección de su casa y se colocó de forma que el conductor no pudiera verle por el retrovisor. El trayecto comenzó en silencio.

Siguió escuchando las campanas.

Pere Humet no había muerto en vano y él no había sido juez, pero sí parte activa y directa en la resolución del caso, conduciendo al asesino de Piñol hasta su casa. ¿Era eso lo que le molestaba, haber sido utilizado? No habría detenido a Humet, jamás habría tratado de evitar lo inevitable, pero alguien había sido más listo.

Alguien que se creía a salvo.

Alguien que... ¿no existía?

—Y tú que te creías de vuelta de todo —rezongó en un susurro sin darse cuenta.

—¿Diga, señor? —le preguntó el taxista.

—Ah, no, no, perdone —se excusó—. Hablaba solo.

—Sí, yo a veces también lo hago. —Se disparó el hombre—. ¡Tantas horas aquí, al volante, ya me dirá! Al menos oigo mi propia voz si no llevo pasaje.

Cuando llegó a la esquina de Valencia con Gerona, ya conocía hasta el nombre de la mujer del taxista.

—Cuatro pesetas con noventa y cinco céntimos, caballero.

Le dio cinco y se bajó.

Antes de llegar a su rellano escuchó los gritos de Pablito y Maribel, felices de volver a la que fue su casa durante unos días, cuando en diciembre del 49 ellos y sus padres se quedaron con Patro y con él después del lío en el que se había metido Lenin. Miquel tomó aire, introdujo la llave en la cerradura y abrió la puerta.

Fue instantáneo.

—¡Abuelo, abuelo!

Casi le derribaron al suelo. Tuvo que apoyarse en la pared, de espaldas, ante aquellas dos furias. Si en el 49 tenían cinco y cuatro años respectivamente, ahora, con dos más, eran más altos y más fuertes, sobre todo Pablito.

Lo intentó una vez más:

—¡No soy vuestro abuelo!

Ni caso.

—¡Abuelo, abuelo! ¿Nos traes algo?

—¿Yo qué voy a traer, si vengo del trabajo?

—¡Que no, que dice papá que no trabajas, que te dedicas a la vida con...con... conteplati...! —se le trabó la lengua a Pablito.

—¿Que yo me dedico a la vida contemplativa? —Empezó a enfadarse—. ¿Tu padre dice eso?

Patro y Mar llegaban por el pasillo. A la mujer de Lenin se le caía la baba.

—Hay que ver cómo le quieren, ¿eh? —fue lo primero que dijo.

Miquel miró a Patro y se le ablandó el corazón.

Los niños seguían pegados a él, abrazándole.

—¿Cómo estás, Mar?

—Bien, tirando.

Apareció el que faltaba.

—¡Inspector!

—Hola, Lenin.

—¡Ay, llámeme Agustino, hombre!

—Pues tú no me llames inspector.

—Para mí siempre será mi inspector favorito. —Le sonrió de oreja a oreja—. El único que no me daba... Bueno, ya sabe.

—¿Que no te daba qué, papá? —preguntó Pablito.

—Nada, nada, cosas nuestras. —Evitó la respuesta.

Seguían en el recibidor.

—¿Puedo ir a mi habitación a ponerme cómodo? —gruñó Miquel.

Pablito y Maribel echaron a correr por el pasillo. Les encantaba hacerlo. Para ellos era una pista de carreras. Miquel le dio un beso a Patro y otro a Mar. Luego se internaron por el piso.

—Ahora salgo —dijo Miquel antes de entrar en su cuarto.

A salvo.

Se quitó los zapatos y se puso las pantuflas. También se quitó la chaqueta, pero no utilizó la bata. Le hacía verdaderamente abuelo. Prefirió un jersey de estar por casa, que le daba un aspecto más de señor. Antes de reaparecer y sumarse a la fiesta, se miró en el espejo de la cómoda.

El espejo que, de pasada, tapaba el desconchado de la pared que tenía detrás.

En todas las casas había muebles tapando algo.

La idea la tuvo entonces.

Inesperada.

Toda una descarga.

Abrió los ojos y la mesuró por espacio de unos segundos.

—Saldrías de dudas —se dijo.

Se lo tomó con calma unos segundos más, atemperando los nervios, y cuando se reunió con los demás ya no le quedaba la menor incertidumbre. Así que, de entrada, sonrió.

—Bueno, ya estoy aquí.

—¡Ay, señor Miquel, que esto ya está a punto! —Mar le tocó la barriga a Patro—. ¡Si parece que, más que nacer, vaya a reventar!

—Pues nos dejaría la casa hecha un asco —quiso ser bromista.

—¡Vaya, se nos ha vuelto chistoso! —le aplaudió Lenin.

—Siempre lo he sido —se defendió él.

—No, eso no. —Fue sincero el chorizo redimido al que había detenido tantas veces antes de la guerra—. Usted es de los avinagrados... —Le vio la cara y cambió al instante al comprender que estaba metiendo la pata—. Quiero decir que es un hombre serio, y por su trabajo... Pues... O sea... ¿No?

—Tú arréglalo. —Miquel le miró fijamente.

—Venga, que será un padre cojonudo. —Lenin le dio un golpe amistoso en el brazo.

Amigos de toda la vida.

Le empujó fuera de la cocina para hablar más tranquilamente en el pasillo.

—Me ha dicho Patro que estás de baja.

—Sí, ya ve.

—¿Qué tienes?

—Me disloqué un tendón y no puedo hacer fuerza.

—Los tendones no se dislocan. Eso son los huesos.

—Bueno, pues lo que sea, pero tengo la mano chunga, ¿ve? —Abrió y cerró la mano izquierda con dificultad.

—Mucho cuento tienes tú.

Lenin puso cara de pena.

—¡Que no, hombre, que desde aquello de los cuadros me

porto bien! ¡Y tan a gusto, oiga! Le prometí ser honrado, por mis hijos, y aunque es duro, soy un santo, se lo juro. —Se llevó los dedos de la mano derecha a la boca, los besó y los abrió de golpe.

—Vale más que no jures.

—Pues palabrita del Niño Jesús.

—Voy al retrete, ahora vuelvo. —Se encaminó hacia el pequeño hueco del pasillo en el que lo tenían.

Apareció Pablito.

Miquel recordó el día que se le había colado dentro para decirle que «el pito de su padre» era más grande.

—Tú no entras. —Lo detuvo.

—A mí me está creciendo —le informó.

—¡No seas cochino!

—Ya lo tengo más grande que mi amigo Lucas.

—¡Por Dios! ¿Qué les pasa a los niños de hoy? —refunfuñó mientras cerraba la puerta.

Al salir, Pablito seguía allí.

—¿Jugamos?

—No.

—¿Por qué?

—Porque vamos a comer y los que tenemos vidas contemplativas no jugamos, pensamos.

El niño no le entendió, se quedó callado y él lo aprovechó para llegar al comedor. Patro y Mar seguían en la cocina. Lenin miraba por la ventana. Al verle, movió la cabeza de arriba abajo en un gesto de aprobación.

—¡Ah, cómo añoro vivir aquí! —exclamó.

—Ya.

—Se lo dije: si nos realquilara la habitación en la que estuvimos, se ganaría una familia cojonuda, y de golpe.

—¿Y tú qué, de cuñado?

—Yo, de lo que sea, inspector, que no están los tiempos para gastos o para vivir solos. ¿Ha visto el lío que se ha montado con lo del boicot a los tranvías? Yo estaba seguro de que el tío Paco nos mandaba los tanques. Y aún lo espero, porque lo de la huelga general que se avecina... Eso será fuerte, ya lo verá. —Volvió al punto de origen, para no desviarse del tema—. Yo sólo digo que Mar le sería de mucha ayuda a su mujer. Ahora que va a ser padre a...

—Como digas «a mis años» te capo.

—¡Ay, no, que aún me sirve! —Se encogió de golpe.

Miquel miró hacia atrás.

Estaban solos.

Los niños corriendo pasillo arriba, pasillo abajo; las mujeres, en la cocina.

La mejor oportunidad.

—Agustino —empleó el nombre y no el apodo—, ¿aún conservas tus «habilidades»? —remarcó la última palabra.

—¿Como cuáles?

—Manos rápidas, facilidad para abrir cerraduras sin forzarlas... Esas cosas.

Lenin estiró la cabeza.

—Vaya pregunta, hombre.

—Responde.

—Eso no se olvida ni se pierde, aunque con los años y la falta de práctica uno acaba perdiendo algo de rapidez y sensibilidad, digo yo. Es como ir en bici.

Se lo dijo.

—Quiero entrar en una casa, pero no puedo hacerlo solo. Incluso es mejor que yo me quede afuera, vigilando, y alguien más joven sea quien se meta dentro.

Lenin abrió tanto los ojos que las pupilas le bailaron en mitad de aquel lago blanco.

—¿Me está pidiendo...?

—Sí.

—¡No fastidie!

—Fastidio.

—¿Me está pidiendo que cometa un delito, usted, y después de tanto sermón y tanta murga?

—El delito es mío. Si hay que correr, tú corres y te largas. Yo no puedo.

La estupefacción aumentó.

—¿Se ha vuelto majara? ¡Va a ser padre un día de éstos, hoy, mañana, pasado...!

—Mira, te aseguro una cosa: aunque nos pillen los de la casa, me apuesto lo que quieras a que no nos denuncian.

—¿Y eso por qué?

—Instinto.

—Sí, ya, como que lo tiene tan afilado como antes de la guerra.

—¿Crees que voy a comprometerte sin más?

Lenin le dirigió una mirada esquiva.

—A ver, ¿de qué va la cosa?

—No puedo contártelo.

—¡Ya estamos! ¡Encima!

—Te he dicho bastante. El resto, cuando nos vayamos, después de comer, como dos buenos amigos. ¿Me ayudas o no?

—Ya sabe que yo, a usted, lo que me pida, que no olvido que me salvó la vida, pero desde luego... —Movió la mano derecha de arriba abajo—. ¿Y ha de ser esta misma tarde?

—Sí.

—Coño.

—¡Y tú que te creías que tendrías un día tranquilo! —bromeó Miquel.

Lenin también sonrió.

—Por lo menos volveremos a ser un equipo, sí señor, que bien que resolvimos el caso de los cuadros.

—Lo resolví yo. A ti te hicieron una cara nueva.

—Pero aguanté el tipo, como los buenos, sin arrugarme —presumió.

—Mira que eres peliculero. —Sonrió aún más.

Lenin sacó pecho.

—¡Humphrey Bogart y James Cagney! —dijo.

La carcajada final fue de Miquel.

—¡Más bien Abbott y Costello! —Remató el diálogo porque Patro y Mar ya llegaban con la comida.

37

Patro fue la primera sorprendida.

—¿Que os vais? ¿Adónde?

—A dar una vuelta, para estirar las piernas y no pasar toda la tarde en casa. —Se encogió de hombros Miquel.

No la convenció.

Que Lenin y él se fueran de paseo resultaba tan asombroso como que Franco pidiera perdón por la guerra, se sometiese a juicio y abandonara el poder para que hubiera elecciones democráticas en España.

—¿Os lleváis a los niños? —le provocó ella.

—No, no. —Fue rápido él—. Además, Agustino quería enseñarme algo, ¿verdad, Agustino?

—¡Oh, sí, sí! —asintió con vehemencia.

—Portaos bien, ¿eh? —Les apuntó con un dedo Mar.

Miquel resistió la última mirada de Patro, luego empujó a Lenin pasillo arriba. Ya se había puesto los zapatos y la americana. Pablito y Mar dormían la siesta después de no parar ni durante la comida.

—Hay que ver qué cara más dura tiene —le susurró Lenin al oído.

—Tú tira y calla.

—¡Quién le ha visto y quién le ve!

—Que te calles, James Cagney.

—¿Y por qué he de ser yo el Cagney y usted el Bogart?

—Porque Bogart es más guapo y está con la Bacall.

—Mire que...

Salieron a la calle y se apartaron de la esquina para que ni Patro ni Mar pudieran verles tomar un taxi desde la ventana en caso de que les espiaran. La situación parecía calmada, al menos a la espera de la huelga, pero tardaron casi diez minutos en localizar uno.

—Usted como un señor, eso sí hay que reconocerlo —manifestó Lenin—. Yo no me subía a un taxi desde lo de entonces.

—No vamos a ir a pie hasta la falda del Tibidabo.

—¿Tan lejos?

El taxista era locuaz. Y Lenin también. A los pocos metros ya estaban hablando del tiempo, de que la primavera tardaba en llegar, de que los taxis llevaban días sin dar abasto y, cómo no, de fútbol. El taxista era del Real Club Deportivo Español. Lenin, del Fútbol Club Barcelona. La discusión se hizo pesada y Miquel acabó con dolor de cabeza. Cuando bajaron sintió deseos de estrangular a su compañero.

—Mira que te gusta darle a la lengua —protestó.

—Caray, que ha sido él. No iba a tener la boca cerrada, digo yo. Por educación.

—Venga, tira.

—¿Por ahí?

—Sí.

—Menuda subida.

—Luego será de bajada.

—Tiene usted una lógica...

Subieron por la carretera de la Rabassada, aunque muchos la conocían como la carretera de Sant Cugat, y pasaron por delante de la casa de los Arnella. Miquel no se detuvo hasta unos treinta metros después. Desde allí se la señaló a Lenin.

—Es aquélla.

—De acuerdo. ¿Me va a decir ahora lo que hemos de hacer?

—Primero, esperar a que salgan la mujer y su hijo.

—¿Y si no salen o ya han salido?

—Mala suerte. Volveremos mañana.

—Pues sí que...

—Sigues de baja, ¿no?

—Sí, pero como venga un inspector a comprobar qué hago se me cae el pelo.

—No estás cojo, sólo es la mano izquierda.

—Venga, siga. Sale la señora y su hijo. ¿Qué más?

—Yo vigilo y tú entras.

—¿A robar?

—No exactamente. Sólo cogerás prestada una cosa si, como creo, está donde tiene que estar.

—¿Y si no está?

—Te largas.

—¡Coño, cuánto misterio!

—Mira, vas a hacer exactamente lo que yo te diga, ¿de acuerdo?

—Que sí, hombre. ¿Qué cosa he de... coger prestada?

—Una foto.

—¿Todo este lío por una foto?

—Sí.

—¡La madre de Dios, lo parco que es, demonios!

—Cuanto menos sepas, mejor.

—Pues no señor —le reconvino—. ¡Menudo delincuente está hecho! La primera norma es confiar en el compañero.

Miquel se lo quedó mirando en silencio.

Fue suficiente.

—Va, acabe, que a este paso...

—Abres la puerta con esos clips que te has llevado de mi casa, entras, la cierras y, lo primero, haz ruido, tose. Lo que sea, pero que se note que hay alguien.

—¿Que haga ruido? —No pudo creerlo—. ¿No es más bien todo lo contrario, moverse sigilosamente y eso?

—En este caso, no. Haz ruido y espera. Si oyes algo, un roce, el menor rumor, te largas corriendo y te vas calle abajo zumbando sin volver la vista atrás. No vengas a donde estoy yo. —Esperó a que lo entendiera—. Si no oyes nada, vete al comedor, al final del piso. Hay una mesa, cuatro sillas, un aparador con un espejo muy viejo, con los bordes picados, un sofá, ninguna butaca, un armario grande y un par de muebles bajos con fotografías. Cuando yo estuve en la casa, las fotos estaban espaciadas y se notaba que habían guardado alguna, porque quedaban marcas en la madera y en restos del polvo acumulado cuando no se pasa un paño en unos días. ¿Me sigues?

—Le sigo, le sigo. Soy todo oídos —aseguró Lenin.

—Las fotos que yo vi eran familiares, del hijo que se les murió y entonces tenía los veintitantos, de cuando se les casó con Gloria, su esposa, del niño que tiene ahora la señora, etcétera. Pero no vi ninguna de un hombre más o menos mayor, de mediana edad. Ninguna. Según su viuda, murió en los días finales de la guerra. Y eso es lo que quiero que busques.

—La foto de un hombre de unos cuarenta y tantos o cincuenta.

—Exacto. Se llamaba Gregorio Arnella. Creo que la mujer las quitó cuando yo estuve, y, si es así, ya sé por qué lo hizo. Si me equivoco, ha de tenerlas igualmente en uno de esos muebles. Lo único que necesito es verle la cara a ese hombre.

—¿Por qué?

—Porque los hijos se parecen a los padres en mayor o menor grado. Y si en esa foto ese hombre tiene orejas de soplillo, nariz grande y ojos muy separados, o algo de todo eso, sabré que tengo razón en mi aparentemente absurda teoría.

—Ya es complicado usted, ya.

—Agustino...

—Nada, nada, que ya lo he entendido. He de arramblar con una foto del señor de la casa muerto hace doce años.

—Cuando lo pillas, lo pillas.

—Eso, encima cachondeo. ¿Algo más?

—Sí.

—Ya sabía yo... —Miró al cielo en un gesto de resignación.

—Comprueba si en el patio, el lavadero o donde sea, hay ropa de hombre.

—¿Y eso por qué?

—Porque se supone que en esa casa sólo viven una mujer y su hijo de siete años.

—¿Y si ella tiene un lío con un señor?

—No tiene ningún lío.

—¿Cómo lo sabe?

—Lenin...

—Caray, es por hablar. Igual nos toca esperar una hora, o dos, o más.

Miquel empezaba a tener la garganta seca.

Agustino miró calle arriba, calle abajo.

—¿Nos sentamos en el bordillo? Con el fresco que hace, y más si anochece, igual nos da el relente.

—Mejor caminar un poco, sin perder de vista la casa.

Tomó la iniciativa.

Consiguió que su circunstancial ayudante y compañero tuviera la boca cerrada diez segundos.

—¿Qué hará después con la foto? —Le lanzó una mirada de soslayo—. Si es que puede decírmelo, claro.

—Compruebo qué cara tiene, tú te vas y yo llamo a la puerta.

—¿Les va a devolver la foto? —No pudo creerlo.

—Sí.

—¿Y por qué no le pide a la señora directamente que le enseñe un retrato de su marido?

—Porque, según como lo veo, me dirá que no tiene ninguno, que las cosas se les destruyeron con el bombardeo que lo mató.

—Tiene su lógica —convino Lenin.

—Si tuviera una idea mejor, no estarías aquí conmigo.

—Pero si lo que sospecha es cierto...

—¿Qué? —le apremió a seguir.

—No estará en peligro, ¿verdad?

—No lo creo.

—¿Sólo lo cree?

—Estoy casi seguro —dijo más para tranquilizarle que por convicción propia—. Ánimo, hombre. ¡Será como en los viejos tiempos!

Dieron unos pocos pasos. Miquel se dio cuenta de que Lenin le observaba con asombro.

—¿Sabe una cosa?

—No, ¿qué es?

—Está usted cambiado.

—¿Ah, sí?

—Será lo del crío, no sé, pero es que hasta me parece más curioso. Por no decir chistoso.

Miquel tuvo ganas de echarse a reír.

—¿Te parece poco chiste que esté aquí, contigo, pidiéndote que vuelvas a las andadas, olvidándome de que fui policía, y todo para confirmar una teoría que tengo sobre un caso en el que ya ha habido tres muertos?

—¿Tres? —Lenin se puso pálido.

—Olvídalo.

—¿Cómo voy a olvidarlo? ¡Como le pase algo...! ¡De entrada su señora me mata por echarle una mano, y la mía me remata porque le juré no volver a robar nunca más!

Miquel le pasó un brazo por encima de los hombros.

El gesto hizo que Lenin se pusiera tenso y volviera a mirarle de reojo, desconcertado.

—Te diré una cosa, Agustino: no estoy chistoso, sino más bien cínico. Y eso es un privilegio de la edad. —Hizo una pausa, le presionó el hombro y retiró el brazo—. Ahora mejor nos callamos, porque, como tarde mucho en salir esa mujer, se me va a poner la cabeza como un bombo.

—Además del frío.

—También.

Dieron unos pasos, hacia arriba, sin dejar de mirar de reojo la casa, y hacia abajo, sin más compañía que los coches que, de tanto en tanto, subían o bajaban por la carretera.

Lenin no estuvo mucho tiempo con la boca cerrada.

—Oiga, qué bien he comido —dijo.

Diez segundos más.

—¿Ya ha pensado qué nombre le pondrá a lo que venga?

Miquel no contestó.

Veinte segundos.

—¿Y padrino y madrina? ¿Ya tiene? Mire que Mar y yo...

—¡Que te calles!

Lenin dio un respingo.

—Me callo, me callo —protestó—. ¡Qué carácter!

38

Valentina, la madre de Ernest Arnella, tardó una hora en salir de su casa. Lo hizo casi arrastrando a su hijo Jordi, que lloraba y protestaba como un condenado. Se alejaron calle abajo sin volver la cabeza y desaparecieron por la parte de la izquierda, en dirección a Penitentes.

Miquel y Agustino se pusieron en marcha.

Se detuvieron en la acera de enfrente.

—¿Si esa señora vuelve antes de que yo salga...? —preguntó Lenin.

—La entretengo.

—Tampoco es mucho. Yo estaré atrapado —gruñó.

—Tú ve rápido —insistió Miquel—. Si todo sale como pienso, no estarás ahí dentro más de tres minutos.

—De acuerdo. —Suspiró, no muy convencido—. Pero si acabo en la trena, usted se ocupa de Mar y de mis hijos, ¿eh?

—Mira que eres dramático.

—¿Y eso me lo dice usted, el gran inspector Mascarell, después de incitarme a cometer un delito?

—¿Quieres entrar de una vez? —Le empujó.

—¡Voy, voy!

—¡Acuérdate de toser o hacer ruido!

—¡Ni que hubiera alguien escondido! —protestó Lenin.

Miquel ya no respondió.

Porque, precisamente, eso era lo que temía.

Aunque sabía que él jamás saldría de su escondite para ver quién andaba por la casa en ausencia de su mujer.

Agustino cruzó la calzada. No pasaban coches en ese momento en ninguno de los dos sentidos. Una vez delante de la puerta de la vivienda, se aseguró de que nadie estuviera pendiente de él, sacó del bolsillo de la chaqueta los clips que se había llevado del piso de Miquel y se puso de espaldas a la calle.

Desde la otra acera, Miquel le vio forcejear la puerta.

Un minuto.

El «ladrón» volvió la cabeza, nervioso.

Seguía solo.

Otro minuto.

Miquel temió que no lo consiguiera.

Tercer minuto.

Iba a decirle que lo dejara, aunque seguía sin pasar nadie a excepción de un automóvil con el conductor concentrado en lo suyo, cuando la puerta se abrió.

Lenin se coló dentro.

Miquel soltó un suspiro de alivio, pero el corazón no dejó de latirle a toda velocidad.

Y más cuando empezaron a transcurrir los segundos sin que su compañero saliera de allí.

Le había dicho tres minutos como mucho.

Pasaron los tres.

Un cuarto.

Un quinto.

¿Y si, pese a todo, acababan pegándole un tiro?

El remordimiento le perseguiría toda la vida. Y, encima, tendría a Mar en casa y se convertiría en «padre» adoptivo de Pablito y Maribel, lo que sin duda era mucho peor que ser «abuelo» opcional de tanto en tanto.

Empezó a sudar.

A lo peor no había sido una buena idea.

—¿Te hacía falta realmente la foto del padre de Ernest

para saber la verdad? —Cerró los puños y se hundió las uñas en la carne—. Es la única explicación lógica, por ilógico que parezca todo. No puede ser de otra forma.

Los pensamientos cruzados formaron una bola en su cabeza.

Iba a cruzar la calzada, aunque era absurdo llamar a la puerta y provocarle un infarto a Lenin, cuando su eventual socio sacó la cabeza por el hueco dispuesto a otear el panorama.

—¡Sal! —le gritó Miquel.

Le obedeció. Visto y no visto. Salió de la casa y cerró la puerta de golpe. Luego cruzó la carretera de la Rabassada a toda velocidad y se reunió con Miquel. Sin decirle ni una palabra, le cogió del brazo y le arrastró unos pasos más allá.

—¡No corras tanto, que me tiras! —protestó él.

—¿Seguro que todo está bien?

—Sí, tranquilo. No nos ha visto nadie.

—Antes, hace años, estaba menos nervioso, ya ve —se justificó Lenin—. Rápido y eficaz. Pero ahora... Eso es que me hago viejo.

—Arsène Lupin en estado puro, ya —dijo Miquel.

—¿Quién es ése? —Frunció el ceño.

—Venga, va. —Se detuvo—. ¿Cómo ha ido?

Parecía más tranquilo. Incluso sonrió.

—Ha sido chupado.

—No te hagas el héroe. ¿La tienes?

—Sí.

—¿Estaba escondida en un cajón?

—No, en esos muebles, con las otras, a la vista. Había varias y he cogido la más clara quitándola del marco, para no cargar con él. —La sacó del bolsillo donde la tenía escondida y se la entregó—. ¿Por qué las oculta esa señora cuando hay alguien? No lo entiendo.

—Para que nadie sepa cómo era su marido.

—¿En serio?

—Sí. Y no preguntes más. Ya te lo contaré un día de éstos.

—¿No va a mirarla? —Se extrañó de que Miquel la conservara en la mano sin echarle un rápido vistazo.

—Primero dime lo que has visto.

—Había ropa de hombre, sí. —Se lo confirmó—. No estaba en el patio, sino en un tendedero de la cocina. Un pantalón, dos calzoncillos, unos calcetines, un par de camisetas...

—De acuerdo. —Se relajó Miquel—. Ahora vete, anda.

—¡Mire la foto, hombre, que me tiene en ascuas!

—Cuando te vayas.

—¡Si es que tiene una pachorra...!

—Si miro el retrato ahora, empezarás a hacer más preguntas y no te callarás hasta el día del Juicio Final. —Señaló calle abajo—. Yo hago las cosas a mi modo, ya lo sabes.

—¡Pues déjeme que me quede con usted!

—No.

—¡Dos hacen más bulto que uno, y aunque yo sea un palillo, al menos soy más joven que usted, caramba, que ya no está como para pegar tiros! ¿Y si se mete en un lío?

—Me las he arreglado solo toda la vida.

—¡Eso no es verdad, que lo recuerdo bien yo! ¡Cuando era un pies planos como los demás, bien que iba en pareja, que yo siempre llamaba Eva al que le acompañaba!

—¿Y yo era Adán?

—Pues sí. —Ya no se echó atrás.

—Lo que me faltaba por oír —musitó Miquel—. Lenin...

—Ya, ahora no me llama Agustino, mira por dónde.

—De verdad, te debo una. —Le puso la mano en el hombro y respondió a sus anteriores preguntas de golpe—: Si es niña, le pondremos Raquel, como la hermana de Patro que se murió; si es niño, no lo sé todavía. Y, desde luego, ni siquiera hemos hablado de padrinos, madrinas y esas cosas. Ahora vete, por favor. Se ha hecho tarde; ve a recoger a tu mujer y dile a Patro que me han entretenido.

—¿Y ya está?

—¡Cuanto más tardes en irte será peor!

—Empezaré a tartamudear, o me pondré rojo, y me pillará.

—¡Pues dile que te he obligado a marcharte! ¡Eso lo entenderá, seguro!

Lenin se dio por vencido.

Tomó aire, lo soltó, ensombreció el rostro en un gesto casi desesperado y dio el primer paso hacia atrás.

Luego otro, calle abajo.

Volvió la cabeza.

—¡Eres el mejor! —le despidió Miquel con una punta de malévola ironía.

Lenin sonrió sin ganas.

Siguió andando.

Todavía hizo un intento final de esconderse, al llegar a la última esquina. La mano firme de Miquel le hizo desistir.

—Buen chico. —Suspiró él.

Estaba finalmente solo.

Hora de enfrentarse a la verdad.

Miró la fotografía.

El retrato de Gregorio Arnella.

Ni siquiera sonrió o se dijo que sí, que tenía razón, que allí estaba la prueba.

Jordi se parecía a su hermano Ernest: orejas de soplillo, nariz grande, ojos separados.

Y los dos, a su vez, se parecían a su padre: Gregorio Arnella.

El hombre que, según su viuda, había muerto años antes de que naciera el pequeño Jordi.

39

El regreso de Valentina se produjo menos de quince minutos después. Seguía tirando de Jordi, aunque ahora el niño ya no lloraba. Sostenía un tebeo con la otra mano. La presunta viuda de Gregorio Arnella abrió la puerta con su llave y desapareció al otro lado.

Miquel contó hasta diez.

Luego cruzó la calzada y fue tras ella.

En el momento de abrirle y reconocerle, se quedó muy quieta.

Levemente traicionada por un temblor en la barbilla.

—¿Usted? —susurró.

—Sí, señora. Yo.

—¿Qué quiere ahora? Mi nuera ya me ha dicho que ese hombre ha muerto. Que usted ha ido a verla y se ha comportado de manera muy rara...

—¿Puedo pasar?

—¿Para qué? ¿Qué quiere que yo le diga?

—No hace falta que me diga nada. He venido a devolverle esto.

Le dio el retrato de Gregorio Arnella que Lenin acababa de sustraerle.

La mujer se puso pálida. La foto tembló en sus manos como si quemara y la viera por primera vez, con la incomprensión taladrando su semblante. Tuvo que apoyarse en el quicio de la puerta porque se le doblaron las rodillas.

—¿Cómo...? —balbuceó.

No esperó a que terminara la frase. Miquel acabó de entrar en la vivienda y él mismo cerró la puerta.

El mundo quedó al otro lado.

—¿Qué... hace...? —continuó aturdida—. Por favor...

No le hizo caso. Caminó hasta el comedor seguido por ella. Jordi apareció de improviso y se lo quedó mirando con sorpresa. Miquel le pasó la mano por el pelo revuelto, pero se dirigió a su madre.

—¿Lo sabe o es mejor hablar a solas?

—¿Saber... qué? —siguió desfallecida.

—Que él está escondido.

Además del desfallecimiento y el miedo, por sus ojos asomaron destellos húmedos.

—Tranquila —intentó calmarla.

—No sé... de qué... me habla —dijo ahogándose.

—Diga, ¿lo sabe o no? —Hizo un gesto en dirección a Jordi.

Los ojos de Valentina dejaron de hundirse en él. Se desviaron unos centímetros. Suficientes para que Miquel supiera que ya no estaban solos.

Volvió la cabeza despacio.

Luego, al verle, levantó las manos.

Gregorio Arnella había salido de alguna parte, a su espalda. Probablemente del armario que ocultaba su escondite o incluso del aparador, según el tamaño del agujero de la pared que protegía. Llevaba en la mano derecha una pistola idéntica a la del falso suicidio de Sebastián Piñol.

Se hizo el silencio.

—A tu cuarto, Jordi —ordenó el aparecido.

—Papá...

—¡A tu cuarto!

El niño cerró la boca y echó a correr. Un portazo fue suficiente para saber que había obedecido la orden de su padre.

Miquel esperó.

Cuando alguien tenía una pistola, lo mejor era esperar.

—Siéntese —dijo el hombre.

Lo hizo en una silla, la misma que había ocupado la primera vez que estuvo allí. Gregorio Arnella, en cambio, siguió de pie. Miró a su esposa.

—No pasa nada —le dijo.

Valentina se puso a llorar.

Se derrumbó sobre otra silla, incapaz de mantenerse en pie ni un segundo más. Dejó el retrato en la mesa, colocó ambos codos encima de ella y hundió la cara entre las manos.

—¿Ha sido usted el que ha entrado aquí hace un rato? —preguntó el dueño de la casa.

—Ha sido un amigo —asintió Miquel.

—¿Por eso? —Señaló la fotografía.

—Sí.

—Maldita sea... —rezongó él—. ¿Por qué lo ha hecho?

—Sólo para estar seguro y poder descansar en paz, cerrar el círculo. Nada más. —Fue sincero.

—¡Ya no es policía! ¡Me lo ha dicho Gloria!

—Lo sé —admitió—, pero uno tiene su orgullo.

—¿De qué va a servirle ese orgullo si está muerto?

Miquel se enfrentó a sus ojos.

No estaba nervioso. Lo evidenció el tono de su voz.

—Usted no va a matarme —dijo.

—¿Por qué no he de hacerlo?

—En primer lugar, porque el hombre que ha entrado a coger la fotografía sabe que estoy aquí. Y, en segundo lugar, porque no lo hará estando su hijo en casa. Más aún, ¿va a meter mi cuerpo ahí atrás, donde se oculta, y pasar el tiempo que tarde Franco en morir, o las cosas en cambiar, conmigo de cuerpo presente?

El gemido de Valentina abrió una brecha sonora entre ambos.

Gregorio Arnella no se movió.

La mano se tensó un poco más en torno a la pistola.

—Señor Arnella, si no salgo vivo de esta casa, vendrá la policía y entrarán en tropel. No le servirá de nada tener esa habitación secreta donde vive.

—¡Cállese!

—No sea estúpido. —Mantuvo el tono de firmeza, pero también de amabilidad—. No voy a ir a denunciarle. ¿Por qué tendría que hacerlo? ¿Qué les digo? Casi sería cómplice. Yo llevé a su nuera hasta la casa del falso Ismael Piñol. Es más —movió la cabeza de un lado a otro—, si no llega a ser por mí, su montaje del suicidio se habría venido abajo a las primeras de cambio.

Por primera vez, el hombre habló desde la calma.

—Mi nuera me ha dicho que usted arregló los detalles.

—Sí, lo hice. No sólo le convenía a usted. También a mí. He dejado un rastro demasiado evidente.

—Esa puerta estaba cerrada con llave.

—Las llevaba Sebastián Piñol encima. Tuve que registrarle, cogerlas y volverlas a meter en el bolsillo después. Dejé la puerta sólo cerrada de golpe. Luego aseguré la ventana, bajé la persiana, corrí las cortinas y, una vez fuera, coloqué en pie la maceta que derribó en la huida.

—Me entró el pánico —reconoció—. Empecé a oír ruidos en la calle...

—Comprensible. Salió a escape y listos. Una vez aquí, ya nadie iba a dar con usted estando muerto.

La mano que sostenía la pistola perdió rigidez. El arma empezó a bajar, aunque sin dejar de apuntarle. Gregorio Arnella ya no pudo permanecer más en pie y se sentó al otro lado de la mesa. La tensión comenzó a menguar.

—Ernest me habló mucho de usted —confesó.

—Era un buen agente.

—Y un buen hombre.

—Sí.

La emoción le dominó.

—Esa bestia hizo que le mataran, y también a los otros —dijo.

—De no ser por Pere Humet, no estaríamos aquí.

—¿Cree usted en el destino, señor Mascarell?

—Sí.

—Yo también.

—El destino hizo que nada más llegar Sebastián a Barcelona, su hermano tuviera ese derrame cerebral y pudiera intercambiarse con él, liberándose del pasado. Y el destino fue el que, a la postre, puso a Humet en mi camino el viernes pasado, cuando me reconoció en un bar.

—Mi nuera comprendió la verdad, lo mismo que usted —asintió Gregorio Arnella—. Uno, en silla de ruedas; otro, gemelo, con una casual pérdida de memoria... Gloria vino a verme y...

—Ella no podía hacerlo.

—No.

—Decidió salir de aquí por una vez.

—Me arriesgué, sí. Pensé que de noche tendría una oportunidad, como así fue.

—¿Cuánto hacía que no pisaba la calle?

—Desde el 26 de enero del 39. Y no soy el único. A saber cuántos topos habrá por toda España, encerrados, ocultos, esperando a que esa bestia la palme.

—Pueden ser muchos años.

—Los resistiré —anunció Gregorio Arnella con una profunda convicción—. No creo que haya mucha diferencia entre vivir en la cárcel de ahí afuera o en esta mía. Por lo que me cuentan mi mujer y mi nuera, Barcelona, toda España, está hecha una mierda.

—¿Por qué no escapó?

—Nos habríamos muerto en el camino. —Se encogió de hombros—. Tampoco me dio tiempo, la verdad. Hasta el último momento pensé que resistiríamos, que no iban a ganar. Pero me equivoqué. Una vez perdida toda esperanza, ya no pude hacer nada. Y me había significado demasiado como para esperar que no me fusilaran.

—Su mujer me dijo que no era de los que se rendían.

—Así es.

—¿Cómo fingieron su muerte?

—Tampoco era muy difícil. Si no se te veía, sólo podía significar dos cosas: que te habías ido al exilio o que estabas muerto. Valentina y Gloria dijeron esto último, y eso fue todo. Con lo que no contábamos fue con lo de Jordi.

—Una bendición, pero también una señal de alarma.

—Valentina lo pasó muy mal. La llamaban puta. Todo el mundo quería saber quién era el padre. Intentaron quitárselo...

—¿Y Jordi?

—No pudimos decirle la verdad hasta hace muy poco, y aun así hemos de ir con cuidado, porque todavía es pequeño aunque lo entienda. Los primeros años fueron muy duros para mí —reveló su padre—. No podía verme. Y yo a él, de noche y nada más, cuando dormía. —Tragó saliva para dominar la emoción—. Maldita guerra... ¿Y usted? —Gregorio Arnella hizo un gesto amargo al cambiar de tema—. ¿Por qué tanta perseverancia en esto?

—Por Pere Humet, supongo.

—¿Sólo por él?

—Y por mi maldita curiosidad policial, no dejar nunca un caso sin cerrar, aunque sea ahora, tantos años después de perderlo todo. —Plegó los labios y agregó—: De la misma forma que siempre supe que a Humet y a su prima les había asesinado un hombre, también imaginé que a Piñol lo había matado otro hombre. Y éste era un caso lleno de mujeres. No me gustan los rompecabezas a medias. Además, estaba mi propio orgullo, habiendo sido utilizado...

—¿Qué quería que hiciésemos? Gloria comprendió que seguirle era la mejor... no, la única alternativa. —Empezó a sentir la emoción—. Y yo tenía que vengar a mi hijo. ¿Qué habría hecho usted?

—Lo mismo —convino Miquel—. Perdí al mío en el Ebro.

La mano armada alcanzó la mesa en su lento descenso. Una vez en ella quedó prácticamente inerme.

—¿Cómo supo que yo seguía vivo? —preguntó Gregorio Arnella.

—Cuando estuve aquí, su mujer me hizo esperar en la entrada porque me dijo que tenía la casa revuelta. Luego tosió de manera exagerada. En ese momento no sabía que era para advertirle de que se escondiera o no saliera del refugio. Guardó esas fotografías —señaló los retratos— y, apenas por instinto, me di cuenta de que faltaban algunas. En casa de su nuera tampoco vi ninguna. La razón se hizo simple después: Jordi es idéntico a Ernest, y, a su vez, los dos son idénticos a usted. Había que esconder las fotos que demostraban que Jordi era hijo suyo y probaban que estaba vivo. Cuando su mujer quedó embarazada, tuvo que ser muy duro.

—No lo sabe usted bien —intervino con voz ronca Valentina rompiendo su silencio—. Por lo menos era un barrio nuevo y nadie había visto anteriormente a Gregorio.

—Las fotos eran la prueba —siguió Miquel—. ¿Cómo podía parecerse un hijo a un padre muerto años antes de que naciera?

—¿Así que sólo fue eso? —preguntó el dueño de la casa.

—Sí.

—Pues sigue siendo un buen policía.

—No hacía falta ser muy listo, se lo aseguro.

Dejó de empuñar la pistola y el arma acabó en la mesa, libre. Gregorio Arnella unió las dos manos y hundió las uñas de los pulgares una contra la otra.

El sentimiento empañó sus siguientes palabras.

—Ernest, Joan, Eudald... Y ahora Pere... —Suspiró—. Ese hijo de puta...

Miquel no dijo nada.

Ahora sí, lo único que quería era irse a casa.

—¿Vas a dejarle marchar? —preguntó Valentina.

Su marido la atravesó con la mirada.

—Sí —respondió—. No dirá nada.

—¿Le crees?

—Sí, le creo.

—¿Y si un día le detienen por otra cosa y te denuncia para mejorar su situación?

—Ernest decía que era el hombre más íntegro que había conocido —asintió Gregorio Arnella—. Y, si lo decía mi hijo, yo le creo. Gracias a él le hemos vengado, mujer.

Transcurrieron los últimos cinco segundos.

Un silencio lleno de ecos.

Miquel se levantó.

Gregorio Arnella hizo lo mismo.

Sus manos se encontraron por encima de la mesa.

—Suerte —dijo uno.

—Falta nos hará —dijo el otro.

—¿Necesita algo?

—Tengo libros para leer, y estoy escribiendo una especie de memorias, por si acaso. Puede que, al paso que vamos, me quede aquí mucho tiempo, ¿verdad?

Miquel no le dijo lo que pensaba.

No hacía falta.

—Buenas noches, señora —se despidió de Valentina.

Caminó hasta la puerta de la vivienda. Al pasar por delante de la habitación de Jordi, vio uno de sus ojos asomado por el quicio. Siguió caminando. Abrió la puerta y, al otro lado, justo cuando ella se disponía a meter la llave en la cerradura, se encontró con Gloria Camps.

Se quedaron mirando el uno al otro, entre la sorpresa y la calma.

La aparecida no dijo nada.

Él sí.

—Cuídelos.

Pasó por su lado y bajó por la carretera de la Rabassada sin volver la vista atrás.

40

No encontró un taxi a las primeras de cambio y caminó por el paseo del Valle de Hebrón hasta casi la avenida de la República Argentina. Era la tercera vez que resolvía un caso en aquel barrio. Primero, en el bosquecito adyacente al campo de fútbol de tierra, en la falda del Tibidabo, que bordeaba el mismo paseo. Segundo, en la torre de la calle Gomis donde había muerto el comisario Amador. Ahora, aquello.

Se estremeció.

De pronto, sus ocho años y medio en el Valle de los Caídos se le antojaban pocos, comparados con los doce que llevaba oculto Gregorio Arnella. Claro que él había sido sometido a trabajos forzados y con la amenaza de su condena a muerte mantenida y pendiente sobre su cabeza día tras día, mientras que el padre de Ernest lo único que había hecho era encerrarse en vida.

Doce años.

¿Y si Franco tardaba en morir doce, veinte o treinta más?

¿Y si España nunca volvía a una normalidad democrática aun faltando su figura?

—Hay muchas formas de ganar guerras perdidas —se dijo en voz alta.

¿La resistencia era una de ellas?

¿Era él un resistente o más bien gracias a Patro se había acomodado, escondido en su nueva vida?

No era fácil responder a determinadas preguntas.

Recordó el librito aleccionador que había ojeado la primera vez en casa de los Arnella. El librito que en la escuela debían de hacer leer a Jordi, el hijo de un anarquista aplastado por la bota del franquismo.

¿Cómo crecería Jordi con un padre rebelde encerrado en casa, como un topo, y la dictadura ahogando al otro lado de la puerta?

Un mundo de locos.

Pasó el tranvía que iba de Penitentes a la plaza de Cataluña, medio lleno, medio vacío, ¿cómo saberlo? La vía era única por el paseo del Valle de Hebrón hasta que se desdoblaba para los de subida y bajada en la confluencia de la avenida de la República Argentina y el paseo de San Gervasio.

Estuvo a punto de cogerlo.

Finalmente apareció el taxi salvador.

—A Gerona con Valencia —le dijo al sentarse en la parte de atrás.

—¡Huy, eso está muy lejos! —bromeó el taxista con acento andaluz.

Poca gente empleaba la palabra «calle» al dar una dirección.

—Nunca hubiera pensado que fuese un chiste —dijo Miquel.

—Nada, hombre, no se preocupe. Cómo ha refrescado ya, ¿no le parece?

El misterio estaba resuelto.

Caso cerrado.

En pocos días, tres muertos: dos inocentes y un asesino ajusticiado por un padre vengador.

No, la policía no investigaría nada.

¿Para qué?

Se sintió relativamente feliz.

Sólo relativamente.

Los dos inocentes seguían siendo dos tristes pérdidas.

—Sí, ha refrescado —dijo dando pie a que el conductor iniciara la conversación de rigor.

No estuvo muy concentrado en ella. Más bien habló de manera maquinal. Respuestas cortas, frases hechas. El taxista llevó el peso de la charla. No era de Jaén, sino de Almería. Llevaba en Barcelona desde el 47.

Como él.

—¡Aquí sí que viven bien! ¡Si es que se nota que los catalanes saben hacer las cosas! ¡Como que nadie diría que perdieron la guerra!

Muchos podían asegurar que sí, que lo dirían.

Bien perdida.

En un cruce, Miquel volvió a ver el rostro de Franco, impreso en negro sobre una pared. A su lado, el yugo y las flechas. A unos metros, una pareja de la Guardia Civil, con el tricornio brillante, vigilaba la calle.

Flotaba en el ambiente una tensa espera.

La próxima parada, el pulso, era el día 12.

La gran huelga.

El taxista se puso a canturrear una canción.

Angelitos negros, de Antonio Machín.

Miquel no le dijo que la odiaba.

Prefirió callar.

La letra de la canción se le clavaba siempre en la mente, sobre todo la última estrofa:

> *Siempre que pintas iglesias,*
> *pintas angelitos bellos,*
> *pero nunca te acordaste*
> *de pintar un ángel negro.*

A pesar de ser una letra reivindicativa, la aborrecía, como aborrecía la música de la dictadura que atronaba la radio a todas horas. Boleros, rancheras, flamenco, coplas, empalagosos temas que hablaban de amor o de pasiones lacrimógenas... Una tortura difícil de digerir para según quién.

Como él.

No se dio cuenta de que había cerrado los ojos hasta que el taxista anunció:

—¡Pues aquí estamos!

Los abrió unos segundos antes de que se detuviera en la esquina.

—¿Qué le debo?

—Para usted cinco pesetas con diez céntimos. Si fuese otro, un duro con diez.

Le dio el importe exacto.

Al entrar en el vestíbulo del edificio pensó que, a lo peor, Lenin y su familia seguían arriba, para no dejar a Patro sola. Eso le hizo arrugar la nariz. Lenin no se iría sin que le explicara qué había hecho.

Una comida, todavía era soportable. Una comida y una cena...

La portera no estaba.

Subió a su piso y pegó la oreja a la puerta. No se oía nada. Se resignó, introdujo la llave en la cerradura y abrió.

Luces apagadas.

Silencio.

—¿Patro?

Por si acaso se había vuelto a tender en la cama, fue a la habitación.

Vacía.

Miquel arrugó la nariz.

—No me digas que... —Se empezó a poner nervioso.

Salió a la carrera, bajó a la calle y, como la portera seguía sin estar, aceleró el paso en dirección a la mercería. Aunque, por la hora, era imposible que estuviese abierta.

Cerrada.

—Mierda... —Se vino abajo.

De vuelta a la casa. Se precipitó jadeando sobre el cubícu-lo de la portera y llamó a su timbre.

Con insistencia.

—¡Voy! —le gritó desde las alturas.

Casi no pudo esperar a que ella llegara al vestíbulo de en-trada. Subió un tramo de escalera. Nada más verla, supo que lo que estaba pensando era verdad.

—¡Ay, señor Mascarell, corra, corra, que su señora se ha puesto de parto! ¡Corra, que ya se la han llevado a la clínica!

A sus años, Miquel no recordaba haber corrido tanto en la vida. Porque, de pronto, era como si la tierra se hubiera tragado todos los taxis de Barcelona.

Día 8

Viernes, 9 de marzo de 1951

41

Miquel miró la hora por enésima vez.

Las tres y nueve minutos de la madrugada.

Resopló.

Pero ¿cuánto tardaba en salir un crío del vientre de su madre?

¿Y si había pasado algo?

¿Y si llegaba mal, torcido, de nalgas, con el cordón umbilical enrollado alrededor del cuello, o el parto se había complicado inesperadamente?

Tantas horas...

Un hombre que había llegado después de él, ya era padre. Cuestión de una hora. Claro que, como le dijo, era el séptimo vástago que engendraban, así que podían considerarse expertos. Pura rutina.

Quimeta tuvo a Roger en unas tres o cuatro horas desde el momento del ingreso.

Si le pasaba algo a Patro...

En casos de dudas, la Iglesia decía que a quien había que salvar era al recién nacido.

—Mierda, mierda, mierda...

Se asomó por la puerta de la sala de espera.

Ya había ido a preguntar dos veces.

—Tranquilo, señor. Todo marcha bien. Nos dicen que ha dilatado y que la cosa va lenta pero en progreso.

«Lenta pero en progreso.»

¿Le dirían lo mismo el día que estirase la pata, que se iba «lentamente pero progresando»?

¿Y por qué a los críos les daba por salir de noche?

Regresó a la silla.

Estaba solo en la sala de espera.

Solo, como al morir Quimeta.

Nadie le abrazó cuando lloró desconsoladamente.

A las pocas horas estaba ya preso.

—Ojalá sea niña —dijo de pronto en voz alta.

Había tenido ya un hijo. Necesitaba que todo fuera diferente.

—Vamos, Patro, cariño. Tú puedes.

Las tres y quince minutos.

No, Franco no viviría eternamente. Ni Dios, que al parecer estaba de su lado, era capaz de tanto. Su hijo o su hija conocería un mundo mejor, sin duda.

Un mundo lleno de esperanza.

¿Se hacía ilusiones, lo sentía de verdad o era producto del momento?

Iba a ser padre.

Colofón de una segunda vida, segunda oportunidad, segundo renacer.

Cerró los ojos, apoyó la espalda en la silla y la cabeza en la pared.

¿Cómo dejar la mente en blanco?

Y de pronto...

—¿Señor Mascarell?

La enfermera estaba allí, delante de él, solícita.

Sonreía.

Buena señal.

Nadie da malas noticias sonriendo.

—¿Sí?

—Enhorabuena —le dijo la joven, que en ese instante era

lo más parecido a un ángel—. Ha sido una niña. Ella y la mamá están bien.

Tuvo deseos de llorar.

—Gracias. —Sintió todo el peso del momento sobre sus huesos.

—Si quiere pasar a verlas...

—¿Puedo?

—Claro. Ya está todo preparado, su esposa en planta y la niña con ella. —Redondeó la explicación agregando—: Ha pesado tres kilos setecientos gramos.

—¿Es mucho o poco? —dijo sin acordarse de lo que había pesado Roger.

—Está muy bien —dijo la enfermera.

Miquel se levantó.

Sintió la flojera en las piernas.

Pero siguió a la portadora de tan buenas noticias.

Patro estaba en cama, un poco roja, con el pelo alborotado pese a que sin duda había intentado peinárselo, cansada aunque sonriente, tan feliz como orgullosa. La niña dormía a su lado, en una cuna. Miquel no supo si mirar primero a su hija o a su mujer.

Se detuvo frente a la cuna.

Allí estaba Raquel.

—¡Coño! —exhaló.

—¿Lo primero que se te ocurre decir es un taco? —bromeó Patro—. ¿La primera palabra que oye tu hija de tus labios es ésa? ¡Tendrás poca vergüenza...!

Miquel fue hacia ella.

Se sentó en la cama y le cogió las manos.

Una larga mirada.

Luego se acercó, la besó en los labios, la abrazó y se echó a llorar.

Nota del autor

El boicot a los tranvías durante la primera semana de marzo de 1951 fue el primer desafío a la dictadura. Y, sin duda, la huelga desatada días después, el gran reto de una población harta de pasar privaciones bajo la bota del franquismo. El lunes 12 de marzo pasó a la historia de la España posbélica porque la huelga general fue un éxito abrumador. Cuentan las crónicas de aquel tiempo que las mujeres fueron tan activas en la lucha como los piquetes de hombres que acabaron cerrando las pocas fábricas que todavía estaban abiertas. Uno de los hitos de la convocatoria lo protagonizaron los obreros de la industria textil Vicente Illa S. A., que hicieron una barricada con una enorme viga traída de una obra próxima y cortaron la línea del tranvía de Pere IV para, más tarde, ahuyentar a policías de paisano que pretendían detener a un obrero. En el barrio del Poblenou cerraron las mismísimas industrias del hielo, algo que sólo había logrado Durruti en 1936.

La huelga general pasó de Barcelona a Badalona, Manresa, Tarrasa y Mataró. Se especuló con que trescientos mil trabajadores la secundaron, pero la cifra real, mencionada por la prensa extranjera, rebasó el medio millón de personas. Durante dos días, los ánimos estallaron hasta que las aguas volvieron a su cauce. Hubo disturbios, cargas policiales y mucha confusión. Tres barcos de guerra permanecieron anclados en el puerto, sin llegar a intervenir. El ejército se mantuvo acuartelado. Todos eran conscientes de que una mecha de más podía desatar el conflicto en un grado irremisiblemente superlativo. Algunos consideraron los hechos como el último gran gesto de resistencia del pueblo frente al franquismo, y otros como una nueva forma de oponerse al régimen. Sea como sea, doce años después del final de la guerra, los vencidos seguían arrodillados y las cárceles repletas de presos. Este mismo año, las cárceles por fin se vaciaron.

El día 13 de marzo, *La Vanguardia* publicó diversas informaciones sobre lo sucedido el día anterior. No en su portada, naturalmente. Sólo en páginas interiores. Una vez más, se atribuyeron los desórdenes a los comunistas, que por lo visto seguían infiltrados en la sociedad catalana. Según el periódico, la falta de asistencia a los puestos de trabajo provocó que las calles se llenaran de ociosos y tal coyuntura fue aprovechada por los elementos «sediciosos» y «agitadores profesionales» para crear el caos. Ni una palabra de que en una de las marchas se comenzara a cantar *La Internacional*. El texto con el que el periódico comentaba los hechos es modélico en su forma. El primer titular era explícito: LOS SUCESOS DE AYER. Seguían otros en distintas tipografías: «La primera autoridad civil de la provincia pone de relieve los turbios propósitos de los agitadores», «Anoche el gobernador civil hizo importantes declaraciones a los periodistas: "Conocemos los manejos de los provocadores"». Luego, el titular del artículo: FRENTE A UNA INTENTONA SEDICIOSA. Y finalmente el texto, que era mucho más directo:

¿Nosotros? Porque nuestros lectores abrirán, con expectación, el presente número para ver qué opina *La Vanguardia* sobre los deplorables sucesos de ayer en Barcelona. ¿Nosotros? Como diría un castizo madrileño, «la duda ofende». ¿Con quién vamos a estar nosotros, sino con el orden, con la paz pública, con la autoridad y mucho más siendo digna, como lo es en el caso presente? ¿Con quién vamos a estar nosotros sino con quien vaya a aplastar una intentona sediciosa del más turbio cariz y más inconfesables finalidades? *La Vanguardia* se pronuncia clara y rotundamente en un momento, digámoslo con sinceridad, crítico de la vida de Barcelona. Y a pronunciarse obedecen las presentes líneas que vamos a escribir, con entera sinceridad y sin ficción ni falseamientos de ningún género.

Con este libro, lo mismo que con otros de la serie Mascarell, sólo intento hacer memoria histórica dentro del marco de una mera novela policíaca. Asimismo, la novela es un homenaje a los cientos de «topos» que vivieron escondidos en sus casas desde el final de la Guerra Civil hasta la muerte de Franco y la llegada de la democracia a España. Seres que pasaron tres décadas y media encerrados en habitaciones secretas, sótanos o cuevas, en ocasiones sin poder ni siquiera ver a sus hijos pequeños para evitar el menor desliz sobre su secreto.

Gracias, como siempre, a mi «personal de apoyo», al nuevo equipo de Plaza & Janés, a Isabel Martí, a Virgilio Ortega por sus correcciones y a *La Vanguardia* por su soberbia hemeroteca. También a Francisco González Ledesma, que, aun muerto, sigue siendo una enorme fuente de inspiración desde el otro lado de la Eternidad.

El guión de este octavo libro de la serie Mascarell fue preparado en Medellín (Colombia), en septiembre de 2015, y la novela fue escrita en Barcelona, en noviembre del mismo año.